愛經典

閱讀經典，成為更好的自己。

清秀佳人

Anne of Green Gables

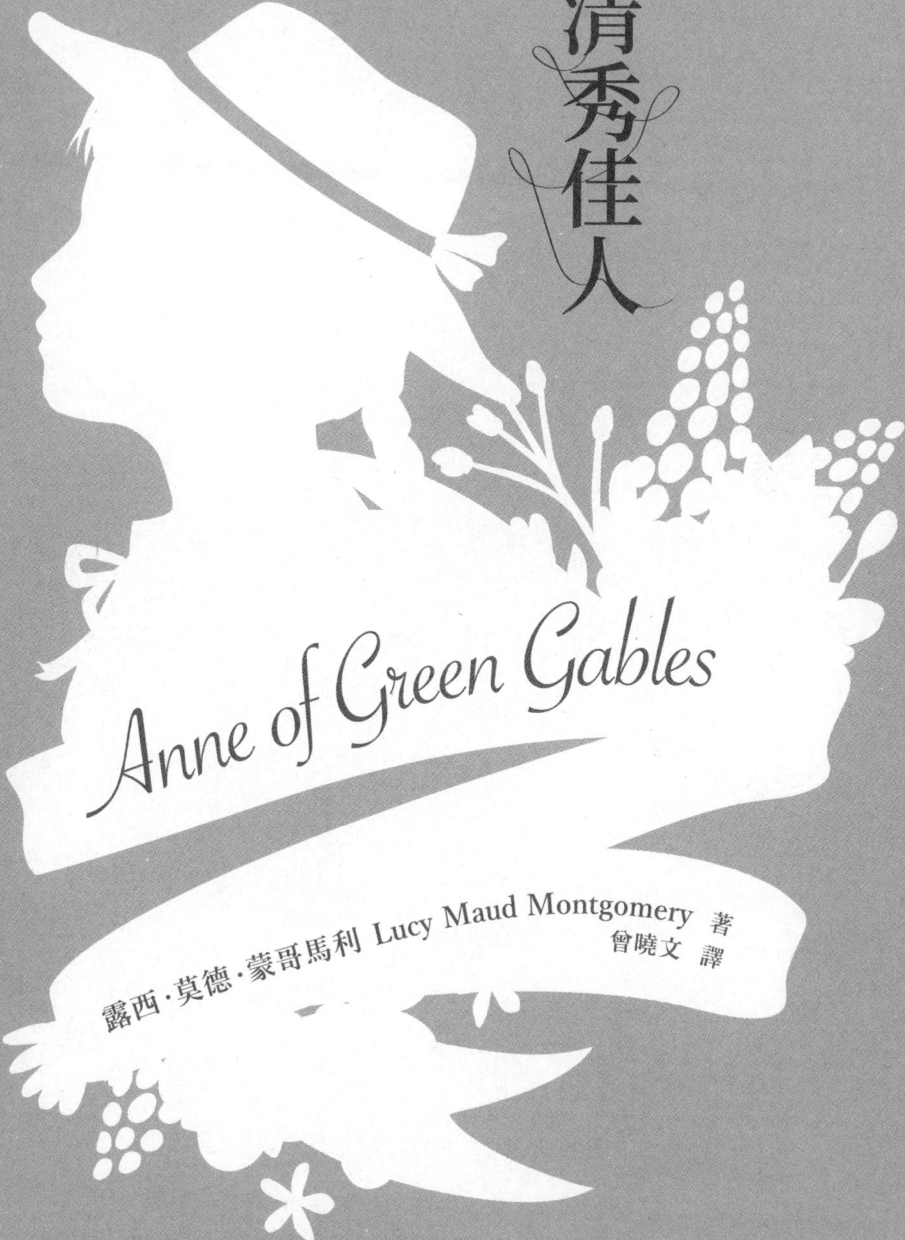

露西·莫德·蒙哥馬利 Lucy Maud Montgomery 著

曾曉文 譯

緣起

卡爾維諾說：「『經典』即是具影響力的作品，在我們的想像中留下痕跡，並藏在潛意識中。正因『經典』有這種影響力，我們更要撥時間閱讀，接受『經典』為我們帶來的改變。」因為經典作品具有這樣無窮的魅力，時報出版公司特別引進大星文化公司的「作家榜經典文庫」，期能為臺灣的經典閱讀提供另一選擇。

作家榜經典文庫從二〇一七年起至今，已出版超過六十本以上，迅速累積良好口碑，不斷榮登豆瓣讀書暢銷榜。本書系的作者都經過時代淬鍊，其作品雋永，意義深遠；所選擇的譯者，多為優秀的詩人、作家，因此譯文流暢，讀來如同原創作品般通順，沒有隔閡；而且時報在臺推出時，每部作品皆以精裝裝幀，質感更佳，是讀者想要閱讀與收藏經典時的首選。

現在開始讀經典，成為更好的自己。

作者簡介

露西·莫德·蒙哥馬利

Lucy Maud Montgomery, 1874-1942

加拿大家喻戶曉的小說家，出生在風景靈秀的愛德華王子島。

父親常年經商在外，母親在她不滿兩歲的時候就去世了。她和外祖父母一起生活，童年與少女時代在一所老式農舍裡度過，四周都是蘋果園。

九歲時開始寫詩，用的是外祖父任職郵務所裡廢棄的匯單；十五歲時參加作文比賽獲獎，長詩作品被報紙頭版整版刊載，不久，短篇小說獲獎。

成年後做過教師、郵局助理、報紙編輯等工作。三十四歲時，她出版了首部長篇小說《清秀佳人》，書中女主角安妮的樂觀堅強，感動了萬千讀者，文學大師馬克·吐溫和英國首相都成為這部作品的忠實讀者。

此後，她又出版了七部以安妮為主要人物的長篇小說，構成世界文學史上著名的「安妮系列」。她逝世時，還留下了十卷、超過五千頁未發表的私人日記。

她被評選為「加拿大歷史上的十二位偉大女性」之一。她的墓碑，與如今已成為「蒙哥馬利博物館」的「綠山牆」遙遙相望，小說中寫到的景色，環繞在她身邊。

To the Memory of My Father and Mother

為了紀念我的父母

目錄

CONTENTS

第1章 林德太太吃了一驚

瑞秋·林德住在艾凡里村的主路傾斜伸入小山谷的地方，附近長滿赤楊樹和鳳仙花，一條小溪橫穿而過。小溪源自老卡斯伯特家的樹林，以水道錯綜複雜而聞名，上游湍急，沿途暗藏隱祕的潭水和小瀑布，但流到瑞秋·林德家門前，卻變得安靜而規矩。哪怕是一條小溪，都不可以在她的門前忽略體面和禮節，它大概也意識到此刻林德太太正端坐窗前，用犀利的目光掃視過往的一切，從小溪到頑童。她一旦發現任何奇怪或超常的事情，都會想方設法探個究竟，不然就無法安心。

在艾凡里以及附近的村落中，有不少人喜歡操心左鄰右舍的家務事，卻忽略自家的正事，但林德太太是少有的內外兼顧的大能人之一。她是一位優秀主婦，把家務做得既俐落又出色：她帶領著裁縫小組，協助管理主日學校，還是教會救助協會和對外傳教輔助團最有力的支持者。儘管如此，她還有充裕的時間一連幾個小時坐在廚房窗前，一邊編織棉線被子——她已經編了十六床這樣的被子，艾凡里的主婦們每次說起此事，無一不用敬畏的語氣——一邊目光敏銳地留意穿過山谷的主路。這條主路蜿蜒攀上遠處陡峭的紅色山崗。艾凡里地處一個三角形的小半島，半島伸入聖羅倫斯灣，兩面環水，任何人離開半島都必須經過這條主路，也自然逃不過林德太太縱覽萬物的隱祕目光。

六月初的一個下午，她又坐到了窗前。明媚和煦的陽光透過窗戶照進來。在屋下斜坡上的果園裡，粉白的花朵開滿枝頭，新娘臉頰般鮮潤，還被數不清的蜜蜂嗡嗡縈繞。湯瑪斯·林德，一個矮小、溫和的男人，被艾凡里的人們稱為「瑞秋·林德的丈夫」，正在穀倉後面的小山上種晚蘿蔔種子。在綠山牆農舍旁靠近小溪的那一大片紅色土地上，馬修·卡斯伯特想必也在做同樣的農活。林德太太知道這個，是因為前一天傍晚，在卡莫迪鎮威廉·布萊爾的店鋪裡，她聽馬修告訴彼得·莫里森，他要在第二天午後種蘿蔔，當然他是回答彼得的提問。眾所周知，馬修從不向別人主動透露自己的事情。

可是奇怪的事情發生了！馬修·卡斯伯特在午後三點半左右的繁忙時刻，卻神氣悠閒地駕著馬車穿越山谷，甚至還戴了一條白色的硬領，穿上了他最講究的一套西裝，顯然是出村辦事。他趕著栗色母馬拉著的輕便馬車，大概要走很長一段路。那麼，馬修·卡斯伯特要去哪裡？他為什麼要去那裡？

要是村裡別的男人有這般舉動，林德太太只需巧妙分析片刻，就會給出基本答案。馬修平日裡難得出門，除非是去解決緊急異常的事情，而且他是天底下最靦腆的人，不喜歡和陌生人打交道，也不願在社交場合露面。他穿戴得這麼正式，趕著馬車出遠門，真是難得一見。林德太太絞盡腦汁也想不出個頭緒，結果整個下午都悶悶不樂。

「我喝完茶非得去綠山牆農舍向瑪莉拉打探消息，把事情問清楚。」這位了不起的主婦下定了決心，「馬修在每年的這個季節，一般不會進城，也從不探親訪友。他要是去城裡買蘿蔔種子，何必精心打扮呢，還趕著出遠門的輕便馬車？如果是去找醫生，他趕車的速度又不夠快。從昨晚到現在的這段時間中，一定有什麼事情發生了，可我卻被蒙在鼓裡。不搞個水落石出，我恐怕一刻也不得安寧！」

林德太太喝完茶便出發了。她並沒有多少路要走。她家離卡斯伯特兄妹家不到四分之一英里，但山路彎曲狹長，使路程看起來並不近。卡斯伯特家的房子被果樹掩映，有些大而無當。馬修．卡斯伯特的父親靦腆內向，這一點被馬修完全繼承。當年，老卡斯伯特在創建家宅時，雖然沒有隱居森林，但也盡最大可能遠離了其他住戶。他在自家土地最遠的邊緣處，建起了這座綠山牆農舍。時至今日，從艾凡里的主路上還幾乎望不到它，而主路兩旁的其他房子卻鱗次櫛比。林德太太一向認為，身居偏遠之地，根本算不上「生活」。

「這不過是客居而已。」她自言自語，已踏上青草盈盈、兩旁開滿野玫瑰的小路，路面還留著深深的車轍印。「馬修和瑪莉拉住得這麼偏遠，難怪性格都有些孤僻。總不能和樹做伴吧？天知道，要真那樣，這裡倒是有足夠多的樹。我可寧願和人交往。不過他們倆看上去挺知足的，我猜他們習慣了。就像愛爾蘭人所說的，人的身體會習慣任何事，哪怕是被吊起來。」

林德太太這時離開了小路，跨進了綠山牆農舍的後院。院子裡一片蒼翠，一邊是巨大的枝繁葉茂的柳樹，另一邊是長勢喜人的倫巴第樹。萬物整齊有致。地上根本沒有散落的樹枝或碎石，如果有，自然逃不過她的眼睛。她暗想，瑪莉拉打掃後院和打掃房子一樣勤快。哪個人從地上撿起食物吃，也不會沾上一點塵土。

瑞秋・林德用力快速地敲了敲廚房的門，得到准許後就走了進去。綠山牆農舍的廚房是一個舒適的地方，或者說，如果不那麼地過於乾淨整齊，像個久未使用的客廳，應該是多麼賞心悅目。廚房的東西兩面牆都有窗戶。透過西窗，望得見後院的景色，溫馨的六月陽光流瀉進來；透過東窗，能瞥見左邊果樹園裡白花盛開的櫻桃樹，還有立在山谷小溪旁搖曳生姿的頎長白樺樹。葡萄藤環繞窗戶，透出新綠。瑪莉拉・卡斯伯特坐在東窗前打毛線。她要是得空坐下來，總會在這個位置上，避開陽光的直射。對她來說，在這個應該嚴肅對待萬事萬物的世界裡，陽光總顯得過於輕浮跳躍和不負責任。在她身後的餐桌上，已經備好了晚餐。

林德太太在關上房門前已留意並記住了餐桌上的每一件東西。桌上擺著三個盤子，看來瑪莉拉期待馬修帶回一個人，可盤子是日常用的，裡面只裝著野蘋果醬和一種蛋糕，來人顯然不是貴客。那麼，怎麼解釋馬修的白色硬領和栗色母馬拉的車呢？林德太太對一向安靜平凡的綠山牆農舍裡不同尋常的神祕，感到有些迷惑。

「妳好，瑞秋。」瑪莉拉輕快地打招呼，「今晚天氣真不錯！妳不坐下來嗎？家裡人都好嗎？」

她和瑞秋的性格大相逕庭，或許正因為這樣，兩人之間一直保持著一種關係，因為找不到合適的詞，就暫且稱作「友誼」吧。

瑪莉拉身材高瘦，稜角分明，缺少女性的曲線美。她的黑髮間已摻雜銀絲。她常把頭髮在腦後盤一個結實的髮髻，然後用兩只金屬髮夾牢牢卡住。她的外表顯得閱歷不深，呆板而嚴厲，事實也是如此，幸虧唇邊略帶成熟幽默的神氣彌補了她那嚴峻態度的缺陷。

「我們都很好，」林德太太答道，「我倒擔心妳身體不舒服呢。我看到馬修出遠門，以為他是去請醫生了。」

瑪莉拉會意地微微一笑，她早料到林德太太會登門來訪。她深知馬修突然出門，大大激起了這位鄰居的好奇心。

「啊，不，我一直很健康，雖說昨天頭疼得厲害。」瑪莉拉說，「馬修去接一個男孩。他是我們從新斯科舍省的孤兒院領養的，今天坐火車到亮河鎮。」

如果林德太太聽說馬修去接一隻來自澳大利亞的袋鼠，她也不會這麼驚訝。她竟然在整整五秒鐘裡啞口無言。瑪莉拉絕對不可能和她開玩笑，但她卻差點不得不這樣認為了。

「妳說的是真的嗎，瑪莉拉？」林德太太回過神來，追問道。

「當然是真的。」瑪莉拉回答，彷彿從新斯科舍的孤兒院領養一個男孩，是艾凡里任何一家管理有方的農莊每年春季的一項例行農活，而不是前所未聞的新鮮事。

林德太太的內心大感震撼，腦子裡閃過一連串的驚歎。一個男孩！瑪莉拉和馬修居然在所有人當中首先領養一個男孩！還是從一家孤兒院！這世界真是完全顛倒了！她今後不會再對任何事感到吃驚了！再也不會了！

「到底是什麼使你們產生這樣的怪念頭？」林德太太不滿地盤問道。

沒有徵求她的意見就做出決定，她當然不會支持。

「哦，我們考慮一段時間了，實際上考慮了整整一個冬天。耶誕節前一天，亞歷山大・斯賓塞太太來我們家做客，說打算春天時到霍普頓的孤兒院領養一個女孩。斯賓塞太太經常去看望住在霍普頓的表妹，對那裡的情況比較瞭解。我和馬修後來商量了好多次，想領養一個男孩。妳知道馬修上了年紀，已經六十歲了，不再像以前那麼矯健，又被心臟病折磨。妳也知道，現在雇人多難，只能雇到法國的蠢頭蠢腦的未成年男孩。那些男孩子一旦接受了培訓，學到一些本事後，就不安分了，不是去龍蝦罐頭廠找工作，就是索性去美國。起初馬修建議領養一個英國男孩，但我立即反對。我不是說他們不行，但我不想要倫敦街頭的流浪兒。我說，『至少給我一個土生土長的加拿大人。不管領養什麼人都有風險，但領養加拿大人我心裡踏實，晚上也會睡得安穩些。』後來我們決定等斯賓塞太太去領養女孩時託她幫我們物色。上星期我們聽說她動身了，就讓羅伯·斯賓塞住在卡莫迪的親戚捎口信給她，請她幫我們挑選一個聰明的男孩，十歲或十一歲。我們覺得這個年紀最好，不算太小，來了後能馬上幫忙幹些雜活；又不太大，可以調教。我們願意給他一個家，也會送他上學。今天我們收到了郵差從車站帶來的亞歷山大·斯賓塞太太的電報，說他們坐今天下午五點半的火車到亮河站，馬修就去接了。斯賓塞太太會把男孩留在那裡，自己繼續乘火車到白沙站。」

瑞秋太太一向為自己的暢所欲言深感自豪，此刻，她從這條驚人消息的震撼中調整了精神狀態，開始侃侃而談：「瑪莉拉，我直截了當地說吧，我認為你們正在做一件非常愚蠢、非常危險的事情。你們根本不知道會領養到一個什麼樣的孩子。你們把一個陌生孩子領到家裡，但對他一無所知，既不瞭解他的性格，也不知道他父母是什麼人，更想像不出他將來會變成什麼樣子。為什麼要做這樣的事呢？就在上星期我還從報紙上讀到一則新聞，本島西部的一對夫婦從孤兒院領養了一個男孩，可那孩子在半夜放火燒了他們家的房子，而且是故意的！瑪莉拉呀，那夫婦倆在床上差點被燒成灰。我還聽說，有一個被領養的孩子有喝生雞蛋的毛病，怎麼都改不掉。你們要是和我商量，我會說看在上帝的分上，根本不要想這種事！就這話。可是你們沒徵求過我的意見。」

這番勸誡既沒惹惱瑪莉拉，也沒引起她的驚慌，她仍不緊不慢地做著編織。

「我不否認妳說的那些事，瑞秋。我也有過顧慮，但我看得出來馬修鐵了心要領養，就讓步了。馬修很少固執己見，所以他一旦對什麼事打定主意，我就覺得自己有責任讓步。至於說到風險，人們在世間做每一件事幾乎都有風險，撫養親生孩子也冒風險呢。不是每個孩子都會有出息。再說新斯科舍省離我們這個島很近，孩子又不是從英國、美國領養來的，不會和我們有太大差別。」

「好吧，但願你們能有個不錯的結局。」林德太太說話的口氣表明了痛楚的懷疑，「要是他把綠山牆農舍燒個精光，或者往井裡下馬錢子鹼的話，妳可別怪我沒警告妳。聽說在新布藍茲維省就出過這種事，一個被收養的孤兒院的孩子往井裡下了馬錢子鹼，使全家人都痛苦萬分地中毒而死，不過，那孤兒是個女孩子。」

「我們要領養的不是女孩呀。」瑪莉拉說，似乎投毒是女孩的特有行為，不必害怕男孩會做出這等事。「我從沒想過領養女孩。我不明白亞歷山大．斯賓塞太太是怎麼打算的。她這個人一旦心血來潮，就算收養整個孤兒院都不會退縮。」

林德太太原打算一直等馬修把收養的孤兒帶回來後再回家，但一想到還得等上整整兩小時，就決定先到羅伯．貝爾家通報消息。這消息必會在瞬間引起轟動，而她樂此不疲。她起身告辭了，瑪莉拉這才稍稍地鬆了口氣，但隨後因受了林德太太的悲觀論調的影響，對收養孩子的疑慮和恐懼漸漸復甦。

「天哪，真令人難以置信！」林德太太一踏上小路便不由得脫口嚷道，「真像是做夢呢。唉，我真同情那個可憐的孩子。馬修和瑪莉拉都對養育孩子一竅不通，卻期望這孩子比他的祖父還聰慧、穩重。至於他見沒見過自己的祖父，還很值得懷疑呢。一個小孩子住在綠山牆農舍，真不可思議。還從沒有過呢！在農莊初建時，馬修和瑪莉拉都已長大成人了。即使他們曾是小孩，但看看他們現在的模樣也難以想像。我可不想落到那個孤兒的境地，但我可憐他。」

林德太太對著路邊的野玫瑰訴說，滿懷誠心。如果此時她看到那個正在亮河車站耐心等候的孩子，她的憐憫之心一定會更沉重了。

第2章

馬修．卡斯伯特吃了一驚

馬修．卡斯伯特趕著栗色母馬拉的車，不慌不忙地駛在通往亮河鎮的路上。這條路大約八英里長，沿途有一些密集的農莊，風景秀麗，時而穿越一小片香脂樹林，時而穿越一道山谷；在山谷裡的野梅樹上，透明的花苞輕俏招展；空氣是甜絲絲的，夾帶著蘋果園的氣息。在遠方的地平線上，起伏的草場與珠灰、淡紫的薄霧交織，此時「小鳥縱情歌唱，彷彿這是一年中最美好的時光」。

馬修一路享受著悠哉駕車的樂趣，只是在偶爾遇到女人時需鼓起勇氣點頭致意。在愛德華王子島遇到任何人，不管認識與否，都要相互致意。

馬修懼怕天下所有的女人，除了瑪莉拉和林德太太。他總感覺那些不可思議的女人私下裡會嘲笑自己，為此惶惶不安。這麼想也許不無道理，因為他長相古怪，身形笨拙，長長的鐵灰色頭髮搭在有些下垂的肩膀上，一大把軟軟的褐色鬍子從二十歲時留起。實際上他二十歲時的相貌和六十歲時相差無幾，只不過年輕時鬍髮沒有染霜罷了。

到了亮河站，馬修沒看見火車的蹤影，還以為自己來得太早了。他把馬拴在鎮上小旅館的後院，直奔火車站。長長的月臺上一片寂靜，唯一可見的生靈是一個女孩。她孤零零地坐在盡頭處的一堆屋瓦上。馬修瞄了一眼確定是個女孩，就側身從她面前快速走過，根本沒仔細看。如果他留意，就不會錯過女孩極度緊張和期待的神情。她在等待什麼事發生或什麼人，這時候唯一能做的就是全神貫注地坐等。

馬修遇見了火車站站長。站長正在鎖售票室的門，準備回家吃晚飯。馬修向他打聽五點半的火車是不是快到了。

「五點半的火車早進站了，半小時前就開走了。」這位天性活躍的站長答道，「不過，有一位乘客被留下來交給你──一個小女孩，就坐在屋瓦上。我請她去女性候車室，她一臉嚴肅地告訴我她更喜歡待在室外，『室外有更多想像的空間』，這是她說的。我必須得承認她是個另類！」

「我要接的不是一個女孩，」馬修一臉茫然地說，「而是一個男孩。他應該在這裡，亞歷山大．斯賓塞太太從新斯科舍把他帶來交給我。」

火車站站長吹了一聲口哨。

「我猜出了差錯，」他說，「斯賓塞太太領著那個小女孩下了火車，把她託付給我照看，說你和你妹妹從孤兒院領養了她，你過一會兒來接。我知道的就這些了。我可沒在附近藏匿其他孤兒。」

「我真搞不明白。」馬修不知所措，此時真心希望瑪莉拉能在場應付這個局面。

「唉，你最好去問問那個女孩。」站長心不在焉地說，「我敢說她能講清楚，因為她能言善辯。孤兒院大概沒有你們想要的那個類型的男孩。」

站長肚子早餓了，匆匆地離開，撇下了可憐的馬修。對馬修來說，走到一個陌生的女孩——一個孤兒面前，問她為什麼不是男孩子，簡直比闖入獅籠拔獅子的鬍鬚還難啊！他轉過身子，心裡叫苦不迭，緩慢地順著月臺走過去。

那女孩在馬修經過自己身邊時就不停地打量他，現在更是用目光鎖定了他。馬修沒仔細看她，即使他看了她幾眼，也搞不清她的模樣。以普通人的眼光看，這是個十一歲左右的女孩，身穿一件過緊過短、蹩腳難看的黃灰色棉絨裙，戴一頂褪色的褐色水手帽，在帽子下面，大紅的頭髮被編成兩根粗辮子垂在背上；她的臉瘦小、蒼白，長著一些雀斑；大眼睛大嘴巴，眼睛在特定的光線下或特定的情緒中是綠色的，在其他時候卻是灰色的。

普通人能看到的僅此而已，但一位目光敏銳的觀察者會發現，女孩的前額寬闊飽滿，兩隻大眼睛充滿靈氣和活力，嘴唇的線條優美而富有感情，下巴尖尖，稜角分明，總之，這位觀察者可能會得出結論：這位無家可歸的半成熟的、被馬修不可思議地懼怕的女孩，擁有一個與眾不同的靈魂。

馬修躲過了先開口的難關。當女孩一旦斷定馬修在朝自己走來，立即站起身，用一隻瘦而黑的小手拎起手提包的提柄——手提包破舊、樣式落伍，把另一隻手伸向了他。

「我猜你就是綠山牆農莊的馬修・卡斯伯特吧？」她用特別清亮甜美的聲音說，「很高興見到你，我擔心你不會來接我了！我還設想了各種可能阻止你的事情。剛才我想好了，如果你今晚不來，我就順著鐵軌走到拐彎處的那棵大櫻花樹旁，爬上去，在上面一直等到天亮。我一點都不會害怕，再說沐浴月光，睡在開滿白花的野櫻樹上多美妙啊，你不覺得嗎？你可以想像是睡在用大理石砌成的莊園裡，不是嗎？如果你今晚不來，我相信你明早會出現的。」

馬修笨拙地握著女孩乾瘦的小手，當即暗自做出了下一個決定。對這個兩眼閃亮的女孩直言事情出了差錯，他實在做不到。反正不能把她丟在亮河鎮，他準備把她帶回家，讓瑪莉拉說出真相。等他平安返回綠山牆農莊再解釋或解決所有的問題也不遲。

「對不起，我來晚了。」馬修靦腆地說，「走吧，馬車就停在那邊的院子裡。把手提包給我。」

「啊，我拎得動。」女孩興高采烈地說，「提包不重，雖然我的全部家當都在裡面，但真的不重。這個包實在太舊了，要是不用特定的方式拎，提柄就會脫落。還是我自己來吧，因為我熟知其中的竅門。儘管在櫻花樹上過夜會很美妙，但你來了，我好開心！我們坐馬車要走很遠的路吧？斯賓塞太太說有八英里。我真高興，因為我喜歡坐馬車。今後我要和你們在一起生活，屬於你們，那多好啊！我從小到大還從沒有真正屬於過任何人呢。孤兒院是最糟糕的地方。雖然在那裡我只住了四個月，但已經受夠了。我猜你從沒在孤兒院裡生活過，所以無法想像。它糟糕得完全超出想像。斯賓塞太太說，我說這樣的話太刻毒，但我不是有意的。不知者不罪，對不對？他們都是好人，我是說孤兒院裡的人。但在孤兒院裡想像的空間太小，除非是想像其他孤兒的身世，那倒很有趣。我曾想像，我的同桌是披著綬帶的伯爵的女兒，在還是嬰兒時被一個狠心的護士偷走，但那護士在認罪之前死掉了。我在夜裡想像這類事情總失眠，因為白天沒有閒工夫啊。我想這是我身材瘦小的原因吧。我骨瘦如柴，渾身沒有多餘的肉。我總喜歡把自己想像成胖乎乎的，胳膊肘上還有圓窩窩呢。」

這時，馬修的「小同伴」停住了，原因之一是她已經上氣不接下氣了，再說他們已經來到了馬車旁。他們離開村莊，直到馬車抵達一段陡峭的下坡路為止，女孩始終沒說一句話。路上滿是深深翻起的鬆軟泥土，兩旁的土堤佇立著一排排開滿白花的野櫻桃樹和頎長的白樺樹，在有些路段，兩側的土堤比他們的頭還高出幾英尺。一株野李樹的枝杈摩擦馬車的車身，女孩伸出手把它折了下來。

「是不是很美？那棵一身雪白、繁花如蕾絲的樹能讓你聯想到什麼？」

「啊，沒什麼。」馬修答道。

「怎麼會呢？當然能聯想到新娘，一位身穿白色婚紗、披著美麗朦朧面紗的新娘。我從沒親眼見過，但能想像出她的樣子。我從不夢想能當上新娘。我長得太普通了，誰也不會和我結婚，除非是一位外國傳教士，我猜想外國傳教士不會太挑剔。但我還是希望將來有一天能穿上白色婚紗，那是我對世間幸福的最大嚮往。我太喜歡美麗衣服了，可是從小到大一件也沒有過，但那就更令人嚮往，對不對？我可以想像自己身穿華服。今天早晨我離開孤兒院時，不得不穿上這件破舊的棉絨裙，真是太難堪了。孤兒院的所有孩子都穿成這樣。去年冬天霍普頓的一個商人向孤兒院捐獻了三百碼棉絨布料。有人說是因為他賣不出去了，但我寧願相信他是出於善心。你認為呢？我隨斯賓塞太太上火車後，覺得大家都盯著我看，可憐我。但我進入了創造性的幻想世界，我穿著美麗的淡藍色絲綢連衣裙。當你幻想時，就索性盡情幻想所有的東西，飾滿鮮花、羽毛搖曳的大帽子，金表，還有山羊羔皮手套和皮靴。我立即神清氣爽，全心享受島嶼旅行，即使在坐船時也沒頭暈。斯賓塞太太說她光顧著盯著我怕我掉進海裡，所以也沒工夫暈船。她說我在船上到處閒逛，她根本追不上我。要是她真的因此沒暈船，也是一件好事，對不對？我把船上的一切都看了個遍，因為不知道以後還會不會有機會。啊！看，這裡有更多花朵盛開的櫻桃樹。這個島嶼真是繁花遍地！我已經愛上它了，我真高興將在這裡生活。我以前常聽說愛德華王子島是世界上最美麗的地方，也曾幻想過住在這裡，但從不敢奢望。幻想成真，真是太令人歡喜了，是不是？不過這條紅路有些可笑。在夏洛特敦坐火車時，窗外有紅路閃過，我就問過斯賓塞太太路為什麼是紅的，但她說她也不清楚，還求我發發同情心別再問了，我已經問過上千個問題了。也許有那麼多吧。如果不提問，你怎麼瞭解事情的真相呢？究竟是什麼使得道路變成了紅色的呢？」

「這個嘛，我也不知道。」馬修說。

「嗯，這是需要搞清楚的一件事。一想到這世界上還有許多事情有待瞭解，會不會覺得興奮？世界是多麼有趣！這使我因為活著而歡欣。如果對一切都瞭若指掌，沒有幻想的餘地，樂趣就大打折扣。我是不是話太多了？別人總批評我話太多。你要求我安靜下來嗎？如果你要求，我就住嘴。雖然這很難受，但我一旦下定決心就能做到。」

馬修很驚訝自己竟然聽得很愉快。如大多數沉默寡言者，馬修喜歡侃侃而談的人，只要對方自說自話，不要求他參與。不過，他從沒預料到自己會願意和一個女孩相處。女人們實在太難對付，女孩子們就更糟糕。他討厭她們從他身邊溜過時膽小如鼠的樣子，還斜著眼看他，彷彿她們膽敢說一句話，就會被他張口吞掉。艾凡里所謂教養良好的女孩無不如此，但這個滿臉雀斑的小女孩卻截然不同。儘管他感覺自己略微遲鈍的大腦很難跟得上她敏捷的思路，但他「有些喜歡她喋喋不休的談話」，於是便一如既往靦腆地說：

「哦，妳喜歡說就說吧，我不介意。」

「噢，那我太開心啦！我感覺我們相處得很融洽。想說就說，真舒暢啊！不會被大人提醒小孩子只許在場不許講話。大人們這樣教訓我千百萬回了，還笑話我使用偉大字眼，可如果你有偉大想法，就必須用偉大字眼表述，你說對吧？」

「對，說得有道理。」馬修說。

「斯賓塞太太說我的舌頭總懸在中間，其實根本不對，它的頂端牢牢地固定在嘴裡呢。我問了斯賓塞太太關於你們家的好多細節。她說你們家叫綠山牆農舍，被綠樹環抱，我聽了更高興啦。我特別喜歡樹。孤兒院四周沒有樹，門前只有兩三棵可憐兮兮的小樹苗，被石灰刷白的籠子圍著，簡直像孤兒。我每次看到它們，就忍不住想哭。我經常對它們說，『哦，你們這些可憐的小東西！如果你們和其他樹一起生活在森林裡，根部被苔蘚和六月鐘形花環繞，小溪從身邊流過，小鳥們在枝頭上歌唱，你們一定會長高，為什麼不呢？但在這裡卻不可能。我懂得你們的感受，可憐的小樹苗。』今天早晨，我因為要遠離它們而感到難過。你也會對類似的東西產生依賴，是吧？噢，我忘了問斯賓塞太太，綠山牆農舍旁有小溪嗎？」

「嗯，有哇，在房子下面。」

「太棒了！住在小溪旁一直是我的一個夢想，但我從來不敢奢望。夢想可能會破碎。夢想一旦成真就太美好啦！我現在幾乎感覺完全快樂了！當然我不可能完全快樂。你看，這是什麼顏色？」

她把一根光滑的長辮子拉過瘦弱的肩頭，伸到馬修眼前。馬修向來不善分辨女人的髮色，但這次竟毫無疑惑。

「是紅色的吧？」馬修說。

女孩把髮辮甩回肩後，長歎了一口氣。這聲歎息彷彿久藏心底，吐出了一切積壓多年的哀傷。

「不錯，是紅色的。」她無奈地說，「現在你明白我不可能完全快樂的原因了吧。紅頭髮的人不會完全快樂。別的我都不太在乎，什麼雀斑、綠眼睛、乾瘦啦，我一旦幻想，它們就會消失。我幻想自己擁有玫瑰花瓣般美麗的皮膚，明亮的藍紫色眼睛，但我不能想像紅頭髮不存在！我想方設法對自己說，『現在我的頭髮黑亮，黑得像渡鴉的翅膀』，但我始終清楚它分明是紅色的！唉！我完全心碎了！這將是我一生的遺憾。我曾在一本小說中讀過一個女孩的故事，她也有一生的遺憾，但不是因為紅頭髮。她的一頭純金色的頭髮從雪花石膏般的前額上波浪般垂下來。我搞不懂什麼是雪花石膏般的前額？你知道嗎？」

「哦，我恐怕不知道。」馬修說。他有些頭暈目眩。當他還是莽撞少年時，有一次在野餐中被一個男生慫恿爬上旋轉木馬，也有過類似眩暈的感覺。

「啊，不管是什麼，那一定是美好的。因為她美若天仙。你想像過美若天仙的感受嗎？」

「沒，沒想過。」馬修坦率地承認。

「我想過，經常想。如果你能選擇，你希望成為什麼人呢？美若天仙，聰明絕頂，還是天使般善良？」

「噢，我──我實在不知道。」

「我也不知道。我永遠無法決定。不過這對我來說也沒什麼差別，我大概成不了其中任何一種人。有一點是肯定的，我不可能像天使般美好，斯賓塞太太說……噢！卡斯伯特先生！噢！卡斯伯特先生！！噢！卡斯伯特先生！！！」那當然不是斯賓塞太太說的，女孩沒從馬車上掉下來，馬修也沒做出什麼驚人之舉，只不過馬車在路上轉了個彎，進入了「林蔭大道」。

這條被新橋鎮居民稱作「林蔭大道」的路大約四五百碼長。路兩旁長滿高大的蘋果樹，那是多年前一個性情古怪的老農夫種下的。蘋果樹伸展著繁茂的枝葉彎成拱形，籠罩了道路。頭頂上芬芳如雪的蘋果花搭起悠長的天棚，樹枝間溢滿紫色的柔光。遠方依稀可見的被夕陽染紅的天空，如大教堂長廊盡頭玫瑰色的窗櫺一般光彩閃耀。

女孩被眼前的美景驚呆了。她倚靠在馬車上，一雙瘦削的小手緊握在胸前，揚起歡喜的小臉，欣賞頭頂那片白色的輝煌。即使在馬車駛出林蔭道、踱下新橋鎮的緩坡後，女孩依然紋絲不動，一言不發，滿臉喜悅的神情，凝視著西方天際的夕陽。在燦爛的背景下，一幕幕絢麗的圖景在她眼前倏忽閃過。經過新橋鎮這個喧鬧的小村莊時，狗衝他們吠叫，小男孩們叫喊著，向車窗裡好奇地窺探，但兩人都不講話。又走過了三英里，女孩還沒有開口。她顯然既能滔滔不絕，也能保持沉默。

「妳是不是累了？餓了吧？」馬修終於大膽地問，那是他對她長時間靜默的唯一解釋，「好在前面的路不遠了，再有一英里就到了。」

女孩深深地歎了口氣，從沉思中醒過神來，目光迷茫地看著馬修，彷彿她的靈魂曾被星星牽引，飄遊到了遠方。

「哦，卡斯伯特先生，」她低聲問，「剛才我們走過的那個雪白的地方叫什麼呀？」

「妳說的一定是『林蔭大道』，」馬修沉思了片刻又補充說，「那是一個好看的地方吧？」

「好看？噢，『好看』可不恰當，說『美麗』也不夠，兩個都詞不達意。是美妙，美妙啊！這是我第一次親眼看見的美到極限美得超越幻想的地方。它讓我的心靈得到滿足，」女孩把手放到胸前說，「它使我感到一種既奇異又快樂的痛苦。你體驗過這樣的痛苦嗎，卡斯伯特先生？」

「嗯，我好像沒有。」

「我經常體驗，每次看到富麗堂皇的東西就會有這樣的感覺。不過，他們怎麼把那麼美的地方僅僅叫做『林蔭大道』呢？這名字太普通了。讓我來想想，應該叫它『歡悅的雪白之路』。那是一個富於想像力的美好名字吧？我要是對某地或某人的名字不滿意就會另外取個新名字。孤兒院裡有個孩子名叫赫普茲巴·詹金斯，我卻在想像中一直叫她羅莎莉婭·德維爾。別人叫那個地方『林蔭大道』，我卻要叫它『歡悅的雪白之路』。離家真的只有一英里了嗎？我既歡喜又感傷，因為即將結束這麼愉快的旅途。每當愉快的事情終結時，我總會感傷。也許更愉快的事情還在後面，但你永遠不能確定。一想到就要到家了，我就歡喜起來。你知道，直到現在為止，我還從沒有過一個屬於自己的真正的家呢。抵達一個真正的家，這念頭又給我的心靈帶來快樂的痛苦。噢，那是多美好的感覺！」

他們駕著馬車向山崗駛去。山崗下是一個小湖，幽長彎曲，幾乎像一條小河，一座橋橫跨中央，一條琥珀色的帶狀沙丘延伸到低處，隔開了小湖和下游深藍色的海灣。各種亮麗的色彩在水中變幻跳躍：最富於靈氣的藏紅色、玫瑰色、淡綠，還有各種叫不出名字的顏色。在橋的上方，湖水流入長滿了冷杉和紅楓的樹林，在搖曳的樹影下忽而幽暗忽而清澈。零星的野梅樹從岸邊探出身子，彷彿一位白衣少女踮起腳尖眺望自己在水中的倒影。從小湖上游的沼澤地裡，傳來青蛙們清脆又甜蜜的合唱聲。一幢灰色的小房子掩映在對面斜坡上的蘋果園中。暮色還未完全幽暗，但其中一扇窗裡已有燈光閃耀。

「那就是『貝瑞的小湖』。」馬修說。

「啊，是嗎？我也不喜歡這個名字。讓我想想。我叫它『閃亮之湖』吧，對，那是個恰當的名字，我可以肯定，因為我的心震顫了。每當我捕捉到一個合適的名字，就會感到一種震顫。你有過這種體驗嗎？」

馬修默默地想了一會兒。

「嗯，從黃瓜地裡挖出令人噁心的白幼蟲之類，我也會震顫，我很討厭它們的樣子。」

「啊，那完全不是一回事兒，你覺得是嗎？『白幼蟲』和『閃亮之湖』之間沒有多大的聯繫呀！別人為什麼要叫它『貝瑞的小湖』呢？」

「我猜是因為附近住著貝瑞一家。他們住的地方叫果園坡，要不是果園坡後面那一大片樹叢擋著，妳從這裡就可以看到綠山牆農舍了。我們得過橋，拐過街道，大概還有半英里的路。」

「貝瑞家有小女孩嗎？也不是太小，和我差不多年齡的？」

「有一個十一歲左右的女孩，叫黛安娜。」

「是嗎？」她長吸了一口氣，「多可愛的名字呀！」

「嗯，我說不準。對我來說那名字有點怪。我更喜歡像簡、瑪麗拉和其他普通一些的名字。聽說黛安娜出生時正趕上學校校長在她家寄宿，家裡人就請他給取名字，於是他叫她黛安娜。」

「我真希望我出生時也有一位校長在場。啊，要上橋了，我得閉上眼睛。我總害怕過橋，常想像到了橋中間，橋突然斷裂，像袖珍小刀似的把我們夾住折斷，所以得閉眼。可是，估計到橋中間時，我又會忍不住睜開眼。如果橋真的斷裂，我必須親眼目睹。啊，橋會發出巨大的轟隆聲！我喜歡轟隆聲。世上壯觀的事情太多了，對吧？啊，我們過了橋啦！讓我再回頭看一眼。晚安，可愛的『閃亮之湖』！我對自己喜愛的東西總像對人一樣道晚安。它們聽了會很開心的，湖水在衝我微笑呢！」

他們繼續駛向山崗，拐了一個彎，馬修指著前方說：

「我們快到家了，那就是綠山牆農舍。」

「噢，別告訴我！」女孩氣喘吁吁地打斷了馬修，兩手緊緊抓住他伸出的胳膊，閉上了眼睛，不去看他的手勢，「讓我猜猜，我肯定猜得準。」

她睜開了雙眼，環視四周。這時，馬車抵達了山頂。太陽已西下，但在柔和的落日餘暉中，風景還清晰可見。向西望去，一座深色教堂的尖塔在鍍金天空的映襯下高高聳立。下面是一灣小溪谷，連接著一條悠長的斜坡，斜坡上散落著一些溫馨的農舍。女孩用熱切渴望的目光一一掃視，最後停留在左邊道路盡頭的那幢房屋上。在朦朧的暮色中，在繁茂樹木的環繞中，房屋露出一片淡白色，而在房屋西南方的純淨蒼穹上，一顆晶亮的大星星閃爍著，彷彿一盞指路的希望明燈散發光芒。

「就是那座，對吧？」女孩指點著問。

馬修高興地一拉馬背上的韁繩：

「嗨，妳猜對了！我想斯賓塞太太向妳描述過，所以妳猜得這麼準。」

「沒有，她真的沒有。她泛泛地說了一些情況，對每幢房子都適用。我不知道你家房屋的樣子，但一看見那幢，就感覺它是家。啊，我是在夢中嗎？你知道嗎？我的手臂肯定是青一塊紫一塊的，因為我今天掐它好幾次了。每隔一會兒，我就被一種可怕的令人忐忑的感覺籠罩，懷疑是在做夢，就掐自己。後來我領悟到，即使是夢，我也該一直做下去，所以停手了。這回是真的了！馬上就要到家了！」

女孩滿面歡喜地陷入了沉思。馬修開始惴惴不安起來。必須有一個人告訴這個無家可歸的孩子，她所熱烈期待的家並不是她的，但這個人會是瑪莉拉，而不是他，這讓他感到了些許安慰。馬車在經過林德家前面的山谷時，天已經黑了，但坐在窗前的林德太太還是捕捉到了他們的身影，目送他們的馬車爬上山崗，拐進通往綠山牆農舍的長長的小路。當他們來到房屋前，馬修莫名其妙地害怕說出真相。他想到的不是這個錯誤給他和瑪莉拉招來的麻煩，而是不忍心讓女孩大失所望。當他一想到女孩眼中閃動的欣喜光芒會熄滅，就愈發不安起來，彷彿自己即將成為一場謀殺的幫凶。以前他曾不得不宰殺小羊、小牛或其他無辜的幼小生靈時，也有過類似感覺。

他們走進院落，天已全黑，四周白楊樹的葉子發出輕柔的沙沙聲。

「你聽！樹在說夢話呢，」女孩在被馬修從車上抱下來時，悄聲說，「它們做的一定是美夢吧。」

隨後，她緊緊抓起那個裝有「全部家當」的提包，跟著馬修走進綠山牆農舍。

第3章

瑪莉拉．卡斯伯特吃了一驚

馬修剛推開門，瑪莉拉就腳步輕快地迎了上來，但當她把目光落在那個模樣古怪的小女孩身上時，立即詫異地停住了腳步。女孩身穿緊繃繃的難看的裙子，紅頭髮梳成長辮，眼神熱切明亮。

「馬修．卡斯伯特，這是誰呀？」她喊道，「男孩呢？」

「沒什麼男孩，」馬修可憐兮兮地應道，「只有她。」同時他朝女孩點點頭，突然意識到自己一直沒問過她的名字。

「沒有男孩？一定會有！」瑪莉拉堅持道，「我們捎口信給斯賓塞太太是要她帶個男孩來。」

「嗯，她沒有，只帶來了這個女孩，我問過站長。我必須把她領回來，不管出了什麼差錯，不能把她留在火車站吶！」

「哼，這可是件麻煩事！」瑪莉拉嚷道。

在這場激烈的對話中，女孩一直保持沉默。她的目光在兩人身上來回移動，臉上所有興奮的表情逐漸消失。突然間，她似乎完全領會了談話的內容，把「珍貴」的提包扔到了地上，上前一步，攥緊了小手。「你們不要我！」她激動地嚷道，「因為我不是男孩，就不要我！我早該料到的，從來沒人願意收留我。我應該懂得一切過於美好了，當然不會長久。唉，我該怎麼辦？我……要哭了！」

女孩果然眼淚飛濺。她跌坐到桌旁的一把椅子上，手臂撲到桌子上，把臉埋在臂彎，開始嚎啕痛哭。馬修和瑪莉拉隔著火爐面面相覷，不知如何應對，最後還是瑪莉拉遲疑著挺身而出：

「好了，好了，沒必要為這事哭成這個樣子。」

「有，完全有必要！」女孩迅速抬起頭，露出一張滿是淚痕的臉和顫動的嘴唇，「如果妳是一個孤兒，來到一個新地方，滿心希望到家了，卻發現他們根本不想要妳，就因為妳不是一個男孩，妳也會哭的！哦，這真是我一生中遇到的最悲慘的事情！」

瑪莉拉勉強地微笑了，儘管笑得有些僵硬、生疏，但她嚴峻的神色變得溫和起來。

「好了，別再哭了，我們今晚不會趕妳出門去的。在把事情弄清楚之前，妳就留在這裡。妳叫什麼名字？」

女孩猶豫了片刻。

「妳可以叫我寇蒂莉亞嗎？」她急切地問。

「叫妳寇蒂莉亞？那是妳的名字嗎？」

「不……不是，但我很希望被叫做寇蒂莉亞。那是一個多典雅的名字呀。」

「我不明白妳到底是什麼意思。如果妳不叫寇蒂莉亞，妳叫什麼？」

「安妮．雪利。」名字的主人極不情願地、結結巴巴地答道，「但是，哦，求求你們叫我寇蒂莉亞吧，反正我暫時留在這裡，叫我什麼對你們都無所謂，對吧？安妮這個名字太不浪漫了。」

「什麼浪漫不浪漫的，都是胡扯！」瑪莉拉毫不留情地駁斥，「安妮是一個既樸素又實用的好名字，妳沒必要感到羞恥。」

「不，我並不感到羞恥，」安妮解釋道，「我只是更喜歡寇蒂莉亞這個名字。我總想像自己是寇蒂莉亞，尤其在最近幾年。小時候，我曾幻想自己叫潔拉汀，但現在我更喜歡寇蒂莉亞。可是，如果妳非要叫我安妮，那請妳叫我『拼寫中帶E的安妮』。」

「怎麼拼寫又有什麼差別呢？」瑪莉拉提起茶壺，露出一絲勉強的笑容。

「差別太大了！看起來好多了！當妳聽到一個發音清晰的名字，妳不覺得能在心裡看到它嗎？就像被刻出來的？我能。A-n-n，看上去糟糕透了，可是A-n-n-e，拼寫時帶E，就高雅多了。如果妳叫我『拼寫中帶E的安妮』，我就妥協一次，不再去想寇蒂莉亞。」

「好吧，拼寫中帶E的安妮，妳能告訴我差錯出在什麼地方嗎？我們捎口信給斯賓塞太太說幫我們領養個男孩，孤兒院裡是不是沒有男孩了？」

「有哇，多得很啊，但斯賓塞太太說得很明確，你們想收養一個十一歲左右的女孩，女總管說她覺得我挺合適的。你們不知道我當時有多高興，昨天興奮得一整夜都沒睡著覺。」說到這，安妮轉向馬修，責怪道：「哦，在車站時你怎麼不告訴我你們並不想領養我？怎麼不把我留在那裡？如果我沒看見『歡悅的雪白之路』和『閃亮之湖』，也就不會像現在這麼痛苦了。」

「她到底在說些什麼呀？」瑪莉拉盯著馬修問。

「她……是指我們在路上的一些談話，」馬修連忙道，「我去把馬牽進來，瑪莉拉，妳去準備茶吧。」

「除了妳以外，斯賓塞太太還從孤兒院領回了其他孩子嗎？」馬修出門後，瑪莉拉繼續問。

「斯賓塞太太領養了莉莉．瓊斯。莉莉今年才五歲，長得特漂亮，頭髮是褐色的。

如果我也很漂亮，長一頭褐髮，妳會收留我嗎？」

「不會。我們是想找一個能幫馬修幹農活的男孩，女孩對我們來說沒什麼用處。把妳的帽子摘下來，我把它和妳的提包放到廳堂的桌子上去。」

安妮溫順地聽從了。不一會兒，馬修回來了，三個人坐下吃晚餐。安妮實在沒胃口，慢慢地啃了幾口黃油麵包，蘸了點裝在扇貝形玻璃碟裡的酸蘋果醬。

「妳什麼也沒吃！」瑪莉拉盯著她嚴厲地說，彷彿不吃飯是要命的缺點。

安妮歎了口氣：「我吃不下！我正處於絕望的深淵。當妳陷入絕望的深淵時，妳能吃得下飯嗎？」

「我從來沒有陷入過，所以沒法回答妳。」瑪莉拉答道。

「從來沒有嗎？那妳想像過自己陷入絕望的深淵嗎？」

「不，沒想像過。」

「我想妳不會理解。那是一種非常痛苦的感覺。妳吃東西時，它就一整塊堵在喉嚨裡，根本嚥不下，哪怕是巧克力奶糖。兩年前我吃過一塊巧克力奶糖，真是太好吃了。從那以後，我經常夢見我得到了大把的巧克力奶糖，可每次在剛把糖放進嘴裡時就被驚醒了。希望妳不要生氣，每樣菜都很好吃，但我一點也吃不下去。」

「我想她是累了。」馬修從倉房回來後還沒開過口，這會兒終於說，「瑪莉拉，最好還是讓她先去睡吧。」

瑪莉拉一直在考慮讓安妮睡在哪裡。她在廚房旁的小房間為即將來臨的男孩準備了沙發床，儘管它整潔，但安置一個女孩似乎不太合適。讓這個來歷不明的流浪兒睡客房絕無可能，剩下的只有東山牆的房間。瑪莉拉點燃一根蠟燭，叫無精打采的安妮跟在自己身後。安妮走過廳堂時，順手拎起桌上自己的帽子和提包。廳堂無可挑剔地潔淨，當她走進東山牆的房間時，發現它比廳堂更潔淨。

瑪莉拉把蠟燭放到一張三條腿的三角形桌子上，掀開了被子。

「妳有睡衣吧？」她問。

安妮點了點頭：「有，有兩件，孤兒院的女管家給我做的，短小得要命。在我們住的窮孤兒院裡，東西總不夠分，凡事都要苛刻節儉。我討厭短小的睡衣，不過穿上後，我就把它們幻想成領口鑲花邊、下襬曳地的漂亮睡衣，也算是一種安慰。」

「好啦，快換上睡覺吧。過一會兒我來取蠟燭。我可不放心讓妳吹滅蠟燭，說不準妳會引起火災。」

在瑪莉拉走後，安妮迅速地打量四周，注視著空蕩蕩的突兀的白牆，感覺它們一定也心懷痛苦。地面也是空蕩蕩的，中間鋪著一張她從未見過的圓形編織腳毯。在房間的角落裡，有一張高高的帶四根深色床柱的老式床；對面是那張三角形的桌子，桌上擺著一個厚厚的紅天鵝絨的針插，剛硬得似乎能把世上最尖銳的針折斷。在桌子上方的牆上，掛著一面長方形的小鏡子。在桌子和床之間，有一扇掛著白色紗簾的窗戶，窗下是洗臉架。房間氛圍不可言喻地冰冷，滲入了安妮的骨髓。她啜泣著匆忙脫掉衣服，換上睡衣，跳到床上，把臉深深地埋進枕頭裡，又扯過被子蒙住腦袋。當瑪莉拉返回來取蠟燭時，看到那些短小的衣服被胡亂地丟在地上，床上那一片凌亂起伏的形狀證實安妮的存在。

瑪莉拉耐心地把安妮的衣服一件件拾起來，整齊地放到一把整潔的黃椅子上，然後拿起蠟燭走到床邊。

「睡個好覺。」她口氣生硬，但不無溫情。

安妮猛然從被子下面露出蒼白的小臉和一雙大眼睛，抗議道：「妳怎麼會說睡個好覺？妳明明知道這是我一生中最糟糕的夜晚！」隨後就鑽進被子不見了。

瑪莉拉慢慢地下了樓，走進廚房，開始清洗餐碟。馬修抽起菸斗，顯然心緒煩亂。他平時很少抽菸，因為瑪莉拉明確反對，認為抽菸是一種惡習，但在某些特定的時刻和場合，他抗拒不了菸癮。瑪莉拉裝作沒看見，她深知一個男人總要有一個宣洩感情的出口。

「惹出這麼大的麻煩，」瑪莉拉怒氣沖沖地說，「這就是我們不親自去，託別人捎口信的結果。斯賓塞家的人不知怎麼傳錯了信息。明天你我必須要有一個人去斯賓塞太太家問清楚，還得把這個女孩送回到孤兒院去。」

「嗯，我猜想是這樣。」馬修勉強附和。

「你猜想？你難道不清楚嗎？」

「唉，瑪莉拉，她真是個討人喜歡的小孩。她一心想留下來，如果把她送回去，真有些遺憾。」

「馬修．卡斯伯特，你的意思不會是要把她留下來吧？」馬修此刻如果表示自己愛好倒立，瑪莉拉也不會這麼驚訝。

「不，不是的，也許沒那麼想，」馬修結巴了，因為惴惴不安和詞不達意，他陷入進退兩難的境地，「我猜想，我們不太可能收留她。」

「我必須說不！她對我們有什麼好處？」

「我們可能對她有好處。」馬修的回應出人意料。

「馬修．卡斯伯特，你被那個女孩迷惑住了！我看得一清二楚，你想收養她。」

「她呀，真是個有趣的小孩，」馬修固執己見，「要是妳聽到她從火車站回來一路上的談話，該多好啊！」

「她快嘴快舌，我早看出來了，但這幫不了她。我不喜歡多話的孩子，也不想收養孤女。即使收養，她也不是我會選擇的那種類型。她身上有種讓我琢磨不透的東西。不行，必須得把她送回到原地！」

「我可以雇一個法國男孩幫忙幹活，」馬修說，「她給妳做伴。」

「我不需要人做伴。」瑪莉拉直截了當地說，「我不準備收留她。」

「好吧，瑪莉拉，當然要聽妳的。」馬修站起身，放好菸斗，「我回房睡覺了。」

馬修去睡了。瑪莉拉收拾完餐具，緊皺著眉頭，也回到了自己的房間。在樓上東山牆的房間裡，一個孤苦伶仃、渴望愛心、無親無故的孩子流著眼淚進入了夢鄉。

第4章

綠山牆農舍的清晨

安妮醒來時，天色已經大亮。她起身坐在床上，眼神迷濛地望向窗戶。明媚的陽光大片地潑灑進來，透過一些潔白羽毛般搖曳的東西，看得見碧藍的天空。

一時間，她忘記了自己身在何處，先是感到一陣歡愉的顫慄，彷彿快樂的事剛發生過。接著，她恢復了可怕的記憶，這裡是綠山牆農舍，而瑪莉拉和馬修因為她不是男孩而拒絕收留她！

時值清晨，窗邊的一株櫻桃樹綻滿繁花。她從床上跳起來，穿過房間，去推窗框。窗戶似乎很久沒被開過了，發出吱吱嘎嘎的聲響，事實上也是如此。窗框卡得很緊，不用支任何東西就能一直敞開。

安妮跪在窗前，凝望著六月的早晨，雙眼閃爍著快樂的光芒。噢，多美呀！這真是一個可愛的地方！她也許不能留下，但她還可以想像，這裡有任憑想像力馳騁的天地。

一棵大櫻桃樹近在咫尺，枝頭緊貼房屋，繁花怒放，幾乎看不見一片綠葉。房子兩側都是果園，一邊種滿蘋果樹，另一邊種滿櫻桃樹，每棵樹無不鮮花爛漫，而在樹下的草地上，處處點綴著蒲公英。在果園下面有一座花園。晨風吹來花園裡紫丁香的甜絲絲的香氣。

在花園下方，一片長滿三葉草的綠地緩緩伸入山谷；山谷裡小溪奔流，兩岸白樺樹挺立，不難想像羊齒草和苔蘚正在樹下歡快地成長。在小溪背後有一座山崗，覆蓋著雲杉和冷杉，青翠碧綠。透過林中縫隙，安妮望見了灰山牆的小房子，那正是前一晚她在「閃亮之湖」的另一邊看到的。

農舍左邊是幾個大倉房，而在倉房背後，越過平緩的綠草地，蔚藍大海的粼粼波光隱約閃現。

安妮用自己那雙愛美的眼睛依戀地注視四周的風景。這可憐的女孩在生活中看過那麼多醜陋的地方，眼前的一切如同她夢想的那般美好。她跪在那裡，全心沉醉，忘卻自己身處何地，直到有人把手搭在了她的肩膀上。原來瑪莉拉走進來了，她竟沒有發覺。

「這會兒妳該把衣服穿好啦。」瑪莉拉簡捷地說。她真不知道對小孩子該用什麼語氣。因為無知，不免唐突生硬，其實這並不是她的本意。

安妮站起身，深吸了口氣說：「啊，多美呀！是不是？」她向窗外美麗的世界揮手。

「樹高大，」瑪莉拉說，「還開著很多花，但結不出多少果子，結出來的也是又小又生蟲子。」

「啊，我不是光說樹！當然了，樹很美，光彩耀眼的美！花傾情怒放，但我要說的是周圍的一切：花園、果林、小溪、樹木，這整個遼闊美好的世界。在這樣的清晨，妳不覺得妳太喜歡這個世界了嗎？我聽到小溪一路歡笑而來。妳注意到小溪有多快活嗎？它們總在歡笑。即使在冬天，我也能聽到它們在冰面下的笑聲。綠山牆附近有一條小溪，真讓我開心啊。妳大概想，你們不準備收留我，這跟我有什麼關係呢？真的有關係呢。即使我再也看不到了，我也會永遠記得綠山牆農舍旁的小溪。小溪要是不存在，我就會被偏執的念頭折磨，認定該有一條。今天早晨，我不在絕望的深淵裡了。我從來不會在早晨感到絕望。早晨的來臨多美好啊，對不對？我還是很悲傷。我剛才還幻想你們想收養的孩子真的是我，我就會留在這裡，一直到永遠。在沉醉幻想時，我感到極大的安慰，但在必須打斷幻想時，我就會心痛。」

「妳最好穿上衣服下樓去，忘掉妳的那些幻想。」瑪莉拉在安妮停頓時立即插嘴，「早飯已準備好了。去洗洗臉，梳梳頭。窗戶就這麼開著吧，把被子整理好，盡量動作快一些。」

很顯然，安妮要是想做事俐落，就可以做到。十分鐘後，她已衣著齊整，梳好辮子，洗淨臉，下樓來了，自以為完成了瑪莉拉的所有吩咐，露出輕鬆自在的神情，其實她忘了整理被子。

「啊，今天早晨真有點餓了。」安妮剛一坐到瑪莉拉為她準備的椅子上，就開始說，「世界不像昨晚那樣噩夢般荒涼，我真開心，這個早晨多明媚。我還喜歡細雨濛濛的早晨。妳不覺得所有的早晨都興趣盎然嗎？妳預料不到白天裡會發生什麼，因此就有想像的餘地。我很高興今天不下雨，因為在晴朗的日子裡心情會愉快，比較容易承受痛苦。我感覺自己正在承受巨大的痛苦。讀悲慘故事時，想像妳自己英雄般地經歷磨難，鬥志昂揚，一旦真的經歷就不那麼美好了，是不是？」

「妳發發慈悲把嘴閉上一會兒行不行？」瑪莉拉阻止道，「一個小女孩不應該這麼多話。」

安妮立刻順從地沉默下來。這持續的沉默反倒使瑪莉拉感覺緊張，似乎狀況有些反常。馬修也一言不發，那倒是再正常不過了。於是，早餐進行得悄無聲息。

安妮愈來愈心不在焉，機械地吃著食物，一雙大眼睛茫然地凝視窗外的天空，這令瑪莉拉愈發不安。這個奇怪的女孩雖然身在桌旁，心思卻插上幻想的翅膀，飛到了九霄雲外。誰願意把她留在身邊呢？

但馬修莫名其妙地要留下她！瑪莉拉看得出來，馬修並沒有改變昨晚的想法，而且會固執到底。那是純粹的馬修的方式：一個偶然的念頭一旦產生，就會伴隨著堅韌的沉默扎根，而這種無底沉默中的堅韌，比他開口講話更有力度、更有效果。

吃完早餐，安妮才脫離了幻境，主動要求洗餐碟。

「妳能洗好嗎？」瑪莉拉懷疑地問。

「能，不過我照看孩子更內行，積累了豐富的經驗。很遺憾你們沒有小孩。」

「在這一刻，我可沒心情要更多的小孩。憑良心說，妳這一個小孩已是大難題！我真不知該拿妳怎麼辦，而馬修是最荒唐的人。」

「他很可愛，」安妮反駁道，「他富有同情心，也不在意我話多，似乎還喜歡聽。我一見到他就覺得他是我的知音。」

「你們倆都怪怪的，如果那是妳所謂的知音。」瑪莉拉從鼻子裡「哼」了一聲說，「好了，去洗盤子吧，多用些熱水，洗後一定要擦乾淨。我上午有很多事，因為下午我們必須去白沙鎮見斯賓塞太太。妳跟我一起去，我們好決定怎麼安排妳。洗完碗，上樓去把床鋪好！」

瑪莉拉一直在敏銳地觀察。安妮洗餐碟還算熟練，但整理床鋪卻不怎麼順手，因為從沒學過拉扯羽絨被的本領，但總算把被子拉開、鋪平。瑪莉拉不願看到她總在自己面前晃動，便打發她到外面去玩，午飯前再回來。

安妮飛奔到門口，容光煥發，雙眼閃亮，但猛然在門前停住了腳步，轉過身，回到桌前坐了下來。臉上的光亮轉瞬熄滅，彷彿剛被人用滅火器噴射過。

「又怎麼啦？」瑪莉拉問道。

「我不敢出去玩。」安妮說，語氣彷彿一位捨棄人間歡悅的殉道者，「如果我不能留下來，我對綠山牆農舍的愛就毫無意義。我要是到了外面，和那些樹木、鮮花、果園還有小溪交上朋友，就會抑制不住地萌發愛。我已經很難過了，不想忍受更大的煎熬。我非常渴望到外面去，萬物好像都在呼喚：『安妮，安妮，快出來吧，我們想要一個玩伴。』但我還是不去的好。如果妳明知要立即和它們生生分離，這時的愛戀有意義嗎？可要做到不愛多難啊，是不是？我當初以為能留在這裡，激動萬分，可以傾情喜歡那麼多景物，沒有什麼能阻礙我。這短暫的夢已經結束了，我順從命運，所以不想到外面去，擔心自己違背命運。對了，請問窗邊的植物叫什麼？」

「帶蘋果香氣的天竺葵。」

「噢，不是說那種名字，我是問妳為它取的。難道妳沒為它取名嗎？那我可以取一個嗎？讓我想想，『邦妮』合適，我還在這裡時，可以叫它『邦妮』嗎？噢，求求妳了。」

「天哪！我可不在乎。天底下哪有為天竺葵取名的道理？」

「哦，我喜歡將萬物擬人化，哪怕只是天竺葵，也要使它們看起來像個人。如果只叫天竺葵而不叫名字，妳怎麼知道有沒有傷害它的感情？妳不會喜歡別人叫妳『婦女』而不叫妳的名字。今天早上，我給東山牆房間窗外的櫻桃樹取名為『白雪皇后』，因為櫻桃花潔白如雪。雖然花不常開，但可以想像它永不凋落，不是嗎？」

「我這輩子真沒見過這樣的孩子，也沒聽說過。」瑪莉拉嘟囔著。她為了脫身，到地窖裡去取馬鈴薯了。「這孩子確實有趣，還真像馬修說的。我預感自己要是猜測她接下去會說什麼，就會被她蠱惑的。她已經蠱惑了馬修。馬修剛才出門時看我的那眼神再次表明或者暗示他昨晚說出的想法。我真希望他像其他男人一樣坦白直言，那樣我就可以和他對質、辯論。但你能拿一個只用眼神交流的男人怎麼辦呢？」

瑪莉拉從地窖走出來時，只見安妮正兩手托腮，雙眼凝視天空，又沉浸到夢幻世界裡了。瑪莉拉沒理她，直到把提前做好了的午餐擺到桌子上。

「馬修，下午我想用馬車，行嗎？」瑪莉拉問。

馬修點點頭，留戀地望了望安妮。瑪莉拉立即遮住了馬修的目光，嚴厲地說：「我要去白沙鎮把事情說清楚。斯賓塞太太也許會立即想出辦法把安妮送回到新斯科舍。我先把下午茶給你準備好，並準時回來擠牛奶。」

馬修依然沉默不語，瑪莉拉感覺自己在白費口舌。沒有什麼比毫無反應的傢伙更令人惱火，除非那是個女人。

馬修在瑪莉拉和安妮出發前按時套好了栗色母馬拉的馬車。他把院門打開，當馬車經過時，彷彿自言自語地說：「小溪鎮的小傑里．波特早上來過，我告訴他夏天可能會雇用他。」

瑪莉拉沒理會，狠狠地向那不幸的栗色母馬抽了一鞭子。那匹肥壯的馬還沒有受過這種待遇，憤怒地嘶鳴，快步衝向小路。瑪莉拉在疾馳的馬車上回頭張望，發現惹人生氣的馬修正倚靠著院門，依依不捨地目送她們遠去。

第5章 安妮的身世

「妳知道嗎？」安妮推心置腹地說，「我決心享受這次旅行。根據我的經驗，只要你下定了決心，你幾乎都會獲得享受。當然，你的決心要堅定！我們旅行時，我盡量不去想回孤兒院的事。啊！快看那朵早開的野玫瑰，多美啊！妳不覺得它當一朵玫瑰很愜意嗎？要是玫瑰會說話該多奇妙啊。我敢肯定它會向我們講述許多美好的事情。粉紅色難道不是世上最迷人的顏色嗎？我喜歡粉紅色的衣服，但穿不了。紅頭髮的人不能穿粉紅色，在想像中都不能。妳聽說過有人在小時候是紅髮，但長大後變成別的顏色嗎？」

「沒有，從來沒有，」瑪莉拉毫無同情地回答，「而且我也不相信那會發生在妳頭上。」

安妮一聲歎息：「唉，又一個希望破滅了。『我的人生是一座埋葬希望的墓地』，這是我以前在一本書裡讀到的句子。每當我失望時就反覆念誦，自我安慰。」

「我不明白這怎麼會有自我安慰的效果。」

「因為它聽起來既高尚又浪漫，妳知道，我把自己當成書中的主人公。我喜歡浪漫，而一座埋葬希望的墓地是一個人能想像得出的最浪漫的事物，所以我對擁有一座而感到安慰。我們會經過『閃亮之湖』嗎？」

「如果妳所說的『閃亮之湖』是指貝瑞家小湖，不經過，我們走海濱大道。」

「海濱大道的名字很美，」安妮陶醉地說，「它名副其實嗎？在妳說這個名字時，我的眼前就出現了一幅圖畫。白沙鎮也是個好名字，不過我更喜歡艾凡里。艾凡里多美妙，聲調像音樂一樣。我們離白沙鎮還有多遠？」

「五英里路呢。既然妳這麼愛說話就說些實際的，給我講講妳所瞭解的妳自己。」

「哦，我瞭解的根本不值一提！」安妮熱切地說，「如果妳讓我講講我幻想出來的自己，妳會發現那更有趣！」

「不，我不想聽妳的幻想。妳要講不加修飾的事實。從頭說起，妳在哪裡出生？今年多大？」

「今年三月分我就滿十一歲了，」安妮輕歎一聲，原原本本地講起了自己的身世，「我出生在新斯科舍的波林布魯克。我爸爸叫華特．雪利，是當地的中學老師。媽媽叫柏莎・雪利。華特和柏莎都是很好聽的名字吧？我爸媽都有好名字，這讓我感到自豪。如果我爸爸叫……比如叫傑迪代亞，不就太丟臉了嗎？」

「一個人只要品行端正，叫什麼名字不重要。」瑪莉拉認為自己有責任對安妮進行一些良好而實用的道德教育。

「哦，我可不那麼想，」安妮露出沉思的神情，「我從一本書上讀到過，說玫瑰即使叫其他名字氣息也是甜蜜的，但我從來不信。我不信玫瑰如果叫植薊或者植臭菘會一樣美好。我猜想如果我爸爸名叫傑迪代亞，他也會是個好人，但那名字一定是個沉重的精神負擔。我媽媽在同一所學校當老師，當然，結婚後就不再教書，只承擔照顧丈夫的重大責任。湯瑪斯太太說他們是一對大孩子，窮得像教堂裡的老鼠，住在波林布魯克的一幢窄小的黃房子裡。我不記得那幢房子，但無數次地幻想過。在起居室的窗邊會有綻放的金銀花，前院種著紫丁香，門內的小徑旁長著君影草。所有的窗戶都遮著薄紗窗簾。薄紗窗簾為房子營造溫馨的氛圍。我就是在那幢房子裡出生的。湯瑪斯太太說，她從沒見過像我這麼醜的嬰兒，又瘦又小，就一雙大眼睛還算突出，但我媽媽認為我非常美麗。我想媽媽的眼光總比一個窮困的臨時女傭準確些。不管怎麼說，媽媽對我還算滿意，這讓我感到些許安慰。如果我令她失望，就太悲哀了，因為她沒能活多久。我剛滿三個月，她就得熱病去世了。如果她能活到我會叫『媽媽』的那天，該多好啊！我想，叫一聲『媽媽』會多甜蜜，妳說呢？我父親也染上了同樣的病，在母親去世後的第四天離開了人世。我就這麼成了孤兒。湯瑪斯太太說，左鄰右舍都束手無策。妳看，那時就沒人想要我，這似乎是我的命運。父母都是從遙遠的外地遷來的，大家都知道他們沒有在世的親戚。後來湯瑪斯太太收留了我。她家很窮，她的丈夫是個酒鬼。我是她一手帶大的。妳知道嗎？被人一手帶大的孩子必須成為好孩子，因為每次我一淘氣她就嚴厲地責備我，說她一手把我帶大，我怎麼可以做壞女孩。

「湯瑪斯一家後來從波林布魯克搬到馬里斯維爾。我在她家一直住到八歲那年，照看她的四個比我小的孩子。我跟妳說，照看他們可真是件苦差事。後來湯瑪斯先生被火車輾死了。湯瑪斯先生的母親答應收留湯瑪斯太太和她的孩子們，但不願意要我。湯瑪斯太太走投無路，不知道該怎麼安置我。後來哈蒙德太太來了，看我擅長照顧小孩，就收留了我。我和哈蒙德太太一家住在河上游的樹林裡，周圍全是樹樁。那真是個寂寞冷清的地方。如果沒有想像力的話，我真不可能在那裡活下去。哈蒙德先生在附近的一座小鋸木加工廠工作。哈蒙德太太生了八個孩子，其中有三對雙胞胎。當最後一對雙胞胎出生時，我極嚴肅地對哈蒙德太太說，雖然我算是喜歡嬰兒的了，但連續三對雙胞胎實在太多了！我整天抱著他們，累得筋疲力盡。

「我在哈蒙德太太家生活了兩年多，後來哈蒙德先生去世了。哈蒙德太太把孩子們分送到親戚家，自己去了美國。因為沒人要我，我只能進霍普頓的孤兒院。孤兒院本來就人滿為患，並不歡迎我，但又必須收留我。我在那裡待了四個月，直到斯賓塞太太把我接出來。」

安妮講完了，伴隨一聲如釋重負的歎息。顯然，她不喜歡講自己在這個世界上屢遭遺棄的經歷。

「妳上過學嗎？」瑪莉拉一邊問一邊駕著馬車轉上海濱大道。

「沒上多少學。我在湯瑪斯太太家的最後一年上了一段時間，但到了河上游的哈蒙德家後，因為離學校太遠，我在冬天裡不能走路上學，夏天學校又放假，所以只讀了春、秋兩個學期。當然我在孤兒院時一直都在讀書。我閱讀能力很強，能背誦很多首詩歌，〈霍恩林登戰役〉、〈弗洛登後的愛丁堡〉、〈萊茵河上的賓根〉，還有〈湖畔女郎〉和詹姆斯·湯姆森的《四季》中的大部分章節。妳不喜歡那些令妳渾身顫抖的詩歌嗎？五年級課本裡有一首詩名叫〈波蘭的陷落〉，通篇都激動人心。當然了，我還在上四年級，但比我大一點的女孩經常把她們的課本借給我。」

「那幾個女人，湯瑪斯太太和哈蒙德太太，對妳還好嗎？」瑪莉拉側目看著安妮問。

「唉，」安妮吞吞吐吐地說，敏感的小臉突然漲紅了，眉宇間露出窘迫，「唉，我知道她們的出發點是好的，也想盡可能地善待我。如果別人有這份心意，即使做不到，妳也不會介意吧。妳知道她們要操心的事情太多了。守著酒鬼丈夫，日子不好過；連生三對雙胞胎，日子更是糟糕透頂，妳不這樣認為嗎？我感覺她們是想對我好的。」

瑪莉拉沒再接著問下去。安妮沉浸在靜默的喜悅中，欣賞著海濱大道的美景。瑪莉拉心神恍惚地駕著馬車，陷入了沉思，一股憐憫之情油然而生。瑪莉拉從安妮的一番話中猜測出她的經歷，瞭解了真相。這個女孩以前過的是怎樣淒慘無愛的生活啊，只有苦工、貧困、漠視。難怪她對擁有一個真正的家那麼全心嚮往，但遺憾的是她要被送回到孤兒院。馬修下了決心要收養她。如果她，瑪莉拉，遷就馬修的不切實際的偶然念頭，留下安妮會怎麼樣呢？安妮似乎是個本質不錯、可調教的小孩子。

「當然，她話太多，」瑪莉拉暗想，「但經過引導可以糾正過來，何況她並不說粗話和俚語。她有些淑女氣質，也許因為她的爸媽都是有教養的人。」

海濱大道「草木叢生，荒茫、靜寂」。右側低矮的杉樹林雖然被海風經年累月地吹打，但仍然茂密；左側緊貼著一片紅砂岩的斷崖，如果拉車的馬不像栗色母馬那麼穩當，乘車人一定會心驚肉跳呢！在懸崖下是大片的被浪濤不停衝擊的岩石，還有鑲嵌著寶石般鵝卵石的沙灘。極目遠望，大海呈現醉人的蔚藍，波光粼粼；海鷗在水面上翱翔，牠們的翅膀在太陽下閃耀銀光。

「大海真是美極了！」安妮從沉默中醒過神來說，「我住在馬里斯維爾時，湯瑪斯先生有一次租車帶我們到十英里以外的海邊玩了一整天。雖然我得照顧小孩，但還是享受了每一分每一秒，在後來的許多年裡都不停地回味。不過，這裡比馬里斯維爾還要美。看那些海鷗多出色！妳願意成為一隻海鷗嗎？我倒是願意，如果我不是女孩的話。海鷗每天在朝陽升起時醒來，整天在蔚藍的海上高高低低地飛翔，多浪漫啊！直到晚上才回到自己的巢。啊，我真可以把自己想像成一隻海鷗。請問前面的那幢大房子是什麼地方？」

「白沙鎮酒店，是柯克先生經營的。在旅遊旺季，美國人會蜂擁而至。他們認為這裡的海濱是理想的避暑之地。」

「我擔心那是斯賓塞太太家呢。」安妮愁眉不展地說，「我真不想到她家，那似乎是一切的終點。」

第6章 瑪莉拉做出決定

瑪莉拉和安妮在預計的時間來到了斯賓塞太太家。斯賓塞太太住在白沙灣的一幢黃色房子裡。她前來開門時有些驚訝，但熱情地表示歡迎。

「親愛的，親愛的，」她驚叫起來，「我沒想到今天會見到妳們，不過我很高興。要把馬牽進來嗎？安妮，妳好嗎？」

「還可以，謝謝您。」安妮面無笑容地回答，似被痛苦的陰影籠罩。

「我想我們該坐一會兒，讓馬歇歇。」瑪莉拉說，「不過我答應馬修早點回家。斯賓塞太太，不知怎的，事情出了差錯，我來是想問清楚。我和馬修捎話請妳從孤兒院幫我們領養一個十歲到十一歲的男孩，是讓妳的兄弟羅伯轉告的。」

「什麼？瑪莉拉．卡斯伯特，妳不是這麼說的！」斯賓塞太太猶疑地反駁道，「羅伯讓他的女兒南茜帶來口信，說你們想要個女孩。南茜是這麼說的，芙羅拉．簡，對吧？」斯賓塞太太向剛出現在臺階上的女兒芙羅拉．簡求助。

「南茜確實是這麼說的，卡斯伯特女士。」芙羅拉．簡認真地證實道。

「真對不起，」斯賓塞太太說，「太糟糕了！但這實在不是我的錯，我盡了力，還以為遵照了妳的要求。南茜真粗心大意。我經常責怪她這個毛病。」

「是我們的錯，」瑪莉拉有些無奈，「因為這麼重要的事，我們應該親自來，而不該叫人捎口信。錯已經犯下了，現在唯一能做的是糾正它。我們可以把安妮送回孤兒院嗎？我猜他們還會接收她吧？」

「我想會的，」斯賓塞太太若有所思，「但我認為不一定非得把她送回去。昨天彼得．布萊維特太太來了，說後悔沒託我幫她找一個女孩子做家務。彼得太太一大家子人，妳也知道，要找幫手太困難了。安妮正合適，我想這也是天意。」

瑪莉拉並不認同所謂的天意。這似乎是個意外的好機會，可以讓她擺脫不受歡迎的安妮，但她心裡並不感激。

瑪莉拉和彼得．布萊維特太太僅有點頭之交。布萊維特太太長相潑辣、矮小精瘦。被她解雇的女孩子們講過不少她的事蹟，說她是個「可怕的監工」。她暴躁吝嗇，她的孩子們驕橫無禮、吵鬧不休。瑪莉拉一想到要送安妮去接受彼得太太所謂的「溫情的仁慈」，就感到良心不安。

「好吧，我進去坐坐，商量一下。」瑪莉拉說。

「那不是彼得太太走過來了嗎？太巧了！」斯賓塞太太嚷道，連忙引著客人們穿過門廊，走進了會客室。一股寒氣撲面而來，彷彿很久以前就從暗綠色百葉窗的縫隙透進來，早失去了每一絲溫熱。「這真是幸運，我們馬上就可以解決問題。卡斯伯特小姐，請坐到扶手椅上。安妮，妳坐到凳子上，別亂動。把帽子交給我吧。芙羅拉，去燒壺水。布萊維特太太，下午好！我們正說呢，幸好妳趕巧來了。讓我來介紹妳們兩位認識，布萊維特太太，卡斯伯特小姐，哦，實在對不起，我忘了囑咐芙羅拉讓她把麵包從烤爐裡拿出來，請稍等。」

斯賓塞太太把百葉窗拉起來，急忙出去了。安妮沉默地坐在凳子上，兩手緊握，搭在膝上，緊張恐懼地盯著布萊維特太太。自己難道要被交給這個面容刻薄、目光尖銳的女人嗎？她感到喉嚨裡一陣哽咽，眼睛尖銳地疼痛起來，擔心自己控制不住眼淚的跌落。這時斯賓塞太太回來了。她臉頰泛紅、笑容幹練，對所有的難題，無論肉體的、心靈或精神的，都能考慮周全，還會妥善解決。

「布萊維特太太，這小女孩的事情出了點差錯。」她說，「我以為卡斯伯特小姐想收養個女孩，別人確實是這麼告訴我的，但現在看來她要的是男孩。如果妳昨天跟我說的想法沒變，我想這個女孩對妳來說正合適。」

布萊維特太太把安妮從頭到腳打量了一番。

「多大了？叫什麼名字？」她問道。

「安妮．雪利，十一歲了。」那個膽怯的女孩結結巴巴地回答，不敢提及自己名字的拼寫規則。

「哼，妳太瘦小了，不過還算結實。我不知道原因，但結實的孩子總是最好的。我要是收留妳，妳必須做個好孩子，聽話、伶俐、懂禮貌，還必須賣力地幹活，這一點不要搞錯。好吧，卡斯伯特小姐，我把這孩子領走吧。家裡嬰兒很鬧人，簡直把我累死了。如果妳願意，我現在就把安妮帶走。」

瑪莉拉看了看安妮，只見她慘白的小臉上布滿沉默的悲哀，那是一個孤苦無依的小生命在逃出陷阱後再次墜落的悲哀。她的心軟了下來。她惴惴地意識到，如果她拒絕安妮神情中的籲求，自己至死都會受良心的譴責，更何況她對布萊維特太太根本沒什麼好印象。把一個敏感的、容易激動的孩子交到這樣一個女人手裡，不！她可負不起那樣的責任。

「哦，還沒定呢，」瑪莉拉慢聲慢氣地說，「我沒說馬修和我絕不收養她。說實話，馬修很想留下她。我來只是想問清楚哪裡出了錯。我還是先把她領回去和馬修商量吧。

我凡事必須徵求馬修的意見，不能自作主張。要是我們決定不留她，明晚就把她送到妳家去；要是我們沒送，那妳就明白我們把她留下了。妳看行嗎？」

「看來也只能這麼辦了。」布萊維特太太不高興地說。

在瑪莉拉說話時，安妮的臉上初現曙光，絕望的神色漸漸消褪，露出淡淡的希望的紅暈。她的眼睛如晨星般明亮深邃，和先前簡直判若兩人。過了一會兒，斯賓塞太太和布萊維特太太就出去找食譜了，那是後者來訪的本意。

「噢，卡斯伯特小姐，妳真的說妳可能讓我留在綠山牆農舍嗎？」安妮屏氣悄聲地問，好像生怕聲音稍大一點就會打碎那美好的機會，「妳真說了嗎？還是我在想像？」

「如果妳區別不了事實和幻想，安妮，妳真該學會控制妳的想像力。」瑪莉拉生氣地說，「是的，妳聽到了，就不要再問。還沒最後定下來。我們可能還是會把妳送到布萊維特太太家去。她當然比我更需要妳。」

「我寧可回孤兒院也不到她家去！」安妮激動地嚷道，「她簡直就像一把……一把錐子。」

瑪莉拉忍住笑，但覺得安妮必須受到斥責。

「像妳這樣的女孩，評論一位太太，一個陌生人，不覺得羞恥嗎？」她語氣嚴厲，「回到那邊安靜地坐下，不要講話，行為舉止要有好女孩的樣子！」

「妳要是收養我，我就全聽妳的。」安妮懇求道，順從地坐回到凳子上。

當她們在傍晚回到綠山牆農舍時，瑪莉拉從遠處看到馬修在小路上徘徊，就看穿了他的心事。當他發現她至少把安妮帶回來了，臉上露出寬慰的神情。對此瑪莉拉並不驚訝，但她對安妮的事隻字未提。直到她和馬修在倉房後面擠牛奶時，才簡略地講了安妮的身世，還有和斯賓塞太太見面的結果。

「我連自己喜歡的狗都不會送給布萊維特家的那個女人！」馬修不同尋常地激憤。

「我也不太喜歡她，」瑪莉拉承認，「要麼送給她，要麼我們把安妮留下來。馬修，你好像很想這麼做，我覺得我也願意，或者說迫不得已吧。我想來想去，直到能說服自己。這可是要擔責任的。我們都沒養育過孩子，尤其是女孩，我敢說我會把事情搞得一團糟，但我會盡力。馬修，我決定讓她留下來。」

馬修害羞的臉上泛起喜色。「啊，我猜妳會想通的，」他說，「她的確是個有趣的小孩子。」

「你要是能說她是個有用的小孩子，還有點意義，」瑪莉拉反駁道，「但我要把她培養成有用之人。馬修，你可不許干涉我的教育。一個單身女人也許不太懂得教育孩子，但總比一個老單身漢要強一些吧，所以你最好少管。等我失敗了，你再插手也不遲。」

「好啦，好啦，妳有妳的方式，瑪莉拉，」馬修溫和地說，「妳要善待她，但不要嬌慣她。我想她是這樣一個孩子：只要妳能使她愛妳，妳就可以隨意塑造她。」

瑪莉拉「哼」了一聲，表示對馬修發表的關於女性的任何意見都不以為然，隨後拎上水桶，走進了加工牛奶的小屋。

「我今晚不會對安妮說她可以留下來。」瑪莉拉一邊把牛奶倒進奶油分離器一邊想，「不然她會興奮得一夜不合眼。瑪莉拉．卡斯伯特，妳沒有退路了。妳想像過自己有一天會收養一名孤女嗎？夠讓人驚奇的。更不可思議的是這居然是馬修提議的。他怕女孩子怕得半死。不管怎麼樣，既然決定了就試試吧，至於以後會發生什麼，只有天知道。」

第7章

安妮的祈禱

當天晚上，瑪莉拉把安妮帶進東山牆的房間後，口氣生硬地說：「安妮，我注意到妳昨晚把衣服脫下來後胡亂地扔到地上。那是個非常邋遢的習慣，我不能容忍。妳應該立即把衣服一件件疊整齊，放到椅子上。不愛乾淨的女孩子留在我家一點用也沒有。」

「昨晚我太痛苦了，根本沒想到衣服的事。」安妮說，「今晚我會疊好的。在孤兒院時，他們總要求我們這樣做，但我多半會忘掉，因為迫不及待地想躺到床上在美好的安靜中幻想。」

「妳要是住在這裡，就得好好記住，」瑪莉拉嚴肅地告誡，「好，疊成這樣就可以了。祈禱一下，趕緊上床睡覺吧。」

「我從來不祈禱。」安妮說。

瑪莉拉大吃一驚：「為什麼？安妮，妳什麼意思？沒有人教過妳祈禱嗎？上帝總希望小女孩做禱告。妳不知道上帝嗎？」

「上帝是聖靈，是無限、永恆與不變，祂代表智慧、力量、神聖、公正、仁慈和真理。」安妮立即無比流利地回答。

瑪莉拉這才鬆了口氣：「哦，看來妳知道一些，感謝上帝！妳還不完全是個教盲，妳在什麼地方學的？」

「在孤兒院的主日學校。我們學了整本的《教義問答》，我還挺喜歡的。裡面的很多詞語都特別美妙，『無限』、『永恆』、『不變』，很氣勢磅礡吧？洪亮又有韻律，就像大型管風琴在演奏。我想不能把它叫做詩，但聽起來很像詩，是不是？」

「我們不是在談詩，安妮，我們在談祈禱。妳知道嗎？不做晚禱是有罪的。我懷疑妳是一個壞女孩。」

「妳如果也是紅頭髮就會發現當壞女孩比當好女孩容易得多！」安妮怒氣沖沖地嚷道，「不是紅頭髮的人就不懂紅髮人的苦惱。湯瑪斯太太說，上帝是故意把我的頭髮弄紅的！從此我再也不關心上帝了。再說，我每天晚上累得筋疲力盡，哪顧得上禱告？妳不能指望一個照顧好幾對雙胞胎的孩子禱告，對不對？」

瑪莉拉決定立即開始對安妮進行宗教觀培養，很顯然，這事不可耽擱。

「在我家裡，妳必須禱告。」

「為什麼？我當然會做的，如果妳這麼要求。」安妮愉快地答應道，「妳要我做什麼我都會照辦，但妳得教我。我上床後會想像出一段真正優美的禱告詞留著以後用。我相信那會是非常有趣的！」

「妳必須跪下。」瑪莉拉窘迫地說。

安妮跪在瑪莉拉的膝下，嚴肅地抬頭仰望，問道：「為什麼必須跪著禱告？我如果祈禱，會一個人跑到遼闊的原野上或者走進幽深的森林裡，仰望晴朗碧藍的無垠天空，望向更高更遠處，隨後我就『感受』祈禱了。我準備好了，我該說什麼呢？」

瑪莉拉更加不自在了。她本想教幾句適合孩子的傳統禱告詞，諸如「上帝請保佑我入睡吧」。但她有些幽默感，或者說對合情合理的事情有天然直覺，所以她突然意識到，傳統的禱告詞對那些身穿白袍、坐在母親膝頭牙牙學語的嬰孩來說是神聖的，但對這個滿臉雀斑的鬼靈精女孩並不合適。安妮不瞭解也不在意上帝的眷愛，因為她從來沒有感受過上帝的眷愛透過人間真情的傳遞。

「妳夠大了，該用自己的語言禱告。」瑪莉拉最後說，「感謝主的恩典，然後謙卑地向主說出自己的願望。」

「那我盡力吧。」安妮答應道，隨後把臉伏在瑪莉拉的膝上。「仁慈的主啊，在教會裡牧師就是這樣說的，自己祈禱時也可以這麼說吧？」她抬起頭問道。

「仁慈的主，謝謝祢賜予我『歡悅的雪白之路』、『閃亮之湖』、『邦妮』，還有『白雪皇后』。我真的非常感激祢。我目前所能想到的祢的恩賜就這些。我請求祢賜予的東西太多了，如果全講出來要花很多時間，所以我只請求兩件最重要的事吧：一件是請主讓我永遠地留在綠山牆農舍；另一件是請主讓我長成一個美人。此致，尊敬祢的安妮·雪利。」

「怎麼樣，我禱告得不錯吧？」安妮站起身興奮地問，「如果再多一些時間考慮，我會禱告得更華麗些。」

可憐的瑪莉拉差點暈過去。如此離奇的祈禱不能算不虔誠，這完全源於安妮對宗教的無知。瑪莉拉一邊給安妮掖好被角一邊在心裡默默發誓，要從明天起正式教她做祈禱。當她拿著蠟燭即將走出房間時，安妮叫住了她。

「啊，我想起來了，我不應該說『尊敬祢的』，而該說『阿門』。牧師就是這麼說的。我剛才忘記了。我覺得祈禱應該有個結束語，所以加了那麼一句。妳覺得會有什麼不同嗎？」

「沒有，我想沒有。」瑪莉拉說，「做個好孩子，快睡吧，晚安。」

「今晚道晚安還算恰當。」安妮說完，舒服地把頭藏進枕頭中間。

瑪莉拉一回到廚房就情緒激動地把蠟燭放到桌子上，嚴厲地看著馬修：

「馬修．卡斯伯特，是該有人收養、教育這個孩子了。她簡直和野蠻人差不多。你能相信嗎？今晚竟是她第一次做禱告！明天我帶她到牧師那裡借一套《正道啟蒙》叢書。等我給她做件合身的衣服就送她上主日學校。看來這夠我忙一陣的了。唉，我們來世上走一遭不能不承擔一些責任。我的生活在此之前都是輕鬆的，但困難的日子來臨了，我想我必須盡力而為。」

第8章

撫養安妮的開始

瑪莉拉一直到第二天午後都沒告訴安妮她已獲准留在綠山牆農舍，原因只有她自己最清楚。上午，她給安妮安排了各種家務事，還一直以敏銳的目光觀察她。到了中午，她得出了結論：安妮機靈、聽話、勤快、好學，最大的不足是時常陷入幻想而忘記做事，直到被訓斥或失了手才又回到現實中來。

安妮在洗好了午餐的盤子後，突然來到瑪莉拉的面前。她整個瘦小的身體都在顫抖，小臉漲得通紅，眼睛瞪到最大，神情似乎在等待最壞的宣判。她把兩隻小手緊緊相握，懇求道：「哦，卡斯伯特小姐，求求妳告訴我，妳到底要不要把我送走？從早晨起我一直耐心等待，但我受不了這份煎熬。太痛苦了！請妳告訴我吧！」

「我要妳把洗碟布放在熱水裡燙一下，妳還沒做呢，」瑪莉拉不動聲色，「安妮，在做完之前不要再問。」

安妮順從地做完，隨後又走過來，懇求地注視著瑪莉拉。

「好吧，」瑪莉拉再找不到推遲的理由，「我想還是告訴妳吧，馬修和我已經決定留下妳，如果妳努力做個聽話的好孩子，有感恩的表現。哎，妳這孩子又怎麼了？」

「我在哭，」安妮語無倫次，「我也不知道是怎麼了，我太高興了！噢，這麼說其實不準確。當初看到『歡悅的雪白之路』和『白雪皇后』，我高興過，但現在的感覺比高興更強烈，是幸福！我一定會努力做個好孩子。也許會有難度，因為湯瑪斯太太總說我特別壞，但我會努力的。可是妳能解釋我為什麼哭嗎？」

「我想妳是太激動、太興奮了。」瑪莉拉責備道，「坐到那把椅子上冷靜一下。我對妳說哭就哭、說笑就笑的脾氣有些擔心。沒錯，妳可以留下來，我們也會善待妳。妳得去上學。不過，再過兩個星期學校就放暑假了，還是等到九月分新學期開學吧。」

「我該怎麼稱呼妳呢？繼續叫卡斯伯特小姐呢，還是改稱卡斯伯特姨媽？」

「不，就叫我瑪莉拉。別人叫我卡斯伯特小姐我聽著彆扭。」

「叫瑪莉拉？太沒禮貌了吧？」安妮提出了異議。

「只要妳用尊重的語氣，就沒什麼不禮貌的。在艾凡里，除了牧師，老人和小孩都叫我瑪莉拉，牧師說他腦子裡一想到我就是卡斯伯特小姐。」

「我真想叫妳瑪莉拉姨媽。」安妮露出渴望的神情，「我從來沒有過姨媽或別的親戚，甚至連祖母也沒有。叫姨媽，讓我感覺自己屬於妳。我叫妳姨媽可以嗎？」

「不，我不是妳的姨媽，我對名不副實的事情不感興趣。」

「但我們可以把妳想像成我的姨媽。」

「我辦不到。」瑪莉拉嚴厲地回絕。

「妳從沒想像過和現實不符的事情嗎？」安妮瞪大眼睛問。

「沒有。」

「唔？」安妮長歎一口氣，「哎呀，卡斯——瑪莉拉，妳錯過了太多！」

「我不熱衷脫離實際地幻想，」瑪莉拉反駁道，「當上帝把我們安置到特定的情境中，祂無意讓我們用幻想代替現實。哦，我想起一件事。妳到起居室去，注意把妳的腳擦乾淨，別讓蒼蠅飛進去，把壁爐臺上那張帶插圖的卡片拿過來，上面有《主禱文》。妳今天下午有空時要用心把它學會。再不能像昨晚那樣禱告了。」

「我確實糟糕，」安妮充滿歉意地說，「但妳知道我從來沒練習過。妳不能要求一個人第一次禱告就出色吧？昨晚上床後，正像我答應妳的，我忽然想出一篇非常精彩的禱告詞，和牧師的一樣長，還富有詩意。可是妳能相信嗎？今天早晨醒來後，我一個字都想不起來了。我真擔心再沒有那樣的靈感了。不知為什麼，回想的內容永遠不如原創的那麼好，妳注意到沒有？」

「我倒想要妳注意，安妮，當我吩咐妳去做事，我要妳立即行動，而不是站在那裡喋喋不休。按我說的去做吧。」

安妮立即跑向正門廳對面的起居室，但一去就了無蹤影。瑪莉拉等了十分鐘，放下手裡的毛線，一臉不悅地去找安妮。安妮佇立在牆上兩窗之間的一幅畫前，眼中充滿夢幻的神情。白與綠的光線透過窗外的蘋果樹和葡萄藤照在她小小的身軀上，閃爍著神聖的光芒。

「安妮，妳又在想什麼呢？」瑪莉拉質問。

安妮回過神來。「想這個，」她指著那幅色彩鮮豔的石板畫〈耶穌祝福小孩〉說，「我想像自己是其中的一員，就是那個穿藍裙子的女孩。她悄悄地躲在角落裡，神情孤獨哀傷。我猜她無父無母，和我一樣不屬於任何人。妳不這樣覺得嗎？但她也渴望得到主的賜福，就在人群背後怯生生向前靠近，希望沒人注意到她，除了耶穌！我太能理解她的感受了。她的心一定怦怦狂跳，兩手發涼，就像剛才我問妳能不能留下來時一樣。她擔心主耶穌注意不到她，但祂很可能注意到了。我把後面的情景都想像出來了：她一點點地向祂靠近、靠近，終於來到了祂面前。耶穌看著她，把手放到了她的頭頂上，一股顫慄的愉悅立刻穿透了她的全身。要是畫家沒把耶穌畫得這麼悲傷就好了。不知妳發現了沒有？畫上的耶穌都這樣，但我不相信耶穌總是面容悲傷，不然孩子們會害怕接近祂的。」

「安妮！」瑪莉拉對自己沒有早點打斷她而感到驚訝，「妳不可以這麼講話，太不虔誠了，真是不敬！」

安妮驚奇地眨眨眼：「什麼？我很虔誠呀，絕對沒有不敬的意思。」

「我料妳也不會，但這麼隨意談論耶穌不合適。還有，如果我吩咐妳去拿東西，妳就該立即拿來，不要看畫什麼的胡思亂想。要記住這點。去把那張卡片拿來，立即回到廚房去坐到角落裡，用心把禱告詞背下來。」

安妮摘來一把蘋果花插到花瓶裡用來裝飾餐桌。瑪莉拉認為此舉毫無意義，但未加評論。安妮把卡片立在花瓶旁，雙手托著腮，一聲不響、全神貫注地學習了幾分鐘。

「我喜歡這段禱告詞，」她終於宣布道，「它很美。以前我聽過一次，是孤兒院主日學校的校長念的，但當時我並不喜歡，因為校長的聲音沙啞，禱告得那麼悲哀，給我的感覺是他把祈禱看作是一項惱人的責任。這段禱告詞不是詩，卻給我詩一般的感受。比如『我們在天上的父，願人都尊祢的名為聖』，就像音樂小節。噢，我很高興妳讓我學這個，卡斯……瑪莉拉。」

「那妳就安靜地背誦吧。」瑪莉拉簡短地說。

安妮將花瓶傾斜，輕吻了一下瓶中淺粉色的蘋果花蕾，隨後認真學習了一會兒。

「瑪莉拉，」安妮又問，「妳覺得我在艾凡里會找到知心朋友嗎？」

「什麼樣的朋友？」

「知心朋友，就是真正的知音。我一生都期待和她相遇，和她分享內心深處的情感。我不敢奢望夢想成真，但突然間我的這麼多美好的願望都實現了，也許這個也會實現，妳覺得呢？」

「住在對面果園坡的黛安娜．貝瑞，和妳年紀差不多，是個可愛的女孩。她去卡莫迪看望姨媽了，等她回來，也許會成為妳的玩伴。不過，妳最好注意自己的言行舉止。貝瑞太太很挑剔，不會讓黛安娜和不可愛的壞孩子來往。」

安妮隔著蘋果花望著瑪莉拉，眼中閃爍著興奮的光芒。

「黛安娜長什麼樣？不是紅頭髮吧？噢，但願她不是，我夠煩惱了，實在受不了知心朋友也是紅頭髮。」

「黛安娜是個非常美麗的女孩。黑頭髮黑眼睛，玫瑰紅的臉頰，另外，她還善良、聰明，那比美貌更重要。」

瑪莉拉就像《愛麗絲夢遊仙境》裡的公爵太太一般熱衷道德，而且堅信，培育孩子就要在每段談話中滲透道德教育。安妮卻迴避道德說教，只專注於自己感興趣的內容。

「是嗎？我為她的美麗而高興。雖然我不美，但有一個美麗的知心朋友也很好。以前我住在湯瑪斯太太家時，她的起居室裡有一個帶玻璃門的書櫃，不過裡面沒有書，而是裝著湯瑪斯太太最心愛的瓷器和果醬——如果她有果醬需要保存的話。有一天晚上，湯瑪斯先生喝醉了，把其中一扇門的玻璃打碎了，另外一扇的還完整。我經常假裝把玻璃上映出的自己的影子當成住在櫃子裡的女孩，給她取名叫凱蒂．莫里斯。我們彼此親密，常交談長達幾個小時，特別在星期天。我向她傾訴一切，而她帶給我安慰和鼓勵。我們想像書櫃中了魔法，只有我掌握祕密咒語。我打開門走進凱蒂住的房間，而不是湯瑪斯太太裝瓷器和果醬的櫃子。凱蒂牽著我的手，把我帶到了一個奇妙的地方，那裡充滿鮮花、陽光，還有精靈，從此永遠過上幸福美好的生活。後來我要搬到哈蒙德太太家去，因為要離開凱蒂，我的心碎了。我知道凱蒂也很傷心，因為當我們隔著書櫃的玻璃吻別時，凱蒂哭了。哈蒙德太太家沒有書櫃，但從她家通向河流的小路上，有一條長長的綠色山谷。妳每說一個字，包括低語，山谷都報以美妙的回聲。於是我想像回聲是一個名叫薇奧莉塔的女孩，是我的好朋友。我非常愛她，幾乎就像愛凱蒂．莫里斯一樣，幾乎，但不完全一樣。妳懂的。我去孤兒院的前一天晚上，特地跑去向薇奧莉塔道別，她用那麼哀傷的聲調回說『再見』。我深深地思念薇奧莉塔。雖然在孤兒院裡也有想像的空間，但我再沒有心情幻想出另一個知心朋友。」

「幸好妳沒心情，」瑪莉拉冷冰冰地說，「我不贊成妳整天熱衷於幻想。妳得把這些亂七八糟的想法從腦子裡清除出去，交一位真實的、活生生的朋友，那對妳會有好處。不要跟貝瑞太太提起凱蒂和薇奧莉塔，不然她會認為妳瞎編故事。」

「哦，我不會的。我不會隨便對別人講，因為她們倆留給我的回憶那麼神聖，但我願意讓妳瞭解她們。哎，快看！一隻大蜜蜂落到了蘋果花上。想想吧，多美麗的棲身之處，蘋果花上！啊，在微風輕拂的花中入夢，多浪漫呀！如果我不是女孩，我願意變成一隻蜜蜂，生活在花叢中。」

「妳昨天不是還想變成海鷗嗎？」瑪莉拉嗤笑道，「妳真是三心二意。我說過了，趕快背誦禱告詞，不要再講話。看來妳只要身邊有人聽，就閉不上嘴。妳還是到自己的房間裡去背吧。」

「哦，我已經差不多背完了，就剩下最後一行。」

「聽話，到妳的房間去，把它好好背完。待在那裡，等我喊妳幫我準備下午茶時再下樓。」

「我可以把蘋果花帶上去陪我嗎？」安妮懇求道。

「不行，妳不可以把房間裡塞滿花。妳本來就不該把它摘下來。」

「是，我也覺得有點不應該，」安妮說，「摘下，就縮短了它們的生命。如果我是蘋果花，肯定也不情願。但那誘惑無法抵擋！如果妳遭遇無法抵擋的誘惑，妳會怎麼辦呢？」

「安妮，到妳自己的房間去，難道妳沒聽見嗎？」

安妮歎了口氣，回到了東山牆的房間，在窗邊的一把椅子上坐下來。

「背完禱告詞啦。其實剛才上樓時我就記住了最後一行。現在，我要在幻想中把一些東西帶進這個房間，並且留住它們。白天鵝絨地毯鋪在地上，上面繡滿粉紅玫瑰；粉色絲綢窗簾垂在窗邊，牆上懸掛金銀織錦緞的壁毯。家具都是用桃花心木製成的。雖然我從未見過桃花心木，但它聽上去多豪華呀！在一張沙發長椅上堆滿絲綢靠墊，有粉紅的、天藍的、深紅的、金黃的，我正姿態優雅地斜躺在上面，還從牆上華麗的大鏡子中看到自己的身影。我身材高挑，如女王一般高貴，身穿綴滿白蕾絲花邊的禮服，胸前戴著珍珠項鍊，戴的頭飾也是珍珠的；頭髮午夜般漆黑，肌膚象牙般潔白。我的名字是寇蒂莉亞·費茲傑羅女士。嗯，不行，這個名字怎麼這麼假？」

安妮輕輕地跳起來，來到小鏡子前凝視，鏡中一張長滿雀斑的小臉和一雙嚴肅的灰眼睛回望她。

「妳不過是綠山牆農舍的安妮！」她認真地說，「每當我把自己幻想成寇蒂莉亞小姐，我看到的就是妳！就像妳也正在看著我。但是，做綠山牆農舍的安妮要比做無家可歸的安妮強上一百萬倍，不是嗎？」

安妮彎下腰，滿懷深情地吻了一下鏡中的自己，然後奔到敞開的窗戶前。

「親愛的『白雪皇后』，下午好！山谷裡的白樺樹們，下午好！山崗上可愛的灰色小屋，下午好！我想知道黛安娜會不會成為我的貼心朋友。我希望如此，我會非常愛她，但不會忘記凱蒂和薇奧莉塔，不然她們肯定會傷心的。我不想傷害任何人的感情，即使是書櫃中的女孩和回聲女孩。我要把她們銘記在心，每天給她們送上一個吻。」

安妮順著指尖向櫻桃花拋去了幾個飛吻，然後雙手托腮，思緒悠悠地漂向幻想的海洋。

第9章

林德太太大受驚嚇

安妮在綠山牆農莊住了兩個星期後，林德太太才來看她。說句公道話，這可不能怪林德太太。自從上次露面後，這位好心的太太就因患上一場既嚴重又不合季節的感冒一直被困在家裡。她很少生病，還看不起經常生病的人，但她堅稱，感冒和天底下其他的疾病不同，只能被解釋為特別的天意懲罰。醫生剛准許她出門她就急忙奔向綠山牆農舍，滿懷好奇心去看馬修和瑪莉拉領養的孤兒。關於這個孤兒的各種軼聞和猜測已在艾凡里村廣為流傳。

安妮在過去的兩個星期裡一刻也沒閒著。她結識了農莊裡的每棵樹、每叢灌木，還發現在蘋果園的下面，有一條小路穿越狹長的林地伸向山崗。她追尋這條彎曲多變的小路，直到它的盡頭，發現了令人驚喜的小溪和小橋，冷杉樹和野櫻花樹遮天蔽日的陰涼之地，羊齒草茂盛的角落，還有楓樹和花楸樹枝條中間的幽僻小徑。

安妮和谷底的山泉也交上了朋友。泉水深邃、清澈，冰一樣涼爽，浸在光滑的紅砂岩間，四周環繞著棕櫚葉般的水羊齒草。在山泉背後，是一座橫貫小溪的獨木橋。

獨木橋把安妮跳躍的腳步引向了樹木蔥郁的小山崗。小山崗在挺拔、繁茂的冷杉和雲杉的遮蔽下，光線總是幽暗。在林間，嬌嫩的「六月鐘形花」遍地盛開，羞澀而甜美；幾朵搖曳的淺色七瓣蓮，彷彿去年盛開過的花朵的精靈。樹間銀絲般的蜘蛛網閃爍微光，而冷杉的枝葉似乎正親密地低語。

所有的這些探險，安妮都是利用每天半小時的玩耍時間進行的。每次歸來，她都要描述自己的新發現，幾乎把馬修和瑪莉拉的耳朵都吵聾了。馬修當然從不抱怨，總是默默地傾聽，臉上露出愉悅的笑容。瑪莉拉雖然也任由安妮喋喋不休，可一旦察覺到自己對安妮的話題過於感興趣，便立刻打斷她，甚至不無唐突地叫她閉嘴。

林德太太來訪時，安妮正在果園裡玩耍，悠閒地徜徉在青草間，茂密的青草在黃昏的霞光下微微舞動。林德太太有了絕好的機會向瑪莉拉津津有味地描述自己生病的經過，從每一分疼痛到每一次脈搏，簡直使瑪莉拉覺得連感冒都會帶來回報。當林德太太詳盡描述所有的細節後，才說出了來訪的真正理由。

「我聽說妳和馬修做出了一些令人驚訝的事。」

「我想妳不會比我自己更驚訝，」瑪莉拉說，「我正在慢慢適應。」

「出了這樣的差錯，真是太糟糕了！」林德太太深表同情地說，「不能把孩子送回去嗎？」

「最初我們也想那麼做，不過後來改變主意。說實話，馬修喜歡這個孩子，我必須承認我也喜歡她。她很聰明，雖然有些缺點。這個家已經開始變化了。」

因為看到林德太太臉上浮現出不贊同的神情，瑪莉拉補充了這幾句。

「妳擔負了重大的責任，」林德太太滿面憂慮地說，「尤其妳對養育孩子毫無經驗。我想妳對這個孩子一無所知，不瞭解她的性情，再說也沒人能預料到她將來會長成什麼樣。我可不是給妳潑冷水呀。」

「我不會灰心喪氣的。」瑪莉拉冷淡地回應，「我要是下決心做什麼事，就不會輕易動搖。妳想見見安妮吧，我把她叫進來。」

安妮很快跑進來了，臉上掛著漫遊果園後的喜悅神情，但當她突然撞見一位陌生人，立即手足無措地僵立在門邊。安妮的確是個怪模怪樣的小東西：身上穿著從孤兒院來時的舊衣服，又短又緊的棉絨裙，裙下的兩條細腿顯得過長，不太雅觀；臉上的雀斑比以前更多，更刺眼了。因為沒戴帽子，她的頭髮被風吹得凌亂不堪，也從來沒像此刻這麼紅過。

「他們選中妳不是因為妳的長相，這一點毫無疑問。」瑞秋．林德太太斷然評論道。她屬於心直口快並受人愛戴的那類人，為自己不偏不倚地公正直言深感驕傲。「瑪莉拉，她怎麼骨瘦如柴呀，還這麼醜！過來，孩子，讓我仔細看看。天哪，誰看到過這麼多雀斑啊？頭髮紅得像紅蘿蔔似的！孩子，我叫妳走過來。」

安妮沒按瑞秋女士所吩咐的那樣「走過來」，而是一個健步穿過廚房，衝到她的面前。安妮的小臉氣得通紅，雙唇顫動，纖瘦的身體從頭到腳不停地發抖。

「我恨妳！」她一邊聲音激憤地哭嚷，一邊用腳跺著地板，「我恨妳！我恨妳！我恨妳！」伴隨著一聲聲堅決的痛斥，她把腳跺得更響，「妳怎麼能嘲笑我骨瘦如柴和醜陋？妳怎麼能嘲笑我滿臉雀斑和一頭紅髮？妳真是個粗俗、無禮、冷酷的女人！」

「安妮！」瑪莉拉驚恐地阻止道。

但安妮依然昂著頭，毫無畏懼地直視瑞秋女士，眼中怒火燃燒，雙拳緊握，滿腔怒氣噴薄而出。

「妳怎麼可以這樣嘲笑我？」她怒不可遏地重複道，「要是別人說妳又矮又胖可能沒有一丁點兒想像力，妳會是什麼感受呢？我可不在乎這會傷害妳的感情。我希望我做到了這一點！妳對我的傷害比以前任何人都嚴重，甚至超過了醉鬼湯瑪斯先生。我永遠不會原諒妳！永遠！永遠不會！」

安妮跺腳，再跺腳。

「誰發過這麼大的脾氣！」瑞秋太太驚慌失措地嚷道。

「安妮，到妳房間去，在那裡等我上去！」瑪莉拉勉強恢復了語言能力。

安妮哭出聲來，衝向會客廳，「砰」地一聲關上門，屋外門廊牆上的錫皮罐子發出呼應的叮噹聲。她旋風般地跑上二樓，隨後一記沉悶的響聲傳來，宣告東山牆房間的門也同樣被憤怒地關閉。

「哎，瑪莉拉，我可不羨慕妳撫養這個小東西。」瑞秋太太說，表情嚴肅得無以言喻。

瑪莉拉張著嘴，不知該道歉還是該抗議，但她脫口而出的話在當時和過後都令自己深感驚訝。

「瑞秋，妳不該嘲笑她的長相。」

「瑪莉拉．卡斯伯特，妳難道贊成她剛才的可怕表現？」瑞秋太太憤憤不平地質問。

「不，」瑪莉拉平緩地回答，「她的表現太過分，我不打算原諒她，也一定會去和她談談，但我們也要替她著想。她從沒受過明辨是非的教育。再說了，瑞秋，妳剛才確實對她太苛刻了。」出乎自己的意料，瑪莉拉情不自禁地補上了這最後一句。瑞秋站起身，面露尊嚴受到侵犯的神態。

「哎，瑪莉拉，看來今後我得小心謹慎地說話，因為必須首先考慮孤兒們敏感的自尊，天知道他們是從哪裡冒出來的。哦，不，我不生氣，妳用不著擔心。我為妳感到難過，哪還有心思生氣？妳會為那孩子操碎心的！如果妳聽我的勸告，我猜妳不會聽，雖然我撫養了十個孩子，失去了兩個。我根本不會去『和她談談』，而是用一根大白樺樹枝來教訓她。我認為那是懲罰這種孩子的最有效辦法。我想她的脾氣和她的紅頭髮倒真相稱。唉，希望妳和往常一樣來看我，但如果我這麼輕易地就被訓斥、羞辱，妳別指望我會很快再來看妳。對我來說，這種事真是前所未有！」

瑞秋太太說完便飛一般地離開了，如果一位胖女人的蹣跚步履能被形容成飛一般的話。

瑪莉拉神情嚴肅地走向了東山牆的房間。她在上樓梯時不安地思索著應該怎麼做。她對剛剛上演的一幕十分驚訝。真是太不幸了！在所有人中，安妮偏偏在瑞秋太太面前大發雷霆。隨後她突然意識到自己的煩惱和不平。她在這一事件中所承受的羞辱，遠遠超出了發現安妮嚴重性格缺點的遺憾。該怎麼懲罰安妮呢？她並不欣賞瑞秋太太用樺樹枝懲罰的「善意建議」，雖說瑞秋太太的孩子們所受的皮肉之苦證實過這個辦法有效。她不相信自己會抽打一個孩子。不，如果要讓安妮認識到自己所犯錯誤的嚴重性，就一定要想出其他的懲罰辦法。

瑪莉拉看到安妮正趴在床上傷心痛哭。她沾滿泥土的鞋子在潔淨的被罩上十分刺眼。

「安妮。」瑪莉拉生硬地叫道。

沒有回答。

「安妮！」瑪莉拉的聲調嚴厲起來，「立刻從床上下來，聽我說話。」

安妮慢騰騰地下了床，僵直地坐到了旁邊的椅子上，哭腫的臉上滿是淚痕，兩隻眼睛固執地盯著地板。

「妳表現得太『出色』了，安妮！妳不感到羞恥嗎？」

「她沒有權利嘲笑我醜和我的紅頭髮。」安妮不服氣地反駁，迴避正面回答。

「妳也沒權利大發脾氣，也不該用沒教養的口氣和她說話，我為妳感到羞恥！徹頭徹尾地感到羞恥！我很希望妳在林德太太面前舉止文雅，沒想到妳讓我丟盡了臉面。我實在不明白，因為她說妳長著紅頭髮、不好看，就值得妳發那麼大的脾氣嗎？妳平時不總是這麼說自己嗎？」

「可是自己說和別人說根本不一樣啊！」安妮又提高了哭聲，「有些缺點妳也許自己清楚，但總希望別人不那麼想。妳一定覺得我的脾氣糟透了，但我實在控制不住。聽她說那些話時，我身體裡有一種東西直往上湧，使我喘不過氣來，不得不大發雷霆。」

「哼，我得說，妳這下大出風頭了。林德太太有妳的精彩故事可講了，會四處宣揚的。妳大發脾氣真是太糟糕了，安妮。」

「要是妳被人當面嘲笑說又瘦又醜，妳會是什麼感覺呢？」安妮含淚自我辯護。

一段往事突然在瑪莉拉的記憶中湧現。她小時候身體瘦小，聽見一位姨媽對另一位姨媽談論她：「她太可憐了，長得這麼黑又這麼醜。」她直到五十歲才慢慢把當年受到的刺痛忘掉。

「我不是說認同林德太太的做法，安妮。」瑪莉拉的口氣和緩了些，「她說話沒遮攔，但這不能成為妳亂發脾氣的理由。她是陌生人、長輩，還是我的客人，憑這三點妳就應該尊重她，可是妳卻那麼粗魯無禮，」說到這兒，瑪莉拉靈機一動，想出了一個處罰安妮的辦法，「妳要為妳的壞脾氣向林德太太道歉，請求她原諒。」

「我絕不給她道歉！」安妮情緒沉悶但態度堅決，「瑪莉拉，妳怎麼處罰我都行。妳把我關進陰暗潮濕、爬滿蛇和癩蛤蟆的地窖裡，每天只給我水和麵包，我都不會抱怨，但我絕不去乞求林德太太的原諒！」

「我們沒有把人關進陰暗潮濕的地窖裡的習慣，」瑪莉拉冷冷地說，「何況在艾凡里很難找到那樣的地窖。妳必須向林德太太道歉。妳不能離開這個房間，直到向她道歉為止。」

「那我就永遠待在這裡了！」安妮傷心地說，「因為我不可能向林德太太對自己說過的話表示歉意，怎麼可能呢？我根本就沒有歉意，只為惹妳煩惱而難過。我還為自己剛才脫口說出那些話而高興呢！我出了一口氣。我不能在沒有歉意時道歉，對不對？我不能想像出歉意來！」

「也許到了明天早晨妳的想像力就會恢復了。」瑪莉拉站起來說道，「今晚妳反省一下自己的言行，理清思路。妳要是希望我們把妳留在綠山牆農舍，就得爭取做個好孩子。我得說，妳今晚的表現正好相反。」

瑪莉拉丟給安妮這幾句尖銳的話，刺痛她不平靜的心，就回到了廚房。瑪莉拉心神不寧，滿腹煩悶，但一想起林德太太當時目瞪口呆的表情，唇間就迸出笑意，產生了不該有的想要放聲大笑的念頭。

第10章 安妮道歉

晚上，瑪莉拉對馬修隻字未提白天發生的事。到了第二天早晨，安妮仍倔強地不肯認錯，瑪莉拉無奈，只好向他解釋安妮缺席早餐的原因，描述了事情的全部經過，還煞費苦心地要讓馬修懂得安妮的所作所為是多麼的粗野無禮。

「教訓林德太太一頓是件好事。她是個愛管閒事、愛嚼舌根的女人！」馬修替安妮辯護。

「馬修．卡斯伯特，你真讓我吃驚。你明知安妮的行為很可怕還袒護她。我猜你接下去要說她根本就不該受到懲罰！」

「不，不完全是那個意思，」馬修侷促不安起來，「我想她應該受一點處罰，但妳不必那麼嚴厲，瑪莉拉。要知道從沒有人教育過她，妳……妳會給她吃點東西，會吧？」

「你什麼時候聽說我會用飢餓的辦法強迫別人反省？」瑪莉拉憤憤地反問，「她頓頓都會有飯吃。我親自給她端上樓去。不過，她必須待在樓上直到同意向林德太太道歉，就這麼決定了，馬修。」

這一天，早中晚三餐都是在異常寂靜的氣氛中進行的。安妮始終不肯屈服。瑪莉拉在每餐後，都把裝滿飯菜的托盤送到東山牆的房間裡去，但每次都幾乎原封不動地端回來。馬修目睹此景開始擔憂。難道安妮什麼也沒吃嗎？

傍晚，馬修一直在倉房旁轉來轉去，觀察動向，等瑪莉拉到後面的牧場去牽牛了，他立即像小偷似的一溜煙進了家裡，悄悄上了二樓。他平時只待在廚房或廳堂旁自己窄小的臥室裡。只有當牧師偶爾來喝茶時，才壯著膽子坐進客廳和起居室裡陪客，但很少上二樓。他只在春天裡上去幫瑪莉拉換過壁紙，但那是四年前的事了。

馬修輕手輕腳地穿過走廊，在東山牆房間的門口足足站了好幾分鐘才終於鼓足勇氣，用指尖敲了敲門，然後推開門偷偷張望。

安妮坐在窗邊的黃椅子上，悲傷地凝視著花園。馬修看到她那纖弱哀愁的樣子，感到一陣揪心。他輕輕地掩上門，踮著腳走到她的身邊。

「安妮，」他悄聲叫到，擔心被別人聽到似的，「安妮，妳還好嗎？」

安妮苦笑了一下。

「還行。我靠天馬行空的想像打發時間。當然有些孤單。不過，我也許會習慣的。」安妮又露出一個微笑，像是做好了精神準備，堅強地面對即將來臨的漫長孤寂的禁閉生活。

馬修想到自己必須抓緊時間把要說的話說完，免得瑪莉拉提前回來。「安妮，妳不覺得盡快了結這件事會更好一點嗎？」他小聲問，「遲早都得解決，妳知道，瑪莉拉是一個固執的女人，固執得要命。要我說，妳就早點了結吧。」

「你意思是向林德太太道歉？」

「對，道歉，就是那個詞。」馬修急切地說，「去緩和一下關係，這就是我想說的。」

「我想為了你，我願意那麼做。」安妮善解人意地說，「要說我內疚也是真的，我現在確實有這種感覺。我昨晚可一點都不內疚。我氣得七竅生煙，一夜都沒平息。我知道的，因為我夜裡醒來三次，每次都怒火中燒。不過今天早晨消氣了，我才覺得事情有些無法挽回。我為自己感到慚愧，但不想向林德太太承認，因為那太屈辱了。我寧可一輩子都被關在這裡也不去道歉！但是，我願意為你做任何事情……如果你真希望我去……」

「是的，我當然希望妳去。妳要是不到樓下來，這家裡就沒有一點兒生氣。快去把事情了結了吧……那樣才是個好孩子。」

「那好吧，」安妮下定了決心，「等瑪莉拉一回來，我就告訴她我悔改了。」

「對，這就對了！安妮，不過，不要告訴瑪莉拉我來過這裡，不然她會認為我干涉她的事情，而我答應過她不干涉的。」

「野馬也不會把這個祕密從我的心底拉出去。」安妮嚴肅地發誓，「可是野馬怎麼拉人心裡的祕密呢？」

但馬修已經消失了，他對自己成功說服安妮有些後怕。他急忙下樓逃到牧馬場最遠的角落，免得瑪莉拉懷疑自己。瑪莉拉剛一回到家就驚訝地聽見從樓梯扶手後面傳來一聲微弱的呼喚：「瑪莉拉。」

「什麼事？」瑪莉拉，走進了門廳。

「瑪莉拉，我昨天大發脾氣，非常無禮。我想去向林德太太道歉。」

「好啊。」瑪莉拉乾脆地回答，並沒有流露出如釋重負的神情。她一直發愁如果安妮決不妥協自己該怎樣收場，「等擠完了牛奶我就帶妳去。」

瑪莉拉擠完牛奶就帶著安妮精神抖擻地踏上了小路。安妮起初無精打采，但在半路時彷彿被施了魔法般，臉上的愁雲盡散。她揚起頭，眺望霞光四射的天空，露出輕鬆喜悅的神情，腳步也輕快起來。瑪莉拉對她的變化很不滿意。她在即將見到自己冒犯了的林德太太時，竟沒流露出溫順的悔意。

「安妮，妳在想什麼呢？」瑪莉拉嚴厲地問。

「想該對林德太太說什麼。」安妮夢囈般回答。

雖然這回答差強人意，或者說表現出了應有的態度，但瑪莉拉隱約感覺自己精心安排的懲罰計畫出了差錯。安妮不該這麼輕鬆愉悅。

當她們走進林德家時，林德太太正在廚房的窗邊做編織。安妮臉上的喜悅神情霎時消失，取而代之的是痛苦的悔恨。她還沒吐露一個字，就默默地跪在驚呆了的林德太太面前，誠懇地伸出了手。

「哦，林德太太，真對不起，」安妮聲音顫抖地說，「我說不出內心的悲哀和悔恨，除非用盡整整一本詞典中的詞。我對妳的態度太惡劣，而且我給我親愛的朋友馬修和瑪莉拉丟臉。雖然我不是男孩，但他們把我留在了綠山牆農舍。我是個邪惡的女孩，沒有感恩之心，理應被正派的人懲罰和拋棄。妳對我說了幾句實話我就大發脾氣，實在太惡劣了。妳說的句句都是實話。我長著一頭紅髮，滿臉雀斑，還瘦小醜陋。我對妳說的也是實話，卻不該說出來。哦，求求妳，林德太太，請原諒我。如果妳拒絕，就會給一個可憐的孤兒造成終生遺憾。妳不會拒絕吧？不管她脾氣多糟糕。請妳說一句原諒的話吧，林德太太。」

安妮緊握雙手，低垂著頭，等待著宣判。

安妮悔過的誠意從她的聲調中流露出來，瑪莉拉和林德太太對此都確信無疑，但瑪莉拉驚訝地發現，安妮正享受著忍受屈辱的痛苦，陶醉於徹頭徹尾的懺悔行為。這哪裡是瑪莉拉引以為傲的有益懲罰，安妮已把它變成了一種樂趣！

好心但觀察力遲鈍的林德太太並沒覺察到這一點，還以為安妮徹底地認錯了。這位熱情卻有些愛管閒事的太太盡釋前嫌。

「好了好了，快站起來，孩子，」林德太太熱忱地說，「我當然原諒妳。我對妳也有點過分，但我是個心直口快的人，妳不要放在心上。妳的頭髮確實太紅，這一點無法否認，可我的一個同學小時候頭髮和妳的一樣紅，長大後卻變成了美麗的褐色。如果妳的頭髮顏色也變深，我一點也不會驚訝的，一點也不會。」

「噢，林德太太！」安妮站起身，長吁了一口氣，「妳的話給了我希望。我該把妳當成自己的恩人。一想到我長大後頭髮可能會變成美麗的褐色，我就什麼都能忍受。如果有一頭美麗的褐髮，就很容易做個好人了！現在妳和瑪莉拉聊天吧。我可以到院子裡去，在蘋果樹下的那條長凳上坐一坐嗎？那裡有許多想像的空間。」

「當然可以呀，孩子。妳要是喜歡，還可以到角落裡採一束白色的六月百合花。」

安妮剛一出去，林德太太便輕快地站了起來，點亮了燈。

「這孩子真是個鬼靈精，瑪莉拉。快坐到這把舒服的椅子上。妳坐的是幫工男孩的椅子。安妮的確古怪，但她也有吸引人的地方。我不再為妳和馬修收養她而感到驚訝或難過了。她也許會成為一個好孩子。當然，她表達自己的方式有點怪，有點過分，但她和你們這樣的文明人生活在一起會轉變的。我覺得她脾氣有些急躁，但這種類型的孩子火氣來得急去得也快，不會欺詐、撒謊。我要離欺詐的孩子遠遠的，就是這個意思。總的來說，我有點喜歡她了，瑪莉拉。」

直到瑪莉拉起身告辭時，安妮才從暮色下清香瀰漫的果林裡走出來，手裡握著一束潔白的百合花。

「我的道歉還不錯吧？」當她們走上小路上，安妮洋洋自得地問，「我想既然要道歉，就索性徹底些。」

「妳道歉得很徹底。」瑪莉拉評論道。她驚訝地發現自己一想起剛才的情景，就忍不住要笑起來。她惶恐地意識到應該訓斥安妮，但那又多麼可笑，最後，她向良心妥協，只嚴厲地說：「這樣的道歉事件最好少發生。我希望妳要努力控制自己的脾氣，安妮。」

「如果別人不嘲笑我的相貌，那就不難做到，」安妮長吁短歎，「說別的我並不在乎，但嘲笑我的紅頭髮讓我厭煩透了，我一聽就火冒三丈。妳說，等我長大後頭髮真的能變成美麗的褐色嗎？」

「妳不該過多地考慮妳的外表，安妮，我擔心妳是個愛慕虛榮的女孩。」

「我知道自己長得不好看，怎麼可能愛慕虛榮呢？」安妮抗議道，「我喜歡美麗的東西。我每次照鏡子發現裡面的人不好看，心裡就難受。那感覺和看到任何難看的東西一樣，我為它的不美而可憐它。」

「美貌不會持久。」瑪莉拉引用了一句名言。

「以前我也聽別人說過這話，但我有些懷疑。」安妮評論道，並嗅了一下百合花，「多可愛啊！林德太太送我這些花真是一片好意啊。我已經不討厭她了。道歉並得到原諒，會讓人感到溫柔的安慰，是不是？今夜的星星真亮啊！如果能住到星星上，妳會挑選哪一顆？我最喜歡懸在黑山崗上的那顆又大又亮的星星。」

「安妮，求求妳給我住嘴吧！」瑪莉拉說。為了努力跟上安妮飛速跳躍的想法，她耗盡了腦筋。

直到踏上綠山牆農舍的小路，安妮都沒再說話。微風飄拂而來，羊齒草的嫩葉浸潤露水，散發幽香。在遠處的黑暗中，綠山牆農舍廚房的溫馨燈光在樹叢的間隙閃爍。安妮突然緊緊地依偎到瑪莉拉身邊，把自己的小手放到了她乾瘦的手中。

「一想到就要到家了，而前面就是自己的家，這多美好呀！」她說，「我已經深深地愛上了綠山牆農舍。我以前沒愛上過任何地方，沒有哪一個地方像自己的家。噢，瑪莉拉，我太幸福了！我現在就可以祈禱，而且一點兒也不覺得難。」

瑪莉拉握著安妮瘦弱的小手，一股溫暖而甜蜜的感情湧上了心頭。這也許是她從來沒體會過的母性本能吧。陌生的甜蜜感令她心慌意亂。為了恢復平靜，她又急不可耐地開始道德說教：「如果妳做個好孩子就會獲得幸福的，安妮，也不會覺得念禱告詞困難。」

「念禱告詞和祈禱並不一樣。」安妮深思道，「我想像自己變成了吹拂樹梢的風。當我累了，我會輕柔地飄落到這裡的草叢上，然後飛到林德太太家的花園裡，隨花兒翩翩起舞；我還會熱烈地撲向那片長滿三葉草的原野，吹過『閃亮之湖』，掀起波光粼粼的漣漪。關於風的想像真是無窮無盡啊！瑪莉拉，我不想再說話了。」

「感謝上帝！」瑪莉拉如釋重負地長舒了一口氣。

第11章

安妮的主日學校印象

「怎麼樣，喜歡嗎？」瑪莉拉問。

安妮站在自己的房間裡，表情嚴肅地看著攤放在床上的三件新連衣裙。第一件的布料是棕色方格的，是瑪莉拉去年夏天經不起一個小販的勸說買下的，因為它看上去厚實耐用；第二件的布料是黑白方格棉緞，她冬天裡從減價櫃檯上買的；第三件呢，是硬邦邦的難看的藍色印染布，她前些日子剛從卡莫迪的店鋪裡買的。每一件裙子都由瑪莉拉親手縫製，並且樣式統一，簡單至極：裙子貼身，腰間毫無裝飾，直筒袖和裙子一樣又緊又窄。

「我可以想像自己喜歡。」安妮鄭重地答道。

「我不需要妳的想像。」瑪莉拉有些惱火，「我看得出來妳不喜歡！它們有什麼不好，難道不是整潔的新衣服？」

「是的。」

「那妳為什麼不喜歡？」

「它們……它們……不怎麼漂亮。」安妮勉強地說。

「漂亮?!」瑪莉拉嗤之以鼻，「我可沒心思給妳做漂亮衣服。我認為那將助長妳的虛榮心，有害無益。安妮，我現在跟妳說清楚。這些衣服沒有花邊和褶皺，但品質好、實用耐穿。今年夏天我只給妳做這幾件。開學後，妳穿棕色格子裙和藍印花裙去上學，穿棉緞裙去教堂和主日學校。妳要小心點，別弄髒弄破了。妳一下子有了這麼多衣服，就可以丟掉這件短小的舊棉絨裙，我覺得妳應該心懷感激才對。」

「是的，我很感激！可妳要是把其中一件做成燈籠袖的，我會更感激。最近燈籠袖特別流行。瑪莉拉，如果穿上一件燈籠袖的連衣裙，我會多興奮呀！」

「興不興奮，妳都得穿衣服。我不想在袖子上浪費布料，而且我覺得燈籠袖怪裡怪氣的。我更喜歡樸實的風格。」

「我寧願像大家一樣怪裡怪氣也不要一個人樸實。」安妮無奈地辯解。

「我相信妳會那麼做的。好了，妳先把這些衣服掛好，然後坐下來預習一下主日學校的課程。我已經從貝爾老師那裡拿來了教材，明天妳就去主日學校上課吧。」瑪莉拉說完，氣呼呼地下樓了。

安妮雙手相握，盯著新衣服，悶悶不樂地低聲說：「唉，要是有件燈籠袖的白連衣裙該多好啊。我祈禱過，但沒指望會實現。恐怕上帝沒時間關心一個孤女的衣服吧，看來只能靠瑪莉拉。哎，幸運的是，我可以把其中一件想像成雪白的薄紗禮服，鑲滿美麗的蕾絲花邊，還有三截燈籠袖。」

第二天早晨，瑪莉拉感覺到了犯頭痛的前兆，就不能和安妮一起去主日學校。

「安妮，妳得和林德太太一起去，」她說，「她會帶妳到適合妳的班級。妳要注意言談舉止。放學後去聽佈道，請林德太太給妳指一下我們家的座位。這是用作募捐的一分錢。不許盯著別人看，不許亂動。妳回來後要跟我講講經文。」

安妮言聽計從地離開了家。她身穿黑白方格的棉緞連衣裙。連衣裙長短還算合適，但風格呆板，還因為用料儉省，過分突出了瘦小身材的稜角和關節。她頭上的水手帽小而扁平，不無光澤，也是新的，但樣式太簡單，令人失望。她在幻想中給它裝飾上飄帶，綴滿鮮花。她在小路上剛走出不遠，一大片隨風起舞的草甸花和絢麗的野玫瑰就迎面而來。她隨性地摘下一些花，編成一個花環，然後把花環沉甸甸地繞到帽子上。不管別人喜不喜歡，她暗自得意，邁著輕快的腳步，驕傲地揚起被粉色花和黃色花裝飾著的紅潤小臉蛋。

她到林德太太家時發現這位夫人早已出門了，只好獨自一人去教會。在教會的陽臺上，她遇到了一群裝扮豔麗的女孩子。她們身穿白的、藍的還有粉紅的衣服，無不用好奇的目光打量安妮——這個貿然闖來的頭飾奇怪的陌生女孩。艾凡里的女孩子們早聽說了有關安妮的瘋狂事蹟。根據林德太太的描述，安妮脾氣暴躁，而綠山牆農舍的雇工傑里．波特說，安妮像個瘋子似的常常自言自語，還和花草樹木交談。女孩子們偷偷望她，用書本掩著嘴小聲地竊竊議論，自始至終沒人對她表示出任何熱情。禮拜結束後，安妮獨自一人來到了羅傑森小姐的班上。

羅傑森小姐已到中年，在主日學校教了二十年的書。她的教學方法是照本宣科。如果她想要哪個女孩回答問題，就用嚴厲的眼神越過書本的邊緣緊盯對方。羅傑森小姐緊盯了安妮好幾次，幸虧瑪莉拉事先督學，安妮才能對答如流，至於她是否真正理解那些問題和答案，也許值得懷疑。

安妮不喜歡羅傑森小姐，心情也鬱悶，因為除了她，所有的女孩子都穿燈籠袖連衣裙，她甚至覺得這樣活著實在沒有意思。

「我說，妳喜不喜歡主日學校啊？」安妮一到家，瑪莉拉便問道。安妮因為花環早已被太陽晒蔫，就把它扔在了回家的小路上，所以瑪莉拉對這件事毫不知情。

「我一點都不喜歡。糟糕透了。」

「安妮！」瑪莉拉訓斥道。

安妮坐到搖椅上，長歎一聲，親吻了一下天竺葵「邦妮」，又向盛開的倒掛金鐘花揮了揮手：「我沒在家時，它們可能很寂寞呢。我聽妳的話，舉止得體。到林德太太家時，她已經走了，所以我直接去了，和一群女孩子一起走進教堂。做禮拜時，我坐在窗邊角落的那個位置上。貝爾先生的禱告長得要命。我要不是坐在窗邊，早就厭煩透了。我從視窗可以看見『閃亮之湖』，就一邊遙望湖水一邊幻想美好的事情。」

「妳不該那樣！妳應該聽貝爾先生的禱告。」

「可他並沒有對我講話，」安妮抗議道，「是對上帝講話。他對上帝不太感興趣，大概覺得上帝住在非常遙遠的地方。湖畔有一長排白樺樹，陽光透過樹枝一直照射到湖底。噢，瑪莉拉，那簡直像一個美麗的夢境！讓我激動不已，於是我說，『感謝主！』說了兩三次呢。」

「但願妳沒大聲喊。」瑪莉拉憂心忡忡地說。

「沒有，我聲音很小。貝爾先生的祈禱總算結束了，後來我被分到了羅傑森小姐的班上。除了我以外，班上的九個女孩都穿著燈籠袖連衣裙。我當時試著幻想自己也穿著燈籠袖，但失敗了。妳知道為什麼嗎？我一個人在東山牆的房間裡可以輕而易舉幻想出來，可是跟那些女孩子們在一起就做不到了。」

「妳不該在主日學校裡盡想著衣服袖子，應該專心上課。我希望妳搞懂了課文。」

「是啊。羅傑森小姐問了我很多問題，我都回答了。我認為只有她一個人提問真不公平。我也有很多問題，但不想問她，因為我感覺她不是我的心靈知己。後來別的孩子背誦聖經詩，羅傑森小姐問我會背誦嗎？我說不會，但如果她同意，我可以背誦〈守衛主人之墓的犬〉。這首詩被收進《皇家讀本》的第三冊，雖不是聖經詩，但悲傷憂鬱，異曲同工。羅傑森小姐說不行，要我在下個星期日前把第十九首讚美詩背下來。我就在教會裡把它讀了一遍，太精彩了，其中兩句特別令我激動：『大中迅疾得猶如騎兵大隊被殺戮而倒地，在米甸的邪惡日子裡。』

「我不懂『騎兵』和『米甸』是什麼意思，但聽起來是那麼有悲劇感。我真等不及下星期日背誦了。學校放學後，因為林德太太坐得太遠，我就請羅傑森小姐把我領到妳的座位上。我盡可能安靜地坐在那裡學經文《啟示錄》第三章的第二節和第三節。它們長得要命。我要是牧師，肯定會選些短小易記的篇章。他的佈道也特別冗長，我猜他是要和經文搭配。我一點也不覺得這個牧師有趣。他的缺點似乎是沒有足夠的想像力。我沒太仔細聽，只是任由思緒想像了很多奇妙的事情。」

瑪莉拉覺得自己有責任嚴肅地教訓安妮，但張不開口。安妮所說的一切，特別是有關牧師的傳教和貝爾先生的祈禱，她無可否認，那也是長期潛藏在她內心的真實感受，只不過沒說出來。在她看來，這些不曾公開的批評被這個弱小直率的女孩一說，突然都浮出表面，變得清晰，甚至帶有譴責性質。

第12章

鄭重的盟約和諾言

到了下個星期五瑪莉拉才聽說安妮用花環裝飾帽子的事。她從林德太太家一回來，便把安妮叫過來問個究竟。

「林德太太說妳上個星期日去教會時，把玫瑰花和草甸花綴到了帽子上，滑稽又可笑。妳怎麼鬧出這種惡作劇？妳當時一定是眾人圍觀的對象！」

「哦，我知道粉色和黃色不適合我。」安妮說道。

「別胡扯了！在帽子上亂插些花很可笑，不管是什麼顏色。妳是個最會惹是生非的孩子！」

「我不明白，為什麼把花戴到帽子上就比插在衣服上可笑呢？」安妮反問，「好多女孩子把花插在衣服上，這中間有什麼差別呀？」

瑪莉拉不會脫離事實，滑向這些含糊的抽象概念。

「不許妳頂嘴，安妮！妳做的是蠢事，別再讓我發現妳的惡作劇。林德太太說，當她看到妳那副怪打扮時，羞愧得恨不得找個地洞鑽進去。她當時沒辦法靠近妳要妳把帽子摘下來。她說人們都在談論這件可怕的事情，當然人們還認為我糊塗透頂，居然允許妳打扮成那副模樣出門。」

「對不起，」安妮眼淚汪汪地說，「我沒想到妳會在意。那些玫瑰和草甸花那麼甜蜜可愛，我想把它們戴到帽子上一定很漂亮。好多女孩子也都在帽子上裝飾了一朵假花呀。我擔心自己會帶給妳無限的煩惱。也許妳把我送回到孤兒院更好些。我想那會很可怕，我一定忍受不了，還可能因為天生瘦弱而染上肺結核，但那也比增添妳的煩惱要好。」

「胡說！」瑪莉拉因惹哭安妮而有些心慌意亂，「我根本沒打算送妳回孤兒院，這一點是肯定的。我只是希望妳的言行舉止和別的女孩子一樣，不要做些可笑的事。快別哭了，告訴妳一個好消息，黛安娜．貝瑞今天下午回家了。我想向貝瑞太太借個剪裁連衣裙的紙樣，妳要是願意就和我一起去吧，去認識一下黛安娜。」

安妮突然站起身，臉上淚珠還在滑落，她的兩隻小手相握，手上正縫著的擦盤巾隨之掉到了地板上。

「哦，瑪莉拉，我好害怕呀。這一刻終於來了，我擔心極了。她要是不喜歡我怎麼辦？那將是我人生中的最大悲劇！」

「好了，不要這麼緊張。另外，我希望妳不要用這種長句子，從小女孩嘴裡說出來很可笑。我想黛安娜會喜歡妳的，但妳得通過她媽媽這一關。要是她媽媽不喜歡妳，就算黛安娜再喜歡妳也沒用。如果她媽媽聽說妳衝林德太太大發脾氣，還戴著草甸花去教會，天知道她會怎麼想。妳必須表現得有教養、舉止端莊，不要發表驚人的長篇大論。天哪，這孩子是不是在發抖呀！」

安妮確實在發抖，小臉煞白，神情緊張。

「噢，瑪莉拉，如果妳去見一個女孩，希望她成為妳的知音，卻怕她媽媽不喜歡妳，妳也會緊張的。」說完，安妮就急忙去拿帽子。

她們抄小路，穿過小溪，爬過長滿冷杉林的山崗，來到了果園坡。貝瑞太太聽到瑪莉拉敲門，立即打開了廚房門。貝瑞太太個頭很高，黑頭髮黑眼睛，嘴巴稜角分明。她因嚴厲管教孩子而出名。

「妳好嗎，瑪莉拉？」貝瑞太太熱情地問候，「快請進，我猜這就是妳領養的那個女孩吧？」

「是的，她叫安妮·雪利。」瑪莉拉答道。

「名字拼寫帶字母『E』。」安妮急忙補充道。她雖然既緊張又興奮，但還是下定決心在這個關鍵問題上避免任何誤會。

貝瑞太太不知是沒聽見還是不理解，只是握了握安妮的手，親切地問：「妳好嗎？」

「我身體很好，雖然此刻神智有點混亂。謝謝您，夫人。」安妮嚴肅地回答，隨後放低聲音問瑪莉拉：「我的話不驚人吧？」但這句話還是被大家聽見了。

黛安娜當時坐在沙發上看書，見瑪莉拉和安妮進門就把書放下了。她是個美麗的小女孩，繼承了她母親的黑頭髮、黑眼睛、紅潤的臉頰，還繼承了她父親的愉快神情。

「這是我的女兒黛安娜，」貝瑞太太介紹道，「黛安娜，帶安妮到花園裡去看看妳的花吧，休息一下對妳眼睛有好處。」兩個孩子剛一出門，貝瑞太太對就瑪莉拉說：「這孩子看書太多，經常一動不動讀個沒完沒了。我沒法阻止，因為她爸爸總支持她、袒護她。我很高興她能交個朋友，也許她以後會多出去玩玩。」

在室外，大片的落日餘暉透過幽暗古老的冷杉樹灑滿了花園，一直蔓延到西邊。安妮和黛安娜隔著一叢絢麗的卷丹花靦腆地面對面站著。

如果安妮此刻不為自己的命運擔憂，一定會為貝瑞家花園裡盛開的繁花而心醉。花園四周環繞著巨大古老的柳樹和高聳的冷杉，樹下喜陰的花兒繽紛綻放。兩條潔淨的小徑垂直相交，兩旁整齊地鑲著貝殼，彷彿披著濕漉漉的紅絲帶；小徑旁的花圃中各種傳統花卉爭奇鬥豔：紅心型的牡丹，碩大豔麗的紅芍藥，潔白清香的水仙，芬芳而多刺的蘇格蘭玫瑰；粉的、白的、藍的白果蘭，淡紫色的大貝花，一叢叢艾蒿、緞帶草和薄荷；紫蘭花、喇叭水仙，還有大片幽香的三葉草白花，被霞光映紅的白麝香花；花園裡光影流連，蜜蜂飛來飛去，微風輕柔地喃喃低語。

「噢，黛安娜，」安妮緊握兩手，聲音輕柔，「妳覺得妳有一點喜歡我嗎？喜歡到願意做我的貼心朋友的程度嗎？」

黛安娜笑了。她總是未張口先笑。

「當然，我想是的。」黛安娜坦率地答道，「妳在綠山牆農舍住下，我太高興了。有人一起玩多開心啊。在附近沒有能和我在一起玩的女孩，妹妹們又太小了。」

「妳能發誓永遠成為我的朋友嗎？」安妮急切地追問道。

黛安娜驚呆了，責怪道：「哎呀，發誓是很邪惡的。」

「哦，發誓有兩種，不是詛咒式的，妳知道的。」

「但我只聽說過一種。」黛安娜將信將疑。

「真的還有另外一種，一點也不邪惡，意思是鄭重地起誓和承諾。」

「嗯，那我倒不在意，」黛安娜同意了，鬆了一口氣，「怎麼發誓呢？」

「我們必須手拉手，」安妮嚴肅地說，「本該在流水上發誓的，我們就把這條小路想像成流水吧。我先來念誓詞：『我鄭重起誓，只要太陽和月亮存在，就一定忠誠於我的貼心朋友，黛安娜・貝瑞。』現在輪到妳了，只要把我的名字換上就可以了。」

黛安娜念了誓詞，在念之前和念之後忍不住「嘻嘻」笑起來，隨後說：「妳是個奇怪的女孩，安妮。我聽說妳很奇怪。不過，我相信我會非常喜歡妳的。」

當瑪莉拉和安妮回家時，黛安娜一直把她們送到獨木橋邊。兩個小女孩手挽手走著，在小溪邊告別時，反覆約定第二天午後一起玩。

「哎，怎麼樣，妳覺得黛安娜是妳的知音嗎？」一走進綠山牆農舍的花園，瑪莉拉便問。

「是的。」安妮說，快樂地舒了一口氣，完全沒留意瑪莉拉話語裡的諷刺，「噢，瑪莉拉，此刻我是愛德華王子島上最幸福的女孩。我向妳保證今晚我會真誠地禱告。我和黛安娜打算明天在威廉・貝爾的樺樹林裡蓋一座過家家的小房子，我能要點木料間裡的碎瓷片嗎？黛安娜的生日在二月，我的生日在三月，妳不覺得這是奇妙的緣分嗎？黛安娜將借書給我看。她說那本書精彩紛呈、驚心動魄，還將帶我去看森林深處百合花生長的地方。妳不覺得黛安娜的眼睛神采奕奕嗎？我真希望自己也有一雙那樣的眼睛。黛安娜會教我唱一首歌，名叫〈榛樹山谷裡的內莉〉，還要送給我一幅畫掛到我的房間裡。她說那是一幅非常美的畫，上面有一位穿淡藍色絲綢連衣裙的美麗女子，那是一位縫紉機推銷員送給她的。我要是有東西送給黛安娜就好了。我比黛安娜高一英寸，但她卻比我胖。她說希望自己苗條些，那樣顯得優雅，但我覺得她這麼說只是為了安慰我。我們哪天還會去海邊撿貝殼。我們一致同意給木橋下的泉水取名叫『森林仙女泉』，這名字很高雅吧？以前我看過一本有關『森林仙女泉』的故事書。我想那是給大人們讀的神話。」

「好了，妳一說起話來就沒完沒了，我希望妳別把黛安娜煩死。」瑪莉拉說，「妳做計畫時得記住一點，不可以把所有時間或大部分時間都花在玩耍上。妳必須做家務事，還要把它放在第一位。」

安妮的滿心喜悅因為馬修的歸來而滿得溢出來。馬修剛從卡莫迪的商店回來，怯生生地從口袋裡掏出一個小包裹遞給安妮：「妳說過喜歡吃巧克力糖，我給妳買了一些。」同時向瑪莉拉投去請求寬恕的目光。

瑪莉拉「哼」了一聲：「巧克力糖會傷害她的牙齒和胃。行了行了，安妮，別板著臉了。既然馬修給妳買了，妳就吃吧。他最好也給妳買了薄荷糖，因為薄荷糖對健康有好處。妳不要一下子都吃完，會傷胃的。」

「哦，不，不會的，」安妮熱切地說，「瑪莉拉，今晚我只吃一塊。我可以分一半給黛安娜嗎？如果我分給她一半，那另一半就會加倍香甜。一想到能送黛安娜一點禮物，我太高興了。」

安妮連蹦帶跳地上樓回自己的房間了。瑪莉拉望著她的背影，感歎道：「看來這孩子不小氣。這一點讓我很滿意。在孩子的所有缺點裡，我最討厭小氣。雖說安妮來了還不到三個星期，但我感覺她像一直生活在這裡，現在無法想像這個家沒有她會是什麼樣。馬修，你別給我露出這副『早知如此』的表情。女人有那種表情夠煩了，男人有簡直讓人無法忍受。我承認自己很高興把安妮留下來了，甚至漸漸喜歡上了這個孩子，但是馬修·卡斯伯特，以後不許你再提過去的事。」

第13章 期待的喜悅

「到安妮做女紅的時間了。」瑪莉拉看了一眼掛鐘，自言自語，隨後向窗外望去，萬物都沉睡在金色八月午後的酷熱裡。「已經超過我規定的和黛安娜玩耍的時間半小時了，她明知應該回來幹活，現在卻坐到木頭堆上和馬修聊個沒完。馬修當然喜歡聽她滔滔不絕，像個十足的傻子。我從沒見過像他這麼痴迷的男人。安妮說得愈多愈離譜，他就聽得愈上癮。」

「安妮．雪利，馬上給我回來聽見沒有？」瑪莉拉用指尖急促地敲了敲西邊的玻璃窗。安妮從院子裡飛奔回來，兩眼晶亮，雙頰緋紅，辮子在背後散成一團火紅的光束。

「噢，瑪莉拉，」安妮喘著氣說，「下星期主日學校要辦野餐會，在哈蒙．安德魯斯先生家的草地上，緊挨著『閃亮之湖』。貝爾校長的太太和林德太太還要做冰淇淋呢。

想想吧，瑪莉拉，冰淇淋！噢，瑪莉拉，我可以參加嗎？」

「妳看看鐘，安妮，我叫妳幾點回來？」

「兩點……但野餐會太美妙了，是不是？我可以參加嗎？噢，我從沒參加過，雖然夢想過，但從沒有……」

「是呀，我說要妳兩點回來，可現在已經兩點四十五分了。安妮，妳為什麼不聽我的話？」

「哎呀，我是想盡早趕回來的，但是瑪莉拉，妳想像不出『悠閒曠野』是多麼誘惑人。另外，我實在忍不住要和馬修說說野餐會的事。馬修是那麼情投意合的聽眾。求求妳，請告訴我到底能不能去？」

「妳必須抵抗所謂的『悠閒曠野』的誘惑。我要妳幾點回來妳就必須準時，不能晚半小時甚至一小時，而且不必在回來的路上和什麼情投意合的聽眾聊天。妳當然可以去野餐，妳也是主日學校的學生，其他女孩子都去，我不會阻止妳。」

「可是，可是，」安妮結結巴巴地說，「黛安娜說每人都得帶一籃子食物分給大家吃，瑪莉拉，妳知道我不會做飯。不穿燈籠袖連衣裙去野餐我倒不在乎，但空著手去就太丟臉了。自從黛安娜告訴我後，我一直為這事心神不寧。」

「好啦，不必心神不寧了。我給妳烤一籃子點心吧。」

「噢，妳真是親愛的好瑪莉拉！噢，妳對我真好。噢，我太謝謝妳了！」

安妮說完這一連串的「噢」，便欣喜若狂地投入了瑪莉拉的懷抱，親吻她黯淡的臉頰。瑪莉拉平生以來第一次被一個孩子心甘情願地親吻，一陣甜蜜的顫慄霎時傳遍全身。她對安妮一時衝動的親密舉動滿心歡喜，但語氣反倒生硬起來。

「好啦好啦，不要再這麼無聊地親我了，我更希望妳老老實實聽我的話。說到做飯，過一段時間我會教妳。妳現在性子太急躁，安妮，我要等妳能夠靜下心來專注做事時才開始教妳。妳一定要保持頭腦清醒，不可以在做飯期間停頓，胡思亂想。現在妳去把那些碎布片拿來，在喝茶之前把它們縫成一個方塊。」

「我不喜歡縫這些碎布片！」安妮抱怨道，找出針線筐，在一小堆紅色和白色的菱形布片前坐了下來，「縫紉可以是愉快的，可是縫布片根本沒有想像的空間。縫完了一個又一個，沒有成就感。當然了，我更願意做在綠山牆農舍縫布片的安妮，也不做一心貪玩、無所事事的安妮。不過，在縫紉時，時間要能像我和黛安娜一起玩耍時過得那樣飛快就好了。噢，瑪莉拉，我和黛安娜共度了多少美好時光。我必須完成絕大多數的幻想，那是我的長項，但黛安娜在其他方面完美無缺。妳知道在我們家農莊和貝瑞家之間，在小溪的對面，有一小片山地是屬於威廉．貝爾的。在山地的一角長著一圈白樺樹。瑪莉拉，那真是一個浪漫的地方。我為它取名『悠閒曠野』，這名字有詩意吧？我絞盡腦汁，苦思冥想幾乎一整夜，就在快睡著時突發靈感。黛安娜聽到這個名字簡直欣喜若狂。我和黛安娜在那裡搭了一個遊戲屋，還把它裝飾得很美麗。妳得去參觀一下，妳會去嗎，瑪莉拉？我們用布滿青苔的大石頭當椅子，在兩棵樹之間搭上木板做架子，把盤子擺在上面。盤子當然都是破損的，但把它們想像成完整的是世界上最簡單的事；那個帶紅、黃常春藤圖案的盤子碎片尤其漂亮，我們把它放在客廳裡；客廳裡還有像夢一般美麗的『仙女的玻璃』，玻璃上閃爍著零星的彩虹，是黛安娜在雞棚後面的樹林裡發現的。她媽媽說那是從他們家以前的一盞吊燈上掉下來的。我們卻想像那是仙女們在一次舞會中弄丟的，所以叫它『仙女的玻璃』。多美好的想像啊。馬修將為我們做一張桌子。噢，我們還把貝瑞家的小圓水池叫『垂柳池』，這名字是我從黛安娜借給我的書中看到的。那真是一本令人激動的書，瑪莉拉。書中的女主角居然有五個情人。我只要有一個情人就會滿足，妳也會吧？女主角是個絕色美女，遭遇了很多磨難。她動不動就暈倒。我也嚮往暈倒，妳呢，瑪莉拉？多浪漫！我儘管瘦，但結實，最近好像有點胖了。妳覺得呢？我每天早晨一起床，就看自己的胳臂有沒有胖出肉窩。黛安娜正在訂做一件新衣服，袖子到胳膊肘的，參加野餐會時穿。我希望星期三是好天氣。如果有什麼事阻止我去野餐，我覺得我會承受不了那種失望。當然我也得熬過去，但那會釀成終生遺憾。即使以後去野餐一百次都不重要，都無法補償這一次。他們要到『閃亮之湖』上划船，我對妳說過了，還有冰淇淋。我從來沒吃過。雖然黛安娜描述過冰淇淋的滋味，可是我認為它是一種無法想像的東西。」

「安妮，妳滔滔不絕地說了整整十分鐘，」瑪莉拉說，「我很好奇，妳能不能閉嘴十分鐘。」

安妮按照瑪莉拉的要求閉了嘴，但在這個星期餘下的幾天裡，她想的、說的、夢的，都是野餐會。星期六下雨了，她心煩意亂起來，擔心雨會一直下到下個星期三。瑪莉拉為了讓她靜下心來，要求她多縫了一個布方塊。

星期日，安妮在從教會回家的路上向瑪莉拉坦承，當牧師在佈道壇上宣布辦野餐會時，她興奮得全身直打冷顫。

「我全身顫慄，瑪莉拉！我一直不相信真有野餐會，擔心自己是情不自禁地在幻想，但當牧師在佈道壇上宣布後，我就確信無疑了。」

「妳心裡有太多的期望，安妮，」瑪莉拉說，伴隨著一聲歎息，「我擔心許多失望會貫穿妳的人生。」

「噢，瑪莉拉，期望是快樂的一半啊，」安妮驚呼，「妳可能得不到，但沒有誰能剝奪妳期望的快樂，林德太太說，『一無所求的人最幸福，因為他們永遠不會感到失望。』但我覺得一無所求比失望更糟糕。」

這天，瑪莉拉照例戴著紫水晶胸針去教會。她一向如此。如果忘了戴胸針，就如同忘了帶《聖經》和捐贈的十分錢，覺得那是一種褻瀆。這個胸針是她最珍貴的財物，是當水手的舅舅送給她母親的禮物，母親又傳給了她。胸針是傳統的橢圓形，裡面裝著一縷母親的頭髮，四周鑲著一圈精緻的紫水晶。瑪莉拉對寶石所知甚少，也不清楚紫水晶究竟有多珍貴，但覺得它們異常美麗，即使自己看不到，也能快樂地意識到它們在她的脖頸下，在優質的褐色綢緞衣服上閃耀光芒。

安妮初次見到紫水晶胸針就迷上了。

「噢，瑪莉拉，這真是一個精美的胸針。妳戴著它的時候怎麼能聽得進佈道和禱告呢？我知道我做不到。紫水晶太美了，和我想像中的鑽石一樣。很久以前，我還沒見過真正的鑽石，只在書中讀到過對它們的描述，也幻想過它們的樣子。我想像它們應該是瑰麗閃光的紫石。有一天，我看見一位女士戴著真正的鑽石戒指，失望得哭了出來。鑽石當然漂亮，但不符合我的想像。妳願意讓我拿一會兒胸針嗎，瑪莉拉？妳認為紫水晶是高貴的紫羅蘭花精靈嗎？」

第14章

安妮坦白

在野餐會前的星期一晚上，瑪莉拉神情焦慮地從自己的房間走出來。安妮端坐在一塵不染的桌子旁，一邊剝青豆一邊激情滿懷地唱著〈榛樹山谷裡的內莉〉，那歸功於黛安娜的指導。「安妮，妳看見我的紫水晶胸針了嗎？我記得昨晚從教會回來後把它放到針插上了，但現在找不到了。」

「我……妳下午從婦女協會回來後，我還見過它呢。」安妮慢吞吞地說，「我經過妳的房間，看見它在針插上，就走進去看了看。」

「妳動了我的胸針？」瑪莉拉嚴厲地問。

「是，是的，動了。」安妮承認道，「我把它拿起來，戴在了胸前，就想看看是什麼樣子。」

「妳沒有權利那樣做。小女孩擅自亂動別人的東西是錯誤的行為。首先，妳不該不經允許闖入我的房間，其次，妳不該動不屬於妳的胸針。快告訴我，妳把它放哪裡了？」

「哦，我只戴了不到一分鐘就把它放回到梳妝臺上了。我沒想亂動，瑪莉拉。我當時不知道試戴有錯，現在知道了，以後不會再犯了。這就是我的一個優點：絕不犯兩次同樣的錯誤。」

「我把梳妝臺的每個角落都找遍了也沒找到。妳真的沒拿到外面去嗎？」

「我確實放回原處了，」安妮飛快地回應，但這在瑪莉拉看來是態度無禮，「我記不清是把它放到針插上還是放在盤子裡了，但肯定放回去了。」

「我再進去找找，」瑪莉拉說，她決心公正地處理這件事，「妳要是把它放回原處了，它就應該還在；如果沒有，一定是妳沒放回去，就是這麼回事！」

瑪莉拉回到房間裡徹底翻找，不只把梳妝臺翻了個底朝天，她把所有角落都找遍了，但毫無結果。她回到廚房說：「安妮，胸針不見了。妳承認妳是最後動它的人。說真話，胸針到底在哪兒，妳是不是把它拿到外面弄丟了？」

「根本沒那回事。」安妮直視瑪莉拉憤怒的目光，神情嚴肅地說，「我絕對沒拿出去，就是把我送上斷頭臺我也是這句話，雖然我不太清楚斷頭臺的樣子。事情就是這樣。」

安妮所說的「事情就是這樣」只是為了強調自己肯定的語氣，但瑪莉拉卻把它看作是狡辯。

「我總覺得妳在撒謊。」瑪莉拉嚴厲地說，「好了，別廢話，回妳的房間去，不坦白就別想出來。」

「拿著青豆去嗎？」安妮順從地問。

「不用了，我自己能剝。按我的吩咐去做！」

安妮離開了。瑪莉拉心神不寧地做家務，但忘不了那枚珍貴的胸針。

「如果安妮真把胸針弄丟了怎麼辦？誰都看得出來，她把胸針拿出去了居然還不承認。這孩子真可惡，還擺出天真無辜的樣子。」

「沒想到會出這種事。」瑪莉拉一邊焦躁不安地剝豆一邊想，「安妮不會有偷的想法，只不過是拿胸針出去玩，或許想借助它展開想像。今天下午除了她沒人進過我的房間，她也承認了。總之，她肯定是把胸針拿出去弄丟了，怕受懲罰就一直不敢承認。撒謊比脾氣暴躁更糟糕。家裡有個不值得信任的孩子，責任太大了。演戲、撒謊，這是她的表現。她要是說真話，我或許不會這麼生氣。」

當天晚上，瑪莉拉又找了好幾次胸針，仍然一無所獲。睡覺前她走進東山牆的房間再次盤問，但安妮仍矢口否認，這使她愈發確信安妮應該對此事負有責任。

第二天早晨，瑪莉拉跟馬修說了事情的經過。馬修想不出解決辦法，雖說他始終信任安妮，但安妮在這件事上的表現的確令人懷疑。

「沒掉到梳妝臺後面去嗎？」馬修起身要去檢查梳妝臺，這是他所能提供的唯一幫助。

「我把梳妝臺挪出來了，把所有的抽屜也一個個拉出來了，找遍了每個角落都沒找到。」瑪莉拉肯定地回答，「很顯然那孩子是在撒謊。這真是一件醜聞，我們必須得正視現實，馬修。」

「那妳打算怎麼辦呢？」馬修愁容滿面地問。

「不許她出房間，一直到她坦白為止。」瑪莉拉語氣堅定。她記得這個手段在此之前奏效過，「到時候就真相大白了。如果知道她把胸針拿到哪裡去了也許還能找到，但不管怎麼樣，她必須受到嚴厲的懲罰。」

「嗯，那得由妳去懲罰。」馬修一邊去拿帽子一邊說，「記住，這事和我沒關係，我什麼都不干涉，是妳說的。」

瑪莉拉頓覺孤立無助，又不能向林德太太徵求意見，無奈又心情沉重地走進了東山牆的房間。當她走出來時，臉色更嚴肅了，因為安妮依然拒絕坦白。顯然安妮哭過好幾次，這又喚起了瑪莉拉的憐憫之心，但她馬上告誡自己不要太心軟。

到了晚上，按瑪莉拉自己的說法，已經「筋疲力盡」，但她堅定地對安妮說：「妳待在自己的房間裡，不坦白就不能出來！」

「瑪莉拉，明天下午就要去野餐了。」安妮喊道，「妳不會阻止我參加，是吧？妳下午放我出去一會兒。我回來後，會安心地待在這裡，待多久都行，但我必須參加野餐會。」

「妳要是不坦白，不管是野餐還是別的活動，都不准參加！」

「瑪莉拉！」安妮幾乎透不過氣來。

然而瑪莉拉關上門離開了。

星期三的早晨天氣晴好，似乎是專為野餐安排的。鳥兒在綠山牆農舍的四周歌唱，微風把花園裡百合花的芬芳吹送進每一扇門窗，如祝福的精靈般在走廊和房間裡舞蹈。山谷裡的白樺樹歡快地揮舞手臂，似乎在期待東山牆房間裡的安妮像往常一樣問候早安，但窗邊沒有安妮的影子。瑪莉拉去送早飯時，安妮端坐在床上，臉色蒼白，神情嚴肅，雙唇緊閉，兩眼忽閃。

「瑪莉拉，我坦白。」

「哈！」瑪莉拉放下了托盤。她的做法居然又成功了，然而成功的滋味不免苦澀。「那妳說給我聽聽吧，安妮。」

「我把紫水晶胸針拿出去了，」安妮彷彿在背誦一篇課文，「就像妳說的那樣。我剛進妳房間時沒打算那麼做，但當我把它戴在胸前，它看上去太美了，我實在經不住誘惑。我想像自己在『悠閒曠野』上戴著它扮演寇蒂莉亞・費茲傑羅女士，會是多麼激動人心！我和黛安娜用玫瑰色的漿果做過一串項鍊，但那怎麼能和紫水晶胸針媲美呢？我戴著胸針出門了，心想在妳回來之前就把它放回原處。我戴著它在小路上漫步，走過了街道。在經過『閃亮之湖』上的小橋時，我想再好好欣賞，就把它摘了下來。噢，它在陽光下那麼光彩奪目！我倚在橋上看得入了迷，突然胸針從指間滑落，閃耀著紫光落進了水裡，下沉，下沉，一直沉到『閃亮之湖』的湖底。這是我能做的最好的坦白，瑪莉拉。」

瑪莉拉不由得怒火中燒。安妮把她最珍貴的胸針弄丟了，竟能無動於衷地坐在這裡講述事情的經過，絲毫沒有流露出悔恨和自責。

「安妮，這太可怕了，」瑪莉拉竭力保持語調平靜，「妳真是我見過的行為最惡劣的女孩。」

「我想我是的，」安妮心平氣和地贊同，「我知道我必須受到懲罰。瑪莉拉，妳有懲罰我的責任。快懲罰我吧，我不想心事重重地去參加野餐。」

「哼，野餐？不許去！安妮・雪利，這就是我對妳的懲罰！但那遠遠不夠！」

「不准去野餐?!」安妮跳起來，抓住瑪莉拉的手，「妳答應過我的！我因為一心想去野餐才坦白的。妳怎麼罰我都行。哦，瑪莉拉，求求妳了，讓我去吧！想想冰淇淋吧，也許我以後再沒有機會吃到冰淇淋了。」

瑪莉拉冷冷地甩開了被安妮抓緊的手。

「怎麼求也沒用，安妮，不許去！這是最後的決定。不要再廢話了！」

安妮意識到瑪莉拉不會動搖。她緊握雙手，尖叫一聲，臉朝下撲到床上，因為失望和痛苦而身體抽搐，嚎啕大哭。

「我的天哪！」瑪莉拉從房間裡逃了出去，「這孩子是個瘋子，神志清醒的孩子絕不會這樣，不然就是她壞透了。噢，天哪！我擔心瑞秋當初是對的。我現在是惹禍上身，但我不可以認輸。」

那是一個鬱悶的早晨。瑪莉拉拚命做事，實在找不到事情做，就把門廳的地板和牛奶架擦洗了一遍，其實完全沒有必要。她隨後走出門，開始清理院子。

她做好午飯後來到樓梯口叫安妮吃飯，只見一張掛滿淚珠的小臉出現在樓梯扶手處，悲傷萬分。

「安妮，快下來吃午飯。」

「我不想吃，瑪莉拉，」安妮抽泣著，「我吃不下。我的心碎了。將來有一天妳會因為傷害我而受到良心的譴責，瑪莉拉，但我會原諒妳。請記住當那一天來臨時，我會原諒妳。但請別叫我吃東西，特別是青菜燉肉。當一個人忍受痛苦煎熬時，青菜燉肉實在不浪漫。」

瑪莉拉怒氣沖沖地返回廚房，向馬修大吐苦水。馬修在同情安妮和維護正義之間愁苦為難。

「嗯，安妮不該把胸針拿出去，更不該編排故事。」馬修承認道，有些悲哀地望著盤子裡「不浪漫的青菜燉肉」，對安妮的說法感同身受，這種食物確實不適合危機中的情緒，「瑪莉拉，她那麼小，是個有趣的孩子。她盼望去野餐，但妳不讓她去，是不是有點太過分了？」

「馬修．卡斯伯特，你真讓我吃驚。我覺得對安妮的處罰過於輕了，而且她好像根本沒意識到自己的行為是多麼惡劣，這才是最令我憂慮的。她要是認錯還不算太糟。我看得出來，你總為她找藉口。」

「哎，她還小。」馬修軟弱無力地重複，「應該給她一點餘地，而且她從小沒受過管教。」

「我不是正在管教她嗎？」瑪莉拉反駁道。

這樣的反駁沒能說服馬修，但令他沉默了。午餐異常沉悶，只有幫工傑里．波特的胃口很好，但瑪莉拉覺得他的快樂情緒簡直不可忍受。

瑪莉拉洗完盤子，發好麵團，又餵了雞，這才想起星期一從婦女協會回來時發現自己的黑披肩有一處蕾絲開線了，那是她最好的披肩。

她準備縫補一下。當她把披肩從放在衣箱裡的盒子中拿出來時，陽光從窗邊的葡萄藤間大片潑灑進來，照在上面掛著的一個東西上，閃爍著耀眼的紫光。瑪莉拉倒吸了一口氣。原來是紫水晶胸針！它的別針纏在披肩的蕾絲上了。

「我的天哪，」她不知所措了，「這是怎麼回事？胸針明明在這裡，但我以為它沉到貝瑞家的湖裡了。那孩子說她把胸針拿出去弄丟了是什麼意思？難道綠山牆農舍中了魔法？我現在想起來了，星期一摘下披肩時隨意把它放到梳妝臺上，胸針就被掛上了。」

瑪莉拉拿著胸針來到了東山牆的房間。安妮哭累了，正沮喪地坐在窗邊，痴痴地望著外面。

「安妮．雪利，我剛才找到胸針了，」瑪莉拉冷靜地說，「原來它掛在黑披肩的蕾絲上了。現在我想知道，妳今天早上的胡言亂語到底是怎麼回事？」

「唉，妳說要把我一直關在這裡，直到我坦白，」安妮有氣無力地回答，「我太想去野餐了，所以決定編個故事。昨晚上床後，我就開始考慮怎麼坦白，並盡量編得生動有趣，還反覆地練習了好幾遍，免得忘記，結果妳還是不准我去野餐，我的努力成了泡影。」

瑪莉拉不由得笑起來，但良心上感到隱隱不安。

「安妮，妳真不可思議！不過我承認錯誤，在我不能確定妳有沒有撒謊時不該懷疑妳。當然，妳編造沒做的事也不對，但那是被我逼迫的。安妮，如果妳原諒我，我也原諒妳，從今往後讓我們重新開始。現在準備去野餐吧。」

安妮像一支火箭般衝起來：「瑪莉拉，還來得及嗎？」

「沒問題，才兩點鐘，大家還沒集合好，而且離喝茶還有一個小時呢。去洗臉梳頭，換上方格裙。家裡有許多烤好的點心，我會給妳放到籃子裡，還有，我讓傑里準備馬車送妳去。」

「太好了！瑪莉拉。」安妮狂喜地叫嚷，然後輕快飛奔去洗臉了。「五分鐘前我還沉浸在極度的悲傷中，甚至希望自己從沒出生過，現在就是讓我當天使我都不換。」

那天晚上，安妮回到綠山牆農舍，歡天喜地，筋疲力盡，幸福得無法形容。

「噢，瑪莉拉，我過得美滿極了。美滿是我今天才學會的單詞，瑪麗·愛麗絲·貝爾曾用過這個詞。它是不是很有表現力？一切都精彩美妙，茶點也可口。哈蒙·安德魯斯先生帶我們在『閃亮之湖』上划船，每組六個人。簡·安德魯斯伸手去摘睡蓮，差點掉進水裡，幸虧安德魯斯先生眼疾手快，一把抓住了她的衣服，不然她可能掉下去，甚至溺水而死。要是換作我就好了，差點溺水而死是多麼浪漫的事情，和別人講起來會多麼動人心弦啊。我們後來吃了冰淇淋，我簡直無法用語言形容，瑪莉拉，它美味無比呀！」

那天夜裡，瑪莉拉一邊縫衣服一邊向馬修講了事情的原委。

「我認錯，」瑪莉拉坦言道，「我在這件事上有責任，也吸取了教訓。不過，一想到安妮的坦白，我就忍不住要笑出聲來，雖然不該笑。那真是一派胡言亂語，但不是太離譜。雖然安妮在某些方面不可思議，但我相信她會有出息。還有一點可以肯定，只要有她在，不管哪家都不會乏味沉悶。」

第15章

小學校裡的大風波

「多美好的日子！」安妮深吸了一口氣說，「生活在這樣的日子裡不是很快樂嗎？我真為那些還沒出生的人感到惋惜。當然，他們也會有好日子，但他們永遠體驗不到今天。走這條風景優美的小路去上學多好啊，是不是？」

「比走大路好多了，大路上塵土飛揚，又熱得要命。」黛安娜說的是實在話。安妮看看自己的提籃，裡面放著三個鬆軟可口的莓果醬餡餅。她在心裡盤算著，要把它們分給十個女孩子，一個人能吃上幾口。艾凡里學校的女生們一向分吃午飯，要是獨自享用或者只和最要好的朋友分享，就會被終生貼上「壞女孩」的標籤。要把三個餡餅分給十個人吃，每人只能嘗到一點點滋味。

安妮和黛安娜每天上學走的小路風景優美，超出了安妮的想像。比起毫無情調的大路，當然是走「戀人小徑」、「垂柳池」、「紫羅蘭溪谷」還有「白樺小路」更浪漫。

「戀人小徑」自綠山牆農舍的果園下開始，一直延伸到卡斯伯特農莊盡頭的樹林，是去後面牧場放牛的必經之路，也是冬季運送柴草的通道。安妮住在綠山牆農舍不到一個月，就為它取了這個名字。「並不是真的有情人在那裡漫步，」安妮向瑪莉拉解釋，「我和黛安娜正在讀一本非常精彩的書，書裡有一條『戀人小徑』，所以我們也想有一條。多好聽的名字啊！妳不覺得嗎？多浪漫！我喜歡它，是因為在那裡不管妳怎麼大喊出自己的心聲，都不必擔心別人會把妳當作瘋子。」

每天清晨，安妮走出家門踏上「戀人小徑」，到小溪邊和黛安娜會合再一起去上學。她們走在枝葉交錯如蓋的楓樹下，安妮說：「楓樹真喜歡交朋友啊！總是發出沙沙聲，對妳輕聲細語。」隨後兩人來到獨木橋邊，離開小徑，走過貝瑞家屋後的田地和柳池，就到了「紫羅蘭溪谷」——安德魯．貝爾家樹林中的一小片綠茵覆蓋的窪地。

「現在紫羅蘭花還沒開。」安妮告訴瑪莉拉，「黛安娜說，春天裡成千上萬朵紫羅蘭花會同時綻放。瑪莉拉，妳能想像那樣的美景嗎？我激動得喘不過氣了。黛安娜說她在巧取妙名方面永遠不能和我競爭。有一項特長很不錯，是不是？『白樺小路』這個名字是黛安娜取的，任何人都能想出這麼樸素的名字。我肯定能取一個更詩意的，但我謙讓了。瑪莉拉，我覺得『白樺小路』是世界上最美的地方之一。」

的確如此。不止安妮，其他徜徉在這條小路上的人也有同感。纖細蜿蜒的小道順著長坡緩緩而下，筆直地穿過貝爾家的樹林。陽光透過綠葉編織成的網潑灑下來，綠寶石般閃亮無瑕。路兩旁，小白樺樹筆直林立，枝幹白淨，樹葉搖曳。樹下生長著羊齒草、七瓣蓮、野山百合，還有一叢叢茂密的紅漿果。百鳥歌唱，空氣中彌漫芬芳。微風掠過樹頂，傳來歡聲笑語。如果你保持安靜，還可能看到兔子跑來跑去，但安妮和黛安娜實在無法安靜。她們順著小路抵達谷地，穿過大道，再翻過長滿雲杉的山崗，就到學校了。

艾凡里的學校是座白色的建築，房檐低矮，窗戶寬大。教室裡擺著舒適結實的舊式書桌，桌面能開能關。幾代學生在課桌上刻滿自己名字的第一個字母，還有各種難懂的符號。學校遠離喧鬧的街道，背後是一片深色的冷杉樹林和一條小溪。每天清晨，學生們都把牛奶瓶浸泡在小溪裡。牛奶直到中午還保持涼爽鮮美。

九月一日這天，瑪莉拉把安妮送到了學校，心懷憂慮。安妮性格古怪，能和同學融洽相處嗎？再說，她在上課時能保持安靜嗎？

但事情進展得比瑪莉拉想像得順利，傍晚，安妮興致勃勃地從學校回來了。

「我想我會喜歡上這所學校的，」安妮宣布，「不過，我覺得老師不怎麼樣。他總不停地用指尖整理自己的鬍鬚，還不時對普莉西・安德魯斯擠眉弄眼。普莉西今年十六歲了，準備明年報考夏洛特敦的女王學院，正努力學習。普莉西皮膚嬌美，一頭褐色鬈髮優雅地盤起來。她坐在教室後排的長椅上，老師大部分時間也泡在那兒，名義上是為她輔導功課。提莉·伯爾特說老師死追著普莉西。露比·吉利斯說，她見過老師有一次在普莉西的石板上寫字，普莉西看後，臉一下子紅得像糖蘿蔔，還嗤嗤地笑個不停。露比·吉利斯斷定老師寫的內容和學習無關。」

「安妮·雪利，別在我面前說三道四，」瑪莉拉嚴肅地說，「妳不是為批評老師才去上學的。老師總是能教妳一些知識，學習才是妳的分內事。妳現在就要明白，不許放學回來說老師的閒話。我希望妳做個好孩子。」

「我是在做好孩子呀！」安妮自豪地說，「其實不像妳想像的那麼難。我和黛安娜同桌。我們的座位靠窗，從那裡能俯視美麗的『閃亮之湖』。學校裡有許多好女孩，我們在中午休息時一起玩得很開心。我真高興能和這麼多小朋友一起玩，當然我最喜歡黛安娜，以後也不會變。我愛黛安娜！我在學習上遠遠落後，大家都學五年級的課本了，我還在學四年級的，覺得很沒面子，但我很快發現班上沒有哪個學生比我想像力豐富。今天，我們上了閱讀、地理、加拿大歷史和聽寫課。菲力浦老師說我的聽寫糟透了，還把我的石板舉得高高的，好讓每個同學都看到，上面所有的單詞都被他批改過。我丟盡了臉面，瑪莉拉。我覺得他對一個新學生應該更寬容些。還有，露比·吉利斯送給我一顆蘋果，蘇菲亞·史隆給我一張精美的粉色卡片，上面寫著『我可以送妳回家嗎？』，我準備明天把卡片還給她。另外，整整一個下午，提莉．伯爾特都把她的玻璃珠戒指借給我戴。瑪莉拉，我可以用閣樓裡舊針插上的珍珠做一個戒指嗎？噢，對了，簡．安德魯斯跟我說，米妮．麥克弗森聽見了普莉西跟別人說我的鼻子很好看。瑪莉拉，這是我有生以來第一次被人讚美，妳想像不出我當時奇怪的感覺。瑪莉拉，我的鼻子真的好看嗎？我知道妳會說實話。」

「妳的鼻子長得不錯。」瑪莉拉簡短地答道。她心裡覺得安妮的鼻子出奇地美麗，但沒打算說出來。

那是三個星期以前的事了，隨後的一切也一帆風順。現在是九月的一個涼爽的清晨，安妮和黛安娜，艾凡里最快樂的兩個女孩，步伐輕盈地踏上了「白樺小路」。

「我估計吉伯特．布萊斯今天要來上學了。」黛安娜說，「夏天他一直住在新布蘭茲維克的堂兄家裡，星期六晚上才回來。他長得特別帥！而且他喜歡欺負女孩子，把我們都折磨得好苦。」

從黛安娜的語調中不難聽出，她心甘情願被欺負。

「吉伯特．布萊斯？」安妮問，「是不是他和茱莉亞．貝爾的名字被人並列寫在走廊的牆壁上，還被標上『特別注意』的大字？」

「是的，」黛安娜點了點頭，「不過，我敢肯定，他對茱莉亞不怎麼感興趣。我聽他說過，他靠數茱莉亞臉上的雀斑背誦小九九乘法表。」

「別再提雀斑，」安妮懇求道，「這不夠體貼，因為我長了滿臉雀斑。我覺得把男生女生的名字並排寫在牆上非常無聊。我看誰敢把我的名字和男生的名字寫在一起。」她急忙補充了一句，「當然，誰也不會那樣做的。」

安妮歎了口氣。她不希望自己的名字被公諸於眾，但若這種危險性完全不存在，她又會感到委屈。

「胡說！」黛安娜說。黛安娜的一雙黑眼睛和一頭烏髮，早攪亂了艾凡里學校男孩子們的心。她的名字已六次出現在牆壁的「注意欄」上。「那是同學們互相之間開玩笑。妳也不要斷定沒有寫妳的名字，查理．史隆要死追妳呢。查理對他的母親說過，要知道是他自己的母親！安妮是學校裡最聰明的女孩，聰明比美貌更重要。」

「沒那回事。」安妮顯露出女孩的天性，「我寧願要美貌，也不要聰明。另外，我不喜歡查理，我受不了他那種眼球突出的男孩子。要是誰把我和查理的名字寫在一起，我永遠都不會原諒！當然了，我會很高興能在學習成績上名列第一。」

「從今天起，妳就和吉伯特在同一個年級了。我告訴妳，吉伯特以前一直名列前茅。他快十四歲了，但只念到四年級。四年前他父親生病，需要到亞伯達省去治療，他就陪著去了，在那裡生活了三年。他在重回艾凡里之前就一直休學。今後妳要保持第一名很難呀，安妮。」

「我倒很高興呢。」安妮急忙說，「在九、十歲的小孩子中間拿第一，我不覺得驕傲。昨天我站起來拼寫單詞『噴出』，結果喬西·派伊拿到第一名，但她偷看了課本。菲力浦老師居然沒察覺到，他當時正偷看普莉西呢。我輕蔑地掃了喬西一眼，她的臉立即紅得像糖蘿蔔，把後面的單詞都拼錯了。」

「派伊家的姊妹全都作弊。」黛安娜一邊翻過主路的圍欄一邊憤憤地說，「昨天喬西的妹妹格蒂把她的牛奶瓶放到小溪邊我平常放牛奶瓶的地方，妳會這樣做嗎？我不要和她說話了。」

當菲力浦老師在教室後面為普莉西輔導拉丁語時，黛安娜湊到安妮耳邊小聲說：「安妮，那就是吉伯特·布萊斯，隔著走道和妳坐同一排的。妳看他是不是長得很帥？」

安妮看了一眼。她有足夠的時間看，因為吉伯特·布萊斯正全神貫注地偷偷用一枚大頭針把坐在自己前面的露比·吉利斯的金色長辮釘在椅子靠背上。吉伯特個頭高䠷，有一頭褐色鬈髮，一雙淡褐色的調皮的眼睛，嘴角上翹，露出促狹的笑意。當露比·吉利斯站起來回答老師的演算問題時，立即慘叫一聲跌坐到椅子上，想必是有頭髮被連根拔了出來。同學們立即將目光全轉向了露比。菲力浦老師嚴厲地瞪起眼睛，把露比嚇得哭起來。這時，吉伯特把大頭針迅速地藏起來，擺出世上最嚴肅認真的表情閱讀歷史書。他在騷動平息後把目光轉向了安妮，衝她眨眼，做出難以形容的滑稽表情。

「吉伯特確實長得英俊，」安妮向黛安娜承認道，「不過他很放肆，對一個陌生女孩眨眼是不禮貌的。」

到了下午，才真正稱得上是「出事」了。

午後，菲力浦老師在教室後面的角落裡為普莉西．安德魯斯講解代數問題，其他學生便為所欲為，有的啃青蘋果，有的竊竊私語，有的在石板上畫畫，還有的用根細繩拴著蟋蟀讓牠們在走道上跳來跳去。吉伯特．布萊斯拚命想引起安妮．雪利的注意，但都以失敗告終。因為此刻的安妮不僅對吉伯特不關注，她對其他所有同學都不關注。她正兩手托腮，目不轉睛地眺望西窗外「閃亮之湖」的粼粼波光。她的心早已飛入了仙境般的夢幻王國，除了自己想像中的奇妙美景，她對周圍的一切充耳不聞，視而不見。

吉伯特隔著走道伸出手，抓住安妮長長的紅辮梢，然後用刺耳的聲音低語道：「紅蘿蔔！紅蘿蔔！」

安妮暴跳起來，對吉伯特怒目而視。她那些輝煌的幻想都被無可挽回地粉碎了。她狠狠地盯著吉伯特，但眼中的怒火很快被同樣憤怒的淚水沖刷。

「你說什麼？可恨的傢伙！」她憤憤地嚷道，「你竟敢說這樣的話！」

接著，「啪」的一聲，安妮拿起自己石板朝著吉伯特的腦袋狠狠一擊，石板，並不是吉伯特的腦袋，立即斷成了兩截。

艾凡里的學生們喜歡看熱鬧，而此刻的場面又特別精彩。所有人不約而同「啊」地一聲叫出來，聲調既恐懼又興奮。黛安娜嚇得幾乎窒息，而露比．吉利斯神經質地放聲哭起來，湯米．史隆面對此景張著嘴呆若木雞，手裡牽著的一隊蟋蟀也趁機全逃跑了。

菲力浦老師沿著走道大步走過來，用手掐住了安妮的肩膀。

「安妮．雪利！這是怎麼回事？」老師生氣地吼道。安妮並不作聲。在眾人面前重複自己被叫做「紅蘿蔔」簡直是要她的命。倒是吉伯特勇敢地承認：「是我的錯，老師，我惹惱了她。」

但菲力浦老師根本不理會吉伯特。

「看到我的學生態度這麼惡劣，還有這麼強的報復心理，我感到遺憾！」老師語氣嚴厲，彷彿他的學生都必須從幼小的不完美的心靈中根除惡劣的情感，「安妮，站到講臺上的黑板前，一直到放學為止！」

安妮敏感脆弱的心不禁瑟瑟發抖。她寧願遭受鞭打也不願被罰站，但她還是緊繃一張蒼白的小臉服從了命令。菲力浦先生取來粉筆，在她背後的黑板上寫道：「安妮．雪利是個脾氣暴躁的人！安妮．雪利必須控制自己的壞脾氣！」接著他又高聲念了一遍，使那些不識字的一年級學生也聽得明白。

安妮在那行文字下一直站到放學。她既沒有流淚哭泣，也沒有垂頭喪氣。憤怒的火焰在心中熊熊燃燒，居然給予她忍受奇恥大辱的力量。她對黛安娜同情的眼神、查理．史隆憤憤不平的點頭示意，還有喬西．派伊不懷好意的嘲笑，一律報以漲紅的面孔和憤怒的目光。她對吉伯特．布萊斯不屑一顧。她發誓絕不再看他一眼！絕不再跟他說一句話！

學校一放學，安妮便揚起一頭紅髮的腦袋，飛似地衝出門。吉伯特站在走廊的出口想攔住她。

「太對不起了，安妮，我不該拿妳的頭髮亂開玩笑。」吉伯特小聲地道歉，「實在對不起，別再生氣了，好嗎？」

安妮倨傲地飛快走過去，對他視而不見，聽而不聞。

當黛安娜和安妮上了大路後，黛安娜喘著粗氣問：「妳怎麼能這樣呢，安妮？」語調半是責備半是敬佩。要是換了她，絕不可能無視吉伯特的哀求！

「我絕對不會原諒吉伯特的，」安妮毅然決然地說，「而且菲力浦先生拼寫安妮時少了一個『E』。黛安娜，我是鐵了心了。」

黛安娜領會不到安妮話中的深意，但她預感那會是可怕的。

「吉伯特取笑妳，妳千萬別放在心上，」黛安娜勸說道，「唉，他拿所有女孩子開玩笑，還嘲笑過我頭髮太黑，很多次叫我烏鴉，但我從沒聽到過他向任何人賠禮道歉呢。」

「被人叫做烏鴉和紅蘿蔔完全是兩碼事呀。」安妮保持著自尊，「黛安娜，吉伯特非常殘酷地傷害了我的感情！」

如果沒有其他事件發生，這場風波也許可以平息，但壞事總是成雙結對。

在貝爾先生家的廣闊牧場對面的山崗上，是一片冷杉林。艾凡里的學生們午休時常到樹林中遊玩，摘堅果。從樹林中望去，對菲力浦老師住宿的伊本・萊特家一目了然。他們一旦發現老師離開家，就立即往學校跑，可是這段路差不多是從萊特家到學校距離的三倍，不管怎麼拚命飛奔，還是常比老師晚到三分鐘左右。

第二天，菲力浦老師心血來潮決定整頓紀律。他在午休前宣布，等他返回來時，全體學生都要坐在自己的座位上，遲到者將受到懲罰。

中午，所有的男生和一部分女生像往常一樣又去了貝爾家的冷杉林。他們原本只想撿點黃色的惹人喜愛的堅果，但林中充滿誘惑。他們一邊撿堅果一邊慢慢遊逛，結果迷了路。吉米・葛洛佛照例提醒他們時間。他像往常一樣爬到老松樹頂，大聲呼喊：「老師來了！」

在地面上的女孩子們先跑起來，趕到了學校，再晚一秒就有麻煩了。男孩子們慌忙從樹上滑下來，緊隨其後狂奔。安妮並沒有撿堅果，而是在綠蔭覆蓋的樹林裡，在齊腰深的蕨草間漫步，低聲哼著歌，頭上戴著百合花花環，彷彿一位悠閒的仙女。她是最後起跑的，但像羚羊一般迅捷飛奔，很快在校門口超過了男生們，那一刻菲力浦老師正在教室裡掛帽子呢。

菲力浦老師整頓紀律的短暫熱情已經消退，不想費力處罰十幾個違紀的學生，但一言既出，必須採取一點行動，決定抓一個代罪羔羊，結果盯上了安妮。此時安妮氣喘吁吁地剛坐下，忘了摘下頭上的花環。花環歪斜地掛在一隻耳朵上，看上去凌亂不整。

「安妮．雪利，妳好像很喜歡和男孩子在一起，今天下午我要充分滿足一下妳的興趣，」老師諷刺道，「把那些花摘下來，坐到吉伯特旁邊去。」男孩子們嗤嗤偷笑。黛安娜出於同情，臉色變得蒼白，把花環從安妮的頭上摘下來，還握緊了她的手。安妮盯著老師僵住了，幾乎變成一塊石頭。

「我說的話妳沒聽見嗎？安妮！」老師嚴厲地質問。

「我聽到了，先生。」安妮慢慢地說，「但我想你不是認真的。」

「說實話，我是認真的。」老師依然是那副譏諷的腔調，所有的學生，尤其是安妮，都痛恨他鞭撻人的腔調，「馬上照我說的去做！」

安妮在那一刻似乎想反抗，但立即意識到反抗無濟於事，於是凜然地站起來，穿過走道，坐到了吉伯特的身邊，隨後把臉埋進臂彎裡，伏在課桌上。露比・吉利斯捕捉到了安妮俯下臉的瞬間，她在回家的路上對別的同學說：「我從沒見過那樣的臉，慘白慘白的，還布滿可怕的小紅斑。」

對於安妮，那是一切的終結。十多個同學犯同樣的錯誤，唯獨她一個人受罰，這已經夠糟糕了。更糟糕的是她被迫和男生同桌，而那個男生又偏偏是吉伯特！這簡直是把羞辱加倍到令她無法忍受的極限。她整個人被羞愧、憤怒和恥辱灼燒得沸騰起來。

同學們起初都看著安妮竊竊私語，低聲發笑，彼此推推搡搡。安妮始終沒抬起頭來，而吉伯特則專心致志地做分數題，把萬事置之度外。於是大家忙起各自的功課，忘記了安妮。

菲力浦老師召集大家上歷史課時，安妮應該去聽，但她紋絲不動。老師在此之前寫下幾行詩「獻給普莉西」，正為一個詞的押韻犯難，沒發現安妮缺席。吉伯特趁人不注意，把一小塊粉紅的心形糖從書桌裡掏出來，上面印有燙金字「妳真可愛」，然後偷偷放在安妮的臂彎間。安妮抬起頭來，用指尖拈起糖扔到了地上，隨後用腳跟把它踩得粉碎，根本不屑看吉伯特一眼，又重新趴到了課桌上。

放學時，安妮大步奔到自己的課桌前，動作誇張地把裡面的東西全取了出來：課本、筆記本、筆、墨水、《聖經》和算術本等，把它們整齊堆到了她的有裂縫的石板上。

「妳要把它們都拿回家去嗎，安妮？」剛一上大路，黛安娜就迫不及待地問，在這之前她沒敢問。

「我再也不去上學了。」安妮答道。

黛安娜倒抽一口冷氣，直盯著安妮，想弄清楚她是不是認真的：「瑪莉拉會同意嗎？」

「她不同意也得同意，」安妮說，「我再也不去學校見那個人！」

「哦，安妮！」黛安娜幾乎要哭出來了，「妳脾氣太倔了！我怎麼辦呢？菲力浦先生會讓我和那個令人討厭的格蒂．派伊坐在一起。我知道他會的，因為格蒂現在單獨坐。求求妳安妮，還是去上學吧！」

「我願意為妳赴湯蹈火，黛安娜，」安妮悲傷地說，「如果對妳有益，我情願粉身碎骨，但這件事我辦不到。請妳別要求我，不然妳就是在折磨我的靈魂。」

「想想妳會錯過多少樂趣啊，」黛安娜歎息著說，「我們要在小溪邊建造一座可愛的房子；下星期我們要打棒球，安妮，妳還從沒打過呢，棒球比賽好激動人心啊。我們還要學一首新歌，簡．安德魯斯正練習呢；另外，下星期愛麗絲．安德魯斯要帶來新出版的《三色紫羅蘭叢書》，大家要在小溪邊一章章輪流朗讀呢。安妮，妳知道妳喜歡高聲朗讀。」

安妮不為所動。她鐵了心不上菲力浦老師任教的學校了。她回到家後，把自己的決定告訴了瑪莉拉。

「真是荒唐！」瑪莉拉說。

「根本不荒唐，」安妮目光嚴峻地直視瑪莉拉，「妳難道不明白嗎？瑪莉拉，我受到了羞辱！」

「胡說！妳明天照常去上學！」

「不，我不！」安妮輕輕地搖頭，「再也不去了！瑪莉拉，我在家學習，盡量做一個好孩子。如果可能，我也會少說話。我肯定再也不去上學了。」

瑪莉拉從安妮的小臉上看出了不屈不撓的倔強，明白自己無法取勝，理智地決定暫時保持沉默。「晚上我去問問林德太太的意見，」她想，「現在和安妮爭論不會有結果。她情緒太激憤了。她一旦打定了主意就會倔強得要命。按她所描述的，菲力浦老師採取的是高壓手段，但這話不能對安妮說。我得和林德太太商量，她先後送過十個孩子上學，總會有些主意。這會兒她大概已聽說這件事了。」

瑪莉拉來到林德太太家時，林德太太像往常一樣正在勤奮而愉快地縫著被子。

「我猜妳已經知道我的來意了。」瑪莉拉說，她有一點不好意思。

林德太太微微點了點頭：「是因為安妮在學校的那場鬧劇吧，提莉·伯爾特放學回來時跟我說了。」

「我不知道該拿安妮怎麼辦，」瑪莉拉說，「她發誓再也不上學了。我從沒見過一個小孩子這麼激憤過。自從她上學後，我一直擔心會出麻煩。我知道她的學校生活有些太順了，現在果然失去了控制。瑞秋，妳有什麼建議嗎？」

「好吧，既然妳想聽我的意見，瑪莉拉，」每當別人向林德太太徵求意見，她總是興高采烈，「我會先遷就她一段時間。我認為這件事是菲力浦老師的錯，但對孩子們當然不能說。昨天他批評安妮大發脾氣是對的，但今天卻不同。所有遲到的學生都應該和安妮一起受罰，就這話。我不相信強迫女生和男生坐在一起是合適的懲罰手段。提莉．伯爾特還有其他同學都站在安妮這邊。安妮好像很受歡迎，我沒想到她會和他們相處得這麼融洽。」

「妳的意思是說我最好讓安妮待在家裡。」瑪莉拉驚訝地問。

「對。要是換了我，我就不提上學的事，直到她自己改變主意。相信我吧，瑪莉拉，過一個星期左右她就會平靜下來，然後自然而然地回心轉意。妳要是逼她去，天知道她會怎麼任性妄為，暴跳如雷，惹出更大的麻煩。我認為干涉得愈少愈好。從學業的角度考慮，她不上學也不會有多大損失。菲力浦根本不是一名好老師，對低年級學生不管不顧，把心思都放在報考女王學院的高年級學生身上，搞得他的班級紀律渙散。他的叔叔是學校的最高理事，左右著另外兩位理事。要不是因為這層關係，他根本不可能有多教一年的機會。就是這麼回事。我真不知道這個島的教育將何去何從。」

林德太太搖著頭，似乎在說如果她成了省教育機關的官員，局面才會好轉。

瑪莉拉聽取了林德太太的忠告，再沒有對安妮提上學的事。就這樣，安妮在家自學，做些家務，或者在秋日涼爽的紫色黃昏裡和黛安娜一起玩耍。她在路上或在主日學校和吉伯特・布萊斯不期而遇時，總是神情冰冷地和他擦肩而過。吉伯特想方設法希望能平息她的怒氣，但她不為所動。黛安娜多次努力想使兩人和解，但效果甚微。安妮下定決心要痛恨吉伯特一輩子了。

安妮痛恨吉伯特，但熱愛黛安娜，她傾注小小心靈中全部的熱情，愛與恨是同樣強烈的。有一天晚上，瑪莉拉剛從果園裡摘了一筐蘋果回來，發現安妮獨自坐在昏暗的東窗邊苦澀地哭泣。

「安妮，出什麼事情了？」瑪莉拉問。

「因為黛安娜。」安妮盡情地啜泣，「瑪莉拉，我太愛黛安娜了。沒有她，我活不下去。但我知道將來總有一天我們會長大，黛安娜會結婚，會離開我到別處去。唉，那我可怎麼辦呢？我恨黛安娜的丈夫，恨得咬牙切齒！我能想像出黛安娜婚禮的全部過程。她身穿雪白的禮服，戴著面紗，女王一般漂亮高雅。我做她的伴娘，穿著燈籠袖的美麗長裙，可是在微笑的面孔下藏著一顆破碎的心。我後來向黛安娜道別，再見，再……見了。」說到這兒，安妮完全失去控制，愈哭愈傷心。

瑪莉拉趕緊把臉扭過去，但還是忍不住，一下子坐到身旁的椅子上放聲大笑。她笑得那麼歡暢，那麼不同尋常得響亮。馬修正好從院子裡走過，驚訝得停下了腳步。他什麼時候聽瑪莉拉這樣笑過？

「我說，安妮．雪利，」瑪莉拉終於止住笑，開口說，「如果妳一定要自找麻煩，還是就近在家裡找吧。不過我承認，妳可真有想像力！」

第16章
請黛安娜喝茶

在綠山牆農舍，十月是一年中最絢麗的季節。小山谷裡的白樺樹展現出秋陽般的金黃，果園背後的楓樹渲染著高貴的深紅，小路兩側的野櫻花樹換上褐紅色和青銅色的新裝，而收割過的田野袒露在陽光下。

安妮完全陶醉於周圍世界的色彩。

「噢，瑪莉拉！」安妮興奮地嚷著，這是星期六的早晨，她抱著一大捧美麗的楓樹枝，活蹦亂跳地跑進家裡，「活在一個有十月的世界上，我太開心啦！要是從九月直接跳到十一月，會多麼可怕是不是？妳看看這些楓樹枝！它們會不會引起妳一陣接一陣的激動？我要用它們裝飾我的房間。」

「髒亂的東西。」瑪莉拉說，顯然她的審美力還有待提高，「安妮，妳的房間裡堆滿了野外的亂七八糟的東西，臥室是睡覺的地方。」

「噢，但也是做夢的地方，瑪莉拉。人在美麗的房間裡會做出更甜蜜的夢呢！我準備把它們插到那個舊的藍花瓶裡，放在桌子上。」

「別把樹葉丟到樓梯上。我下午要去卡莫迪參加婦女協會的會議，天黑以前大概回不來。妳得給馬修和傑里做午餐。安妮，記住，不要像前些日子那樣，直到坐下吃飯時才想起來要沏茶。」

「忘了沏茶是我的錯。」安妮道歉，「不過，那天我正想著『紫羅蘭溪谷』，不知不覺就把別的事拋到了腦後。馬修真好，從不責怪我。他自己泡茶，還說可以等。我趁機給他講了個美麗的神話故事，他沒覺得等了太久。那是個非常動人的故事，但我不記得結尾了，就自己編造了一個。馬修說他沒聽出有什麼漏洞。」

「即使妳打定主意半夜三更起床吃晚飯，馬修也會贊成。今天妳得保持頭腦清醒。還有……我真不知道這是不是個主意，如果妳願意，可以請黛安娜下午來家裡做客，和妳一起喝茶。」

「哦，瑪莉拉！」安妮興奮得攥緊小手說，「那實在太好了！妳其實擁有想像力！不然妳絕不會想到我早就渴望邀請她，像大人一樣一起喝茶多優雅。別擔心我會因為有客人而忘記沏茶。噢，瑪莉拉，我可以用那套帶玫瑰花蕾圖案的茶具嗎？」

「不可以！怎麼可以用那套茶具？妳知道我只在牧師先生光臨或婦女協會聚會時才用的。妳用褐色的舊茶具吧，但妳可以打開黃瓦罐裡的櫻桃果醬。時間夠長了，果醬的味道應該已經變得正宗。妳還可以切些水果蛋糕，拿出一些小甜餅和小脆餅來吃。」

「我現在想像出自己坐在主桌上沏茶的情景，」安妮陶醉地閉上眼睛，「問黛安娜要不要加砂糖，我知道她從來不加，但我假裝不知道，還是要問。隨後勸她多吃一塊水果蛋糕，多吃些櫻桃果醬。噢，瑪莉拉，這樣幻想就讓我激動！等黛安娜來了，我可以請她把帽子放到客房裡，然後請她坐到客廳裡嗎？」

「不，妳和妳的朋友坐在起居室就行了。在起居室壁櫥的第二格上有半瓶山莓果汁，是前些日子在教堂聚會時剩下的。如果妳們喜歡，就喝一點，還可以就著小甜餅。我想馬修正往船上裝馬鈴薯呢，要到很晚才回來喝茶。」

安妮飛奔下山谷，跑過「森林仙女泉」，踏上冷杉小路，抵達果園坡，邀請黛安娜來喝茶。瑪莉拉剛出門，黛安娜就到了，穿著自己第二好的衣服，一副應邀來做客的模樣。平時她連門都不敲就跑進廚房，這天卻一本正經地敲了前門。安妮也穿著自己第二好的衣服，一本正經地開了門。兩個小女孩彷彿初次見面，鄭重其事地握了握手。黛安娜隨安妮走進東山牆的房間，掛好了帽子，隨後在起居室裡正襟危坐了十分鐘。兩人之間的不自然狀態一直持續著。

「妳母親一向可好？」安妮禮貌地問候，似乎早晨並沒有見到貝瑞太太摘蘋果。貝瑞太太身體健康、精神飽滿。

「她很好，謝謝。我想卡斯伯特先生今天下午正往『百合沙』號上搬運馬鈴薯吧？」黛安娜問道。早晨她剛搭乘馬修的運貨馬車到哈蒙·安德魯斯家去過。

「是呀，今年我們家的馬鈴薯大豐收了。我希望妳爸爸種的也有好收成。」

「還不錯，謝謝。你們摘了很多蘋果了吧？」

「很多。」說著，安妮忘記了舉止端莊，情不自禁地跳了起來。「我們到果樹園摘些『紅甜果』吧。瑪莉拉說，我們可以把留在樹上的摘下來吃。她是個慷慨的人。她還說除了喝茶，我們可以吃水果蛋糕、櫻桃果醬等。事先告知客人待客的食物是不禮貌的，所以我不告訴妳她讓我們喝什麼。我可以透露飲料名字的第一個字母是R和C，而且是紅色的。我最喜歡大紅色的飲料，妳呢？它比其他顏色的飲料好喝一倍。」

在果樹園裡，成熟的蘋果把樹枝壓彎了腰，賞心悅目。醇美的秋陽溫暖地流連，兩個女孩在那裡度過了午後的大部分時光，坐在尚未受到霜降侵襲的草叢中，一邊吃蘋果，一邊盡情交談學校裡的新鮮事。黛安娜有太多話要對安妮說。黛安娜被迫和格蒂·派伊坐在一起，她對此痛恨不已。格蒂總把鉛筆弄得咯咯響，搞得她全身發冷。露比·吉利斯用一塊魔石把身上的疣都除掉了，千真萬確，那魔石是她從「小灣鎮」的老瑪麗·喬那裡拿到的。妳必須用那魔石磨疣，然後在新月初升的夜晚把石頭扔過左肩膀，疣立即都消失了。查理·史隆和艾瑪·懷特的名字被寫在了走廊的牆上，艾瑪簡直氣瘋了。山姆·伯爾特因為在課堂上對菲力浦老師「出言無禮」，被老師用鞭子抽了一頓。山姆的父親趕到學校，警告老師不許再對他的任何孩子動手。另外，瑪蒂·安德魯斯戴了一頂紅帽子和一條帶流蘇的藍披肩，那神態真讓人噁心。麗茲·萊特和梅米·威爾森不說話了，聽說是因為梅米·威爾森的姊姊搶走了麗茲·萊特姊姊的男朋友。大家都很想念安妮，很希望她能再來上學。還有吉伯特·布萊斯……

安妮不想聽到有關吉伯特的事，便立即站起身來請黛安娜進屋去喝山莓果汁。

安妮在起居室櫥櫃的第二層架子上沒找到山莓果汁的瓶子，仔細再找，才發現它在最上層的架子上呢。她把瓶子放到托盤上，連同杯子一起放到了桌子上。

「黛安娜，多喝點，不必客氣。」安妮禮貌地說，「我還不想喝。在吃了那麼多蘋果後，我沒胃口了。」

黛安娜倒了滿滿一杯，欣賞了一下那鮮紅的顏色，優雅地呷了一口說：「很好喝，安妮，沒想到山莓果汁能有這麼好的滋味。」

「我真高興妳喜歡。那就請多喝幾杯吧。我要出去生火了，管家要操心的事太多了，是不是？」

安妮從廚房回來後，黛安娜已經把第二滿杯喝完了。在安妮的勸說下，她又不客氣地喝了滿滿的第三杯。山莓果汁的味道真是醇美啊。

「這是我喝過的味道最美的果汁，」黛安娜說，「比林德太太做的好喝好幾倍，雖說她吹得天花亂墜，但妳家的飲料和她家的完全不是一個味道。」

「對，我也覺得瑪莉拉做的好多了。」安妮忠誠地說，「瑪莉拉是著名的廚師。她教過我做飯呢，黛安娜，不過做飯實在太難了。在烹調方面妳必須照章行事，只能有一點點幻想的餘地。我上一次烤蛋糕忘了放麵粉，因為當時腦子裡想的都是妳我之間的美麗故事。妳不幸染上了天花，病情危急，所有人都放棄了妳，只有我，勇敢地來到妳的病床旁照顧，救了妳的命，可是我卻染上天花死去了，被埋在了墓地的白楊樹下。妳在墓旁栽上了一株玫瑰花，用自己的眼淚澆灌它，還發誓永遠不會忘記童年好友，她為妳犧牲了生命。啊，那是多麼哀婉的故事，黛安娜。在我攪拌蛋糕原料時，眼淚順著我的臉頰簌簌流淌，於是我忘了加麵粉，做蛋糕就宣告失敗。麵粉是做蛋糕不可缺少的材料吧。瑪莉拉氣極了，我對此並不驚訝，因為我總給她添亂。上星期她因為布丁淋醬的事，自尊心受到了傷害。上星期二在午餐期間，我們吃了李子布丁。布丁剩下一半，還有一滿罐淋醬。瑪莉拉說還夠再吃一頓，讓我把淋醬蓋好，放到儲藏室的架子上。我打算把它罩得嚴嚴實實的，黛安娜，但當我端著它的時候，我把自己想像成了修女。我當然是新教徒，但我在想像中是天主教徒，與世隔絕，戴著面紗去埋葬一顆破碎的心，就把蓋淋醬的事忘了。第二天早晨我才想起來，趕緊跑到儲藏室。黛安娜，想像一下我當時的恐慌吧，我發現淋醬裡躺著一隻被淹死的老鼠！我用勺子把死老鼠撈出來扔到後院，然後把勺子洗了三遍。當時瑪莉拉出去擠牛奶了，我打算等她回來後問她，要不要把淋醬餵豬。可是等她回來後，我正把自己想像成掌管霜凍的小精靈，穿越森林，根據樹木各自的願望把它們變成紅色或黃色，就把淋醬的事忘得精光。後來，瑪莉拉就派我去摘蘋果。那天上午，查斯特・羅斯夫婦從史賓賽谷來我們家做客。妳要知道他們是很時尚的，特別是羅斯太太。瑪莉拉叫我進餐室時，午餐已準備好，大家都圍坐在桌旁。我盡量表現得彬彬有禮，想讓羅斯太太覺得我雖然不好看，但舉止優雅。一切都很順利，直到我突然看見瑪莉拉一手托著李子布丁一手端著剛熱好的淋醬罐走進來。黛安娜，我想起了這罐淋醬的事，立即站起身尖叫起來：『瑪莉拉，妳不能用那罐淋醬！有一隻老鼠淹死在裡面了，我忘了告訴妳。』噢，黛安娜，我即使活到一百歲都忘不了那恐怖的一瞬間。查斯特・羅斯太太死死地盯著我，當時我羞愧得恨不得找個地洞鑽進去。她是位出色的家庭主婦，將怎樣看待我們一家呢？瑪莉拉的臉漲得通紅，可是她當時什麼也沒說，馬上把布丁淋醬端下去，拿來了草莓果醬，甚至還勸我嘗嘗，可是我一口也吃不下。果醬紅紅的，簡直像一堆在我腦門上燃燒的木炭。查斯特・羅斯夫婦離開後，瑪莉拉把我狠狠地教訓了一頓。唉，黛安娜，妳怎麼了？」

黛安娜搖晃著想站起來，可是又坐下了，兩隻手抱著頭。

「我，我病了，」她口齒不清地說，「我，我得馬上回家。」

「哦，我們還沒喝茶，妳不能回家。」安妮著急地嚷道，「我現在馬上去沏茶。」

「我要回家。」黛安娜重複道，語氣傻乎乎的，但很堅決。

「我給妳拿些吃的，」安妮懇求，「我給妳拿一些水果蛋糕和櫻桃果醬。妳在沙發上躺一會兒感覺會好些。妳哪裡不舒服？」

「我要回家。」任憑安妮怎麼勸慰，黛安娜反覆說的就是這句話。

「我還沒聽說過哪個客人不喝茶就回家呢，」安妮很難過，「黛安娜，妳不會真得了天花吧？要是真的，妳放心，我會照顧妳，決不拋棄妳。不過，我希望妳留下來喝些茶。妳哪裡不舒服？」

「我頭暈極了。」黛安娜說。

黛安娜走起路來的確踉踉蹌蹌。安妮眼含失望的淚水，取來她的帽子，一直把她送到了貝瑞家的柵欄門邊，然後流著淚返回綠山牆農舍，傷心地把喝剩的山莓果汁放回到儲藏室裡，心中的全部熱情都消失殆盡了。她開始為馬修和傑里準備茶點。

第二天是星期天。從清晨到黃昏，外面一直是大雨滂沱。安妮一整天待在家裡沒出門。星期一下午，瑪莉拉叫安妮到林德太太家去辦事。不一會兒，安妮淚流滿面地沿著小路飛奔回來，衝進廚房，痛苦萬分地一頭栽到沙發上。

「安妮，出了什麼事？」瑪莉拉驚疑地問道，「但願妳沒又對林德夫人無禮。」

安妮不但不應，反而哭得更加驚天動地。

「安妮．雪利，我要妳有問必答。妳馬上坐起來，告訴我為什麼哭？」

安妮坐起來，一臉悲傷的神態：「林德太太今天去貝瑞太太家了，她看到貝瑞太太情緒壞透了。」她哭訴道，「貝瑞太太說星期六我把黛安娜給灌醉了！在她醜態百出時把她送回了家。貝瑞太太說我壞透了，是個惡劣的小女孩，永遠、永遠也不允許黛安娜和我一起玩了。哦，瑪莉拉，我真傷心死了。」

「妳把黛安娜給灌醉了?!」瑪莉拉怔了好一陣子才說出話來，「安妮，是妳，還是貝瑞太太出了毛病？妳究竟給黛安娜喝了些什麼？」

「只有山莓果汁呀，」安妮抽泣著回答，「我沒想到山莓果汁能把人喝醉，雖然黛安娜喝了滿滿的三大杯。哦，這個聽起來多麼……多麼像湯瑪斯先生，但我沒打算灌醉她呀。」

「胡說什麼醉不醉的！」瑪莉拉快步來到起居室的儲藏室裡，一眼認出櫥櫃的瓶子裡裝著的是保存了三年多的自釀葡萄酒。她在艾凡里釀葡萄酒是出了名的，雖說一些呆板的人包括貝瑞太太，對此強烈反對。瑪莉拉這才想起來，她把山莓果汁的瓶子放到地下室裡了，卻告訴安妮在儲藏室裡。

瑪莉拉拿著葡萄酒瓶回到廚房，忍不住地露出笑意。

「安妮，妳真是個惹禍專家。妳給黛安娜喝的不是山莓果汁，而是葡萄酒。妳知道它們的區別嗎？」

「我根本沒喝，」安妮說，「還以為是山莓果汁呢。我是想好好款待她。後來她感覺很不舒服就回家了。貝瑞太太對林德太太說，黛安娜回家後爛醉如泥，貝瑞太太問她怎麼了，她就一直傻笑，隨後昏睡好幾個小時。貝瑞太太聞到酒味才知道她醉了。她昨天害了一整天頭痛。貝瑞太太氣壞了，斷定我有意灌醉黛安娜。」

「貝瑞太太應該懲罰黛安娜貪嘴，一連喝了三大杯，」瑪莉拉立即說，「即使是山莓果汁也會難受的。要是反對我釀酒的人聽說了這件事，可是抓到把柄了。其實自從三年前我聽說牧師不贊成釀酒，就沒再釀過，這瓶是留著治病用的。好了孩子，別哭了，妳不該受指責，我很遺憾。」

「我非哭不可，」安妮說，「我心碎了。凶星照命。哦，瑪莉拉，黛安娜和我被永遠拆散了。當我們為友誼發誓時，做夢也沒想到會有這一天。」

「別犯傻了，安妮。如果貝瑞太太知道這事不怪妳就會改變看法的。我猜她以為妳開了個玩笑。妳今晚去她家，把事情說個明白。」

「我沒有勇氣面對她那張憤怒的臉，」安妮歎氣道，「我希望妳去。和我相比，妳更受人尊重，她大概會聽妳的解釋。」

「好吧，我去。」瑪莉拉說，覺得那大概是更明智的辦法，「別哭了，別擔心。」

瑪莉拉從果園坡回來後，改變了自己的樂觀想法。安妮一直盼望她回來，飛奔到門廊迎接她。

「哦，瑪莉拉，一看妳的表情我就知道失敗了。貝瑞太太不肯原諒我嗎？」

「貝瑞太太真不可理喻！」瑪莉拉氣憤地說，「在我見過的所有不講理的人中，她最過分。我跟她解釋是我的錯，不該怪妳，但她死活不信，又把我釀葡萄酒的事翻騰出來，指責我掩蓋酒的害處。我清楚地告訴她，葡萄酒不能一口氣喝三杯。如果我管教的孩子這麼貪嘴，我會結結實實地揍她一頓，讓她清醒。」

瑪莉拉閃進了廚房，把安妮這個悲傷惶恐的小女孩留在了門廊上。過了一會兒，安妮沒戴帽子，踏進了秋日淒冷的暮色中。她邁著堅定而沉著的步伐，穿過枯黃的三葉草原野，走過獨木橋，進入了冷杉林。在西邊的樹梢上，一彎月牙朦朧發光。貝瑞太太聽到怯生生的敲門聲後出來開門，發現門前站著一個嘴唇發白，兩眼發紅的懇求者。

貝瑞太太板起了面孔。她是個充滿偏見、愛挑剔的人，一旦發怒，就會變得冷漠陰鬱，固執到底。她確實認為安妮存心灌醉了黛安娜，急於阻止安妮和她的女兒交往，以免帶來壞影響。

「妳想要幹什麼？」她口氣生硬地問道。

安妮兩手緊握。

「哦，貝瑞太太，請妳寬恕我吧。我不是存心……存心要灌醉黛安娜。我怎麼會做那種事呢？請妳想像一下，如果妳是個孤苦伶仃的孤女，被好心的人家收養，妳在這個世界上只有一個貼心朋友，妳會存心把她灌醉嗎？我真以為那是山莓果汁呢。哦，請妳不要禁止黛安娜和我一起玩，不然的話，妳就使我的生活烏雲籠罩。」

這番話會使得好心的林德太太瞬間心軟，對貝瑞太太不但不起作用，反倒是火上澆油。她懷疑安妮用過火的措詞和戲劇性的姿態愚弄她，於是冷酷地說：

「我覺得妳這種小孩不適合跟黛安娜交往。回家去吧，注意自己的行為舉止。」

安妮的嘴唇哆嗦起來，哀求道：「妳能允許我再見黛安娜一面，向她告別嗎？」

「黛安娜和她父親到卡莫迪去了。」貝瑞太太說，隨後把門「砰」地一聲關上了。

安妮回到了綠山牆農舍，在絕望中平靜了下來。

「我的最後一線希望破滅了。」她對瑪莉拉說，「我去見了貝瑞太太，受到了無禮對待。瑪莉拉，我覺得她沒有教養！除了禱告再沒有其他辦法，但我不指望禱告會起作用，因為對她這樣頑固不化的人，上帝束手無策。」

「安妮，不許說那樣的話。」瑪莉拉拚命忍住笑，嚴肅地責備道。

當天晚上，她在向馬修講述事情經過時，忍不住發出了會心的笑聲。

瑪莉拉臨睡前悄悄地走進了東山牆的房間，發現安妮是哭著入睡的，臉上露出少見的溫柔神情。「這個小可憐。」瑪莉拉喃喃低語，把一縷鬈髮從安妮滿是淚痕的臉上輕輕撩開，然後彎下身，吻了吻那張緋紅的小臉蛋。

第17章

新的生活樂趣

第二天下午，安妮坐在廚房的窗邊埋頭縫菱形布塊。她偶然向窗外望了一眼，只見黛安娜正在「森林仙女泉」邊神祕地向自己招手呢。她立即跑出家門，朝著小山谷的方向飛奔而去，情感豐富的眼中飽含著希望和驚喜，可是當她看到黛安娜沮喪的表情時，希望破滅了。

「妳母親還不能原諒我嗎？」安妮氣喘吁吁地問。

黛安娜悲傷地搖了搖頭：「不肯。哦，安妮，她還是不許我再跟妳一起玩了。我哭了一場又一場，跟她說不是妳的錯，但沒用。為了能出來和妳道別，我好不容易才說服她。她只准我出來十分鐘，現在正盯著鐘計時呢。」

「在十分鐘裡永別，哪裡夠呢。」安妮含著淚說，「哦，黛安娜，妳能發誓永遠不會忘記我——妳童年的朋友嗎？不管妳其他親愛的朋友和妳多麼親近。」

「絕不會忘記。」黛安娜啜泣著，「我今後再也不會有貼心朋友了，我也不想有，我不可能再像愛妳一樣愛任何人。」

「噢，黛安娜，」安妮哭喊道，兩隻手緊握，「妳愛我嗎？」

「我當然愛妳。妳不知道嗎？」

「不知道呀！」安妮深吸了一口氣，「我原以為妳只是喜歡我呢，不敢奢望愛。噢，黛安娜，我以為沒有人會愛我呢。從我記事起，從沒人愛過我。噢，這是多麼美好啊！這是一道希望的光芒，永遠照亮隔絕我與您的黑暗溝壑，黛安娜。噢，妳再說一遍。」

「我忠誠地愛著妳，安妮。」黛安娜信誓旦旦，「我會永遠愛妳，放心吧。」

「我也一直愛您，黛安娜。」安妮說，鄭重地伸出手，「在今後漫長的歲月裡，在我孤獨的生活中，對您的記憶將像星光一般閃耀。我們一起讀的最後一本故事書就是這麼說的。黛安娜，您能送我一縷黑頭髮嗎？作為離別的紀念永遠珍藏。」

黛安娜被安妮莊重的措詞感動得熱淚盈眶，此刻擦去了淚水，恢復了講求實際的天性問：「有剪頭髮的工具嗎？」

「幸好我把縫布片的剪刀放到圍裙的口袋裡了。」

安妮說完，極其鄭重地剪下了黛安娜的一縷鬈髮：「永別了，我心愛的朋友。從此，您我近在咫尺，卻形同陌路，但我的心永遠忠實於您。」

安妮佇立在原地，目送著黛安娜離去。每當黛安娜停住腳步回望，她都會悲傷地揮手。她隨後回到了綠山牆農舍，並沒有從這場浪漫的道別中獲得些許安慰。

「都結束了，」安妮對瑪莉拉說，「我再也沒有朋友了。我落到了前所未有的悲慘境地，連凱蒂·莫里斯和薇奧莉塔都沒有了。即使有，也和從前不同。在擁有了真實的朋友後，幻想中的朋友再不會給我安慰。我和黛安娜在溪水旁傷心分別的一幕會在我的記憶中永遠神聖。我說了我能想起來的最傷感的語言，還用了『您』和『您的』，比用『妳』和『妳的』浪漫多了。黛安娜送了我一縷她的頭髮。我要把它縫進一個小布袋，一輩子掛在脖子上。請把它和我埋葬在一起，我知道自己活不了多久。當貝瑞太太看到我死後變冷的身體，也許會為自己的行為悔恨，允許黛安娜參加我的葬禮。」

「安妮，只要妳還能滔滔不絕地說話，就不必擔心妳會因悲傷過度而死去。」瑪莉拉無動於衷地說。

下個星期一，安妮從樓上自己的房間裡走下來，手裡挽著裝課本的籃子，嘴角露出堅毅的神情，讓瑪莉拉吃了一驚。

「我要去上學了。」安妮宣布道，「往日的朋友被冷酷地拆散，生活中剩下的就只有這件事了。在學校裡我能望著黛安娜，回憶逝去的日子。」

「妳最好還是回憶課程和數學吧。」瑪莉拉說，掩飾心中對事態轉變的喜悅，「如果妳去上學，我希望不要再發生用石板砸人或類似的事情。要有禮貌，聽老師的話。」

「我會爭取做個模範生，」安妮悶悶不樂地答應道，「我想那一定很無趣。菲力浦老師說米妮．安德魯斯算得上是模範生，但米妮沒有一點兒想像力。她呆板遲鈍，從來沒享受過好時光。不過我現在憂鬱極了，大概比較容易當個模範生。我上學要走大街，不能再走『白樺小路』了，不然會流下苦澀的眼淚。」

安妮的歸來受到同學們的熱烈歡迎。大家想念她在遊戲時的想像力，唱歌時的清脆聲音，還有午休朗讀時精彩的戲劇性表演。在講解《聖經》時，露比．吉利斯把三顆李子偷偷塞到她的手裡；艾拉．梅．麥克弗森給了她一幅大朵黃三色堇的畫，那是從一本花卉書的封面上剪下來的，艾凡里的學生們偏愛用這種畫裝飾課桌。蘇菲亞．史隆主動提出要教安妮編織美麗的圍裙花邊；凱蒂．伯爾特送給安妮一個香水瓶，用來裝擦石板的清水，而茱莉亞．貝爾在一張有扇形花邊的淺粉色紙上，認真地抄下這樣的詩句：

夜幕緩緩低垂，
致安妮

當星星點綴閃光，
請記住妳的友人，
雖然她也許在遠方流浪。

「被人欣賞是一件美好的事情。」當天晚上，安妮對瑪莉拉歡喜地感歎。其實「欣賞」她的不僅是女同學。安妮被老師分配和模範生米妮．安德魯斯同桌。午休後，她回到座位上，發現書桌上放著一顆又大又香的「草莓蘋果」，立即抓起來，忽然想起在艾凡里，這種蘋果只生長在「閃亮之湖」旁老布萊斯的果園裡，她彷彿抓到了一塊燒紅的木炭，迅速把它放了回去，還誇張地用手絹擦了擦手。那顆蘋果再沒人碰過。直到第二天早晨，小提摩西．安德魯斯來打掃學校、生火時，把它當作外快私吞了。查理．史隆送給安妮一枝石板筆，筆上裝飾著花俏的紅黃兩色紙。買普通的石板筆只需一分錢，而他這枝卻要破費兩分錢。安妮欣然收下這份禮物，還對他報以微微一笑，使這個迷戀她的男生頓時飛上了九重天，神魂顛倒，害得他聽寫時錯字連篇，放學後被菲力浦老師留下重寫了一遍。

不過，正如：在凱撒的慶典上缺少布魯斯的半身像，羅馬更加想念她最優秀的兒子。和格蒂．派伊同桌的黛安娜既沒送安妮禮物，也沒向她致意，這使安妮品嘗到些微苦澀。

「黛安娜只衝著我微笑了一次。」那天晚上，安妮對瑪莉拉訴苦。但在第二天早晨，一張被摺疊得精緻的紙條和一個小包裹被送到了安妮的面前。紙條上寫著：

親愛的安妮：

我媽媽說我在學校裡也不能和妳一起玩，不能和妳說話。這不是我的錯，別生我的氣，因為我還像以前一樣愛妳。

我非常想念妳，想向妳傾訴所有的心事，而且我一點也不喜歡格蒂．派伊。

我為妳用紅紙巾做了一枚新書籤，這種書籤目前很流行。在學校只有三個人知道做法，見到書籤就如同見到我。

妳的知心朋友

黛安娜．貝瑞

安妮看完紙條後，吻了一下書籤，立刻給坐在教室另一端的黛安娜寫了回信。

我親愛的黛安娜：

我當然不會生妳的氣，因為妳必須服從妳母親的命令。我們的心靈可以交流。我會終生珍藏妳送給我的美麗禮物。米妮．安德魯斯是個不錯的小女孩，但她沒有一丁點想像力。在有過黛安娜這個貼心朋友後，我不可能成為她的朋友。請原諒我的拼寫錯誤。我的拼寫還不夠好，雖然比從前有所進步。

死亡也不能使我們分離
妳的安妮或寇蒂莉亞．雪利

P.S.晚上入睡時我要把妳的信放到枕頭底下。

自從安妮復學後，瑪莉拉總是悲觀地擔心她會惹什麼麻煩，但一直平安無事。也許安妮從米妮．安德魯斯身上汲取了一些「模範」經驗吧，至少，和菲力浦老師還算相處和平。她全力以赴投入學習，暗下決心不在任何一門課上落後於吉伯特．布萊斯。兩個人之間的競爭日漸明顯。對於吉伯特，這種競爭是善意的，但對於安妮並非如此，因為她仍心懷怨恨。她的愛和恨同樣激烈。她始終對他置之不理，不肯承認自己在學業上和他競爭，因為這等於承認了他的存在。競爭是客觀存在的，兩人輪流贏得榮譽。先是吉伯特獲得聽寫第一名，後來安妮一甩自己長長的紅辮子，超過了他；有一天上午，吉伯特在算術課上答對了所有的問題，名列黑板上的光榮榜；第二天上午，前晚苦攻十進位小數的安妮名列榜首。最可怕的一天來臨了，兩人分數相同，同時上了光榮榜，這簡直和雙雙登上走廊牆壁上的「注意欄」沒什麼兩樣。安妮的屈辱和吉伯特的滿足顯露無遺。月末的書面考試總是充滿懸念。第一個月，吉伯特以三分領先，到了第二個月，安妮則以五分的優勢取勝。吉伯特當著所有同學的面向安妮表示由衷的祝賀，破壞了她的好心情。如果吉伯特感到失敗的痛苦，她才會享受到成功的喜悅呢。

菲力浦固然不是個好老師，但像安妮這樣堅持不懈、渴望進取的學生在任何老師的教導下都會有長足進步。學期結束後，安妮和吉伯特都順利升入五年級，開始了「基礎學科」的學習。所謂「基礎學科」是指拉丁語、幾何、法語和代數。不料，安妮在幾何上遭遇慘敗。

「那玩意真可怕，瑪莉拉。」安妮抱怨道，「我永遠也摸不到門道。在幾何裡沒有任何想像的空間。菲力浦老師說像我這樣的幾何笨蛋，他還是第一次遇到，吉伯特……其他學生都得心應手，這真叫我丟盡臉面。黛安娜也比我學得好，不過她超過我倒沒什麼。雖然我們形同陌路，但我愛著她，懷著永不湮滅的深情。我一想起她就感到悲傷，瑪莉拉，但在這樣充滿生趣的世界裡，一個人不會永遠停留在悲傷中，是不是？」

第18章

安妮出手相救

所有的大事都和小事密切關聯。從表面上看，某位加拿大總理到愛德華王子島演講和綠山牆農舍的安妮·雪利的命運似乎沒什麼關聯，事實上並非如此。

一月，總理來了，準備在夏洛特敦召開的群眾集會上向自己的支持者和遴選出的反對派發表演說。艾凡里的大多數居民都支持總理的政治立場，所以在集會的那天夜裡，幾乎所有的男人和大多數的婦女都趕到了三十英里以外的城鎮。瑞秋·林德也不例外。她熱衷政治，雖然隸屬反對派陣營，但堅信如果她缺席，這場政治集會就無法順利舉行。她不但自己去，還帶上了丈夫和瑪莉拉。丈夫可以照看馬車。瑪莉拉私下裡對政治有些興趣，再說這次集會恐怕是她見到一位在世總理的唯一機會，於是她把家裡的事情交給安妮和馬修後，自己和林德夫人一起進城了。她要到第二天上午才會回來。

當晚，瑪莉拉和林德太太在群眾集會中共度快樂時光，馬修和安妮聚在溫暖的廚房裡。明亮的火焰在老滑鐵盧式的爐子裡跳躍，窗玻璃上的藍白水晶霜花閃爍著光芒。馬修坐在沙發上，捧著一本《鄉村改革》打瞌睡；安妮伏在桌子上表情嚴肅地做功課，卻不時地把渴望的目光投向擺放時鐘的櫥櫃，上面放著簡·安德魯斯白天借給她的書。簡說她保證這本書會無數次引發心靈震動，或包含引發震動效果的詞句。安妮的手指躍躍欲試要伸向它，可那意味著明天吉伯特·布萊斯就會在學習上取勝。她把後背轉向櫥櫃，迫使自己忘記那本書的存在。

「馬修，你上學時學過幾何嗎？」

「嗯，沒，沒學過。」馬修從瞌睡中醒過來。

「唉，你要是學過就好了，」安妮歎息道，「那樣你就會同情我。你沒學過就不會理解。幾何像陰雲一般籠罩我的整個人生。馬修，我在幾何方面是個笨蛋。」

「哦，我可不這麼想，」馬修勸慰，「我看妳做什麼都很出色。上星期我在卡莫迪布萊爾的店裡遇見了菲力浦老師，他說妳是學校裡最聰明的學生，進步飛快。『進步飛快』，這是老師的原話。有些人批評菲力浦不是個好老師，我倒覺得他還不錯。」

馬修覺得誇獎安妮的人都是「不錯」的。

「老師要是不把幾何字母換來換去，我肯定會學得好一點。」安妮抱怨道，「我把定理都背下來了，但他在黑板上畫幾何圖時，卻用和課本上不一樣的字母，把我全搞糊塗了。我覺得老師不該這樣作弄人，你說呢？我們正在學農業。我弄清了道路呈現出紅色的原因，了卻了一件心事。不知瑪莉拉和林德太太是否過得愉快。林德太太說按渥太華的方式管理，加拿大的衰落不可避免，那也是對選舉人的嚴肅警告。她還說，如果給婦女們選舉權，我們很快就會看到局勢的好轉。馬修，你支持哪個政黨？」

「保守黨。」馬修立即回答。

「那我也支持保守黨。」安妮堅定地說，「我很高興，因為吉伯特……學校裡不少男同學支持自由黨。我猜菲力浦老師是自由黨，因為普莉西．安德魯斯的父親是自由黨。露比．吉利斯說男人示愛時，要在宗教上和女孩的母親保持一致，而在政治傾向上要和女孩的父親保持一致。這是真的嗎，馬修？」

「嗯，我不知道。」馬修回答。

「馬修，你示過愛嗎？」

「沒，沒有過。」馬修說。他這輩子確實沒想過這件事。

安妮用手托起下巴陷入沉思：「那一定很有趣，是不是？露比．吉利斯說等她長大以後，要讓一大串愛慕者拜倒在她的腳下，但我覺得那過分激烈了。我只想擁有一個情投意合的愛慕者。露比．吉利斯是戀愛方面的行家，因為她很多個姊姊。林德太太說吉利斯姊妹個個都像剛出爐的蛋糕一樣搶手。菲力浦老師每晚都去看望普莉西．安德魯斯，名義上是指導她學習，但米蘭達．史隆也要考女王學院呀，而且她比普莉西笨多了，但老師晚上根本不去她家。馬修，在這個世界上我不能理解的事情實在太多。」

「嗯，我也不太理解。」

「唉，我得把功課做完。我不允許自己看簡借給我的書，但它太有誘惑力，我背對著它都能清楚地感覺到它。簡說她看完這本書哭得病了一場。我喜歡催人淚下的書，但我該把它拿到起居室，鎖進裝果醬的櫥櫃裡，把鑰匙交給你保管。馬修，如果我沒學完，就是跪下求你，你也不要把鑰匙交給我。我拿不到鑰匙就容易抵制住誘惑。我可以去地下室拿一些黃蘋果嗎？你不喜歡嗎？」

「嗯，不太喜歡，但可以吃點兒。」馬修其實並不感興趣，但知道安妮偏愛。

正當安妮喜孜孜地捧著滿滿一盤蘋果從地下室走出來時，聽到在門外結冰的木板路上響起了一陣急匆匆的腳步聲。緊接著，廚房的門被猛地推開了，黛安娜．貝瑞闖了進來。她臉色蒼白、氣喘吁吁，頭上胡亂地裹著一條圍巾。安妮一驚，失手摔掉了盤子和蠟燭。蠟燭和蘋果順著地下室的梯子滾落下去，和最底層的油膩混在一起。第二天瑪莉拉一邊撿一邊慶幸多虧上帝保佑，沒有發生火災。

「怎麼了，黛安娜？」安妮驚呼道，「妳母親終於原諒我了嗎？」

「哦，安妮，快跟我走！」黛安娜焦急地懇求，「米妮·梅病得很重，得了哮吼症，是瑪麗·喬這麼說的。我爸媽都進城了，找不到人去請醫生。米妮·梅病得這麼厲害，可是瑪麗·喬不知道該怎麼辦。安妮，我好害怕呀！」

馬修一聲不響地抓起帽子和大衣，匆忙從黛安娜身旁擠過，很快就消失在黑暗之中了。

「他是去套馬車到卡莫迪找醫生了，」安妮邊說邊立即戴上帽子穿上外套，「他不說我也知道。馬修和我心靈相通，根本不需要語言交流。」

「我不相信他在卡莫迪能找到醫生，」黛安娜抽泣道，「我知道布萊爾醫生進城了，斯賓塞先生也去了吧。瑪麗·喬說她從未見過誰患過哮吼症，林德太太也不在，唉！安妮！」

「別哭，黛安娜。」安妮安慰道，「我知道該怎麼對付。妳忘了哈蒙德太太生過三對雙胞胎。我照顧過那麼多孩子，自然也積累了很多經驗。那些孩子經常患哮吼症。稍等一下，我去拿瓶吐根糖漿，妳家裡也許沒有。快，走吧。」

兩個小女孩手拉著手奔出門，迅速穿過「戀人小徑」，隨後因為林中的近路積雪太深，就橫穿結凍的田地。安妮真誠地同情米妮·梅，同時敏感地捕捉到這一突發事件中的浪漫氣氛，還有與貼心朋友共用浪漫的甜蜜。

這是一個清朗而多霜的夜晚，萬物幽暗，雪坡銀白，碩大的星星照耀寂靜的田野。冷杉錯落林立，銀裝素裹，風從枝頭呼嘯穿過。安妮覺得與疏遠多時的貼心朋友在如此美麗神祕的夜色中一起奔跑，真是奇妙無比。

三歲的米妮．梅病得很重，躺在廚房的沙發上，發著高燒。她的情緒焦躁，沉重的呼吸聲傳遍整座房子。瑪麗．喬是個身材豐滿、來自小溪鎮的法國女孩，被貝瑞太太請來看家，嚇得手忙腳亂，不知所措。即使能想出辦法，也不知如何下手。

安妮立即動手，手法熟練而麻利。

「米妮．梅得了哮吼症，病得不輕，但我見過比這更嚴重的。我們得先準備大量的熱水。哎，黛安娜，這水壺裡的水只有一杯多。瞧，我把水添滿了。瑪麗．喬，請妳往爐子裡加些柴。我不想傷害妳的感情，但妳要是有些想像力就早該想到這一點。現在，我要把米妮．梅的衣服脫下來，讓她躺到床上去，給她服點吐根糖漿。黛安娜，妳去找一些柔軟的法蘭絨布來。」

米妮．梅不肯服藥，但安妮沒有白白照顧過三對雙胞胎，不但讓她服下了，還在這焦灼不安的漫漫長夜裡讓她服下了許多次。她和黛安娜耐心地照顧飽受病魔折磨的米妮．梅，瑪麗．喬也真心實意地出力，使爐火熊熊燃燒，燒好的熱水足夠給一座醫院的哮吼病童使用。

凌晨三點，馬修把醫生帶來了。他一路趕到史賓賽谷才找到了醫生。這時米妮．梅已度過危險期，感覺好多了，正沉沉睡著呢。

「我絕望得差不多要放棄了。」安妮說，「米妮．梅的病情不斷地惡化，比哈蒙德太太的雙胞胎病得嚴重多了，包括最小的那一對。我擔心她會窒息而死，餵了她最後一滴吐根糖漿。當她吞下後，我在心裡對自己說，『這是最後一線希望，真怕它不起作用』。我沒敢對黛安娜和瑪麗．喬說，不想讓她們更擔驚受怕。三分鐘後，米妮．梅咳出痰來，開始好轉了。我描述不出來，但你一定能想像出我如釋重負的心情。你知道有些感受無法用言語表達。」

「是的，我知道。」醫生點了點頭，望著安妮，似乎思考著無法用言語表達的事情，後來，他倒是對貝瑞夫婦表達出來了。

「卡斯伯特家的那個紅頭髮女孩被他們調教得聰明伶俐。我跟你說，她救了你們家的寶貝一命。要是等我趕到再搶救，就太遲了。她這麼小的年紀似乎就有技能、有頭腦，真的非常出色。在她向我解釋病情時，她那特別的眼神，我還從沒見過。」

安妮回家時，已是景色清麗、白霜遍地的早晨。她睏得幾乎睜不開眼，但一路上仍興奮地和馬修說話，滔滔不絕。兩人橫穿悠長的雪野，踏上了「戀人小徑」。小徑被閃耀著雪色的楓樹枝密密籠罩。

「噢，馬修，這個早晨是不是很奇妙？世界彷彿是被上帝想像出來供自己欣賞的，對不對？只要我吹一口氣……噗，那些樹好像就會飛起來。我真高興生活在這樣一個銀裝素裹的世界裡，你呢？幸虧哈蒙德太太生了三對雙胞胎，要不然我可能不知道怎麼照顧米妮．梅呢。我當初不該怨恨哈蒙德太太。啊，馬修，我太睏了，睜不開眼，腦子裡一堆漿糊，今天肯定不能去上學了。如果留在家裡，吉伯特或者別的同學就會名列前茅了，想迎頭趕上就很難。當然了，困難愈大，迎頭趕上的實現感就愈強，你說是吧？」

「嗯，妳會解決好的。」馬修說，看了看安妮蒼白的小臉和黑眼圈，「妳回去好好睡一覺，我來做家務。」

安妮回到家就上床蒙頭酣睡起來。醒來時，已是明朗的午後了。她下樓走進了廚房。瑪莉拉從城裡回來了，正坐在廚房裡打毛線。

「哦，妳見到總理了嗎？」安妮脫口問道，「他長什麼樣？」

「嗨，他可不是靠長相當上總理的，」瑪莉拉說，「瞧他那鼻子！不過，他的演講很精彩，我為自己是保守黨感到驕傲。瑞秋．林德身為自由黨對總理沒興趣。安妮，妳的午飯在烤爐裡，我想妳一定很餓了。妳可以從貯藏室裡拿點李子果醬。我聽馬修說了昨晚的事。幸好妳知道怎麼對付哮吼症，換了我會手忙腳亂。我還從沒遇到過那種病呢。好了，等吃完飯後再說。看妳的表情就知道妳有滿肚子的話，先留著吧。」

瑪莉拉也還有話，但忍住了。她知道一旦說出，安妮就會興奮過度，把午飯這類物質需求拋到九霄雲外。直到安妮吃完午飯和一碟藍李子醬，瑪莉拉才說：

「安妮，貝瑞太太下午來了，她想見妳，但我不願叫醒妳。她說妳救了米妮·梅的命，要好好謝妳。她很慚愧自己在葡萄酒那件事上做得太過分。她現在知道妳不是存心灌醉黛安娜，希望妳能原諒她，重新做黛安娜的好朋友。如果妳願意，傍晚可以去她家，因為黛安娜昨晚患了重感冒，不能出門。哎，安妮．雪利，看在上帝的分上，妳不要飛出門外。」

這警告似乎很及時，安妮果然歡天喜地，一躍而起，小臉因為興奮而容光煥發。

「噢，瑪莉拉，我現在就去行嗎？先不洗盤子，等我回來再洗。在這麼激動人心的時刻，我實在沒心思做像洗盤子這麼不浪漫的事。」

「好吧好吧，快去吧。」瑪莉拉寬容地說，「安妮．雪利——妳瘋了嗎？馬上回來加點衣服。她沒戴帽子和圍巾，而我好像在對風喊話。妳看她飛快地穿越果園，披散著頭髮。她要不得感冒才算僥倖呢。」

當冬日的紫紅色暮靄籠罩了冰雪大地，安妮步伐歡快地踏上了回家的路。在遙遠的西南方，天空布滿淡金色和淺玫瑰色的夕暉，一顆碩大的夜明星像珍珠般閃爍光芒。在天空下，原野雪茫茫，冷杉林一片黝黑。在白雪覆蓋的山崗上，雪橇鈴鐺發出叮噹聲，彷彿精靈的音樂穿越清冷的空氣，但遠不如安妮的心靈唱出的歌聲美妙動聽。

「現在站在妳面前的，是一個最幸福的人，瑪莉拉。」安妮大聲宣布道，「儘管我的頭髮還是紅的，但我非常幸福。此刻我的心靈超越了紅頭髮。貝瑞太太流著熱淚親吻我，對我說對不起，還說永遠無法報答我。我慌了神，盡量禮貌說，『我不怨恨妳，貝瑞太太。我再向妳說明一次，我沒有存心灌醉黛安娜，今後我會把這件事忘記。』這話很得體吧？我覺得是不錯的答覆。我和黛安娜一起度過了一個愉快的下午。黛安娜教了我最新的鉤針編織法，那是她從住在卡莫迪的伯母那裡學來的。在艾凡里除了我們誰也不會，我們發誓絕不外傳。黛安娜還送給我一張印著玫瑰花環的精美卡片，背後還有一首詩：

如果你愛我
像我愛你一樣
能使我們分離的
唯有死亡

「這說的是真的，瑪莉拉。我們準備請求菲力浦老師讓我們倆再坐在一起。格蒂・

派伊可以和米妮·安德魯斯同桌。我們吃了非常講究的茶點。貝瑞太太用最高級的茶具為我沏了一壺上等茶，像招待真正的客人一樣。我形容不出自己的激動心情，還從沒有人為我專門用最好的茶具呢。我們後來吃了水果蛋糕、糕餅和炸麵包圈，還有兩種果醬。貝瑞太太問我要不要添茶，還對她丈夫說，『黛安娜她爸，你怎麼不給安妮拿些餅乾呢？』被當作大人款待的感覺真好，瑪莉拉，長大的感覺一定很美妙。」

「我可說不準。」瑪莉拉歎了一口氣。

「嗯，等我長大了，」安妮果決地說，「我對小女孩說話也要像對大人說話一樣。我不會嘲笑小女孩們用書面語，傷害她們的感情，因為我體會過那種傷害。我和黛安娜喝完茶後一起做奶糖。奶糖不太好吃，因為我們以前都沒做過。黛安娜往碟子裡塗奶油時叫我在一旁攪拌，我忘了，結果把糖漿弄糊了。後來我們把碟子放到櫃檯上冷卻，一隻貓跑了過去，就不得不扔掉一個。不過製作的過程非常有趣。臨走時，貝瑞太太請我隨時到她家玩。黛安娜站在窗邊目送我，給了我一連串的飛吻，直把我送上『戀人小徑』。瑪莉拉，今晚我要想出一些特殊的新禱告詞來紀念這個特殊的日子。」

第19章

音樂會、悲哀結局和坦白

「瑪莉拉，我去見黛安娜一面就回來，可以嗎？」

二月裡的一個晚上，安妮從東山牆的房間裡跑出來，氣喘吁吁地問。

「為什麼天黑了還要往外跑？」瑪莉拉直截了當地問，「妳和黛安娜放學後一起回家時還站在雪中狂聊了半小時，我看妳沒必要再去見她。」

「可是黛安娜想見我呀，」安妮懇求道，「她有重要的事情要告訴我。」

「妳怎麼知道呢？」

「她剛才從窗口給我發信號了。我們商定了一種用蠟燭和厚紙板發信號的辦法，把蠟燭放在窗邊，來回移動紙板，蠟燭閃光的不同次數代表不同的信號。這是我出的主意，瑪莉拉。」

著的。」

「我就知道是妳，」瑪莉拉加重了語氣，「發些無聊的信號，下一次妳會把窗簾燒

「啊，我們很小心，瑪莉拉。這個遊戲非常有趣。蠟燭閃動兩次意思是『妳在嗎？』三次表示『在』，四次表示『不』，五次表示『立即過來，有要事』。剛才黛安娜亮了五次燭光，我太想知道是什麼事，真的好痛苦。」

「現在妳不必痛苦了。」瑪莉拉譏諷地說，「妳可以去，不過記住十分鐘內必須趕回來。」

安妮果然記住了，並在規定時間裡趕了回來。至於她是怎麼分秒必爭地和黛安娜商量要事，恐怕無人知曉。總之，她做到了充分利用時間。

「哦，瑪莉拉，妳猜怎麼著？明天是黛安娜的生日，她母親說，請我明天放學後和黛安娜一起回家，晚上住在她家。黛安娜的堂兄妹要坐廂式雪橇從新橋鎮趕來，參加明晚『辯論俱樂部』在會堂主辦的音樂會。他們帶我和黛安娜一起去，如果妳同意的話。瑪莉拉，妳會同意，對嗎？噢，我太激動了！」

「妳安靜些吧，因為妳不能去。妳最好躺在自己的床上睡覺。那種俱樂部的音樂會也無聊，不是小女孩該去的地方。」

「我肯定『辯論俱樂部』是最有聲譽的。」安妮辯解道。

「我不是說它沒有聲譽，但妳不能開始流連音樂會整晚出去逛。我很驚訝貝瑞太太居然會讓黛安娜去，讓小孩子做這種事太過分了。」

「可是明天是非常特殊的日子呀，」安妮傷心地說，她差點兒掉淚，「黛安娜一年只過一次生日。生日不是平常事件。普莉西．安德魯斯將朗誦〈宵禁的鐘聲今晚不必敲響〉，那是一首歌頌崇高道德的詩篇，瑪莉拉，我聽了會受益；隨後合唱隊會演唱四首哀傷的歌曲，優美得接近讚美歌。噢，聽說牧師也會參加，他確實要登臺演講，那簡直和佈道差不多了。求求妳了，我可以去嗎，瑪莉拉？」

「妳聽到我說的話了，安妮，聽到沒有？馬上脫了靴子睡覺去，已經過八點鐘了。」

「還有一件事，瑪莉拉，」安妮使出了最後一招，「貝瑞太太告訴黛安娜我們可以睡在客房的床上，想想吧，妳的小安妮享受住客房的待遇，多榮耀啊！」

「妳沒這份榮耀也得繼續活下去。安妮，快點去睡吧，別再讓我聽見妳多說一句話。」

安妮淚流滿面，悲傷地上了二樓。馬修剛才一直躺在長椅上打瞌睡，這時睜開眼睛，語氣堅決地說：「嗯，這個，瑪莉拉，我認為妳應該讓安妮去。」

「不讓，」瑪莉拉反駁道，「誰管教這個孩子，是你還是我？」

「當然是妳。」馬修承認。

「那就不要干涉。」

「這個嘛，我不是在干涉，表達個人觀點不算干涉。妳應該讓安妮去。」

「如果安妮突發奇想去登月，你也會要求我贊成，」瑪莉拉平靜地反駁，「我可以同意安妮到黛安娜家裡過夜，但參加音樂會不行。她可能會感冒，還會被灌一腦袋毫無意義的東西，興奮過度，一個星期都安靜不下來。我比你更瞭解她的性情，也知道什麼對她更有好處。」

「我覺得妳該讓她去。」馬修固執地重複。他不善爭辯，但擅長固執己見。瑪莉拉無可奈何地歎了一口氣，報以沉默。

第二天早晨，安妮在廚房裡洗早餐的盤子。馬修在去倉房之前又對瑪莉拉說：「瑪莉拉，我認為妳該讓安妮去。」

在那一瞬，瑪莉拉差點要罵他了，但隨後妥協了，尖銳地回敬道：「好吧，既然只有這樣才能讓你稱心，那就讓她去吧。」

安妮立刻從廚房裡跑出來，手裡還抓著洗碗布。

「瑪莉拉，瑪莉拉，請妳把剛才那句賜福的話再說一遍！」

「一遍就夠了！這是馬修的主意，我撒手不管了。如果妳半夜裡離開暖和的會堂，睡到別人家的客房，染上肺炎可不要怪我，去怪馬修。安妮·雪利，妳把髒水滴得滿地都是。真沒見過像妳這麼粗心的孩子。」

「噢，瑪莉拉，我知道我淨給妳惹麻煩。」安妮抱歉地說，「我總避免不了犯錯誤，但妳想想還有許多錯誤我沒犯過。我會在上學前拿些沙子把汙漬擦掉。噢，瑪莉拉，我一心嚮往聽音樂會，我還從沒聽過呢。每次學校裡的女孩子們說起來，我就成了局外人。瑪莉拉，妳不懂我的感受，可是馬修理解我。能被人理解真好啊，瑪莉拉。」

安妮興奮得當天上午根本沒有心思學習。吉伯特在拼寫上打敗了她，又在心算上超出她一大截，但她惦記著音樂會和客房裡的床，心中的屈辱感比平常大大減半。安妮和黛安娜整整一天都熱烈談論著這些事。要是換了一個比菲力浦嚴厲的老師，她們肯定會受到重罰。

對於安妮，不能參加音樂會簡直是生命中不能承受之重。艾凡里的「辯論俱樂部」在冬天裡每隔兩週就會聚會，已舉辦了幾次免費的娛樂活動，這一場音樂會的規模最為盛大，以贊助圖書館為名義，每張入場券一角錢。艾凡里的年輕人排練了好幾個星期。同學們因為自己的哥哥姊姊們要參加演出就格外關注。九歲以上的小孩幾乎全去，只有嘉莉·史隆的父親和瑪莉拉觀點一致，不許嘉莉參加。嘉莉伏在語法書上哭了整整一個下午，甚至覺得不值得再活下去。

放學後，安妮的興奮才真正開始，隨後漸漸高漲，到了音樂會場就達到了狂喜的高潮。安妮在黛安娜家享用了「非常考究」的茶點，接著在二樓黛安娜的小房間裡精心打扮。黛安娜把安妮的劉海向上捲成了最新樣式，安妮給黛安娜打了個與眾不同的蝴蝶結。兩人又試著把後邊的頭髮梳成各種花樣，最後總算打扮完畢，臉頰緋紅，雙眼神采奕奕。

安妮簡樸的黑帽子，無型無款、袖子窄小的家製灰布大衣，和黛安娜時尚的毛皮帽子、漂亮的小夾克衫比，相形見絀。安妮心中有些酸楚，不過她及時用想像彌補了差距。

黛安娜的堂兄妹莫瑞一家從新橋鎮來了。大家擠上了鋪滿麥秸和毛皮毯子的廂式雪橇。安妮坐在雪橇上，在通往會堂的路上，看到滑板掠過像綢緞一樣光潤的道路，露出歡喜的神情。晚霞滿天，白雪覆蓋的山陵和聖勞倫斯灣的深藍海水壯麗輝煌，宛如珍珠和藍寶石鑲嵌在碩大的碗中，還被注入了葡萄酒和火焰。雪橇的鈴聲和遠處的歡笑聲，聽起來像森林中小精靈們的嬉戲打鬧聲，在四面八方迴響。

「噢，黛安娜，」安妮緊緊捏著毛皮毯子下黛安娜戴著手套的手說，「這難道不像是一場美夢嗎？我看起來和平常一樣嗎？我感覺那麼的不同，應該從臉上表現出來。」

「妳今天光彩照人。」黛安娜剛得到堂兄妹的讚美，想把這讚美傳給別人，「妳的臉色好看極了。」

當晚音樂會的節目是一系列的「激動人心」，至少觀眾席上有一位是這麼認為的。安妮向黛安娜保證，下一個節目總是遠比上一個激動人心。普莉西．安德魯斯身穿粉色的絲綢衣服，白皙的脖子上配戴著珍珠項鍊，頭髮上還插著幾枝新鮮的康乃馨，據說那是菲力浦老師專門從城裡為她買來的。「在沒有一絲光亮的黑暗中，登上濕滑的梯子」，精彩的朗誦令安妮滿懷同情，輕微顫抖；當合唱隊唱起了〈飛翔在溫柔的雛菊之上〉，安妮雙眼凝視天花板，彷彿上面是繪有天使的壁畫；後來山姆．史隆表演〈蘇克利是怎樣讓母雞孵蛋的〉，這在艾凡里其實是乏味的笑話，但因為安妮放聲大笑，周圍的觀眾也隨著笑起來。菲力浦老師用他最激動人心的語氣朗讀了馬克．安東尼在凱撒的遺體前發表的演講詞……他每讀完一句，都要看一眼普莉西。安妮甚至覺得，只要有一位羅馬公民帶頭，她就會立即站起來參加叛變。

安妮只對吉伯特．布萊斯的節目不感興趣。當他開始朗誦〈萊茵河畔的賓根〉時，她高舉起羅達．莫瑞從圖書館借來的書埋頭閱讀。在他朗誦結束後，黛安娜鼓掌把手都拍痛了，安妮卻僵硬地坐著，無動於衷。

安妮和黛安娜回到家時已是夜裡十一點了。她們有些疲憊，但依然興奮，還滿懷喜悅地回味。家裡人都睡下了，房子裡一片漆黑、安靜。安妮和黛安娜躡手躡腳地走進了客廳。客廳是一個狹長的房間，有門通向客房。室內溫暖舒適，壁爐裡的殘火閃動著隱約的光亮。

「我們就在這裡脫衣服吧，又暖和又舒服。」黛安娜說。

「多美妙的音樂會啊，」安妮感歎道，「站在舞臺上朗讀感覺一定很棒。妳說我們以後也會被邀請上臺朗誦嗎，黛安娜？」

「當然啦，會有那麼一天的，他們總是請高年級學生朗誦。吉伯特．布萊斯經常上臺，但他只比我們大兩歲。唉，安妮，妳怎麼裝作不聽他朗誦呢？當他朗誦到『還有另一位，但不是姊妹』時，直盯著妳看呢。」

「黛安娜，」安妮驕傲地說，「妳是我的知心朋友，但我不允許妳和我說那個人。妳做好睡覺的準備了嗎？我們比賽，看誰先跑到床上。」

黛安娜喜歡這個主意。於是這兩個穿著白色睡衣的女孩跑過狹長的客廳，衝進客房的門，同時跳上床。突然，有什麼東西在她們身下蠕動起來，伴隨一陣喘息和一聲尖叫，有人含糊地嚷道：「仁慈的上帝！」

安妮和黛安娜不知道自己是怎麼逃離那張床又跑出房間的，只知道在瘋狂的奔跑後，渾身發抖、輕手輕腳地上了樓。

「哎，那是誰，是什麼東西？」安妮低聲問，因為又冷又怕，她的牙齒上下打顫。

「是約瑟芬姑婆。」黛安娜說，笑得上氣不接下氣，「哦，安妮，不知道約瑟芬姑婆什麼時候來的。她肯定會氣得火冒三丈的。太可怕了……真可怕，但妳聽說過這麼滑稽的事嗎？」

「約瑟芬姑婆是誰呀？」

「我父親的姑姑。她住在夏洛特敦，很老了，大概七十多歲。我從不相信她曾經也是個小女孩。我們知道她要來，但沒想到這麼快。她這人古怪挑剔，肯定會為今晚的事破口大罵的。唉，我們只好和米妮．梅睡了。妳想像不到她多會踢人。」

第二天早晨，約瑟芬．貝瑞小姐沒在早餐中露面。貝瑞太太面帶親切的微笑問安妮和黛安娜：「昨晚過得好嗎？我本來想等妳們回來好告訴妳們約瑟芬姑婆來了，妳們得到樓上睡，但我太累太睏就睡著了。黛安娜，但願妳們沒有打擾姑婆。」

黛安娜小心地沉默著，隔著桌子與安妮偷偷地相視，會心一笑。安妮在吃過早餐後就回家了，對後來在貝瑞家發生的風波一無所知。傍晚，她被瑪莉拉差遣到林德太太家辦事。

「妳和黛安娜昨晚差點把可憐的老貝瑞小姐嚇死？」林德太太語氣嚴厲，但眼裡閃著促狹的笑意，「貝瑞太太剛才在去卡莫迪時順路來我家了，很為這事焦慮。老貝瑞小姐今天早晨一起床就大發脾氣。我跟妳說，她發脾氣可不是開玩笑的。她根本不理黛安娜了。」

「那不是黛安娜的錯。」安妮內疚地說，「是我建議要比賽，看誰最先跳上床的。」

「我就知道是妳的主意。」林德太太心裡一陣得意，果然被她猜中了，「妳可惹出了大麻煩。唉，老貝瑞小姐本來打算住上一個月，現在卻說多一天也不住，明天就走。如果可能，今天就離開。她本來答應替黛安娜支付一個學期的音樂課學費，但現在決定不管這個野孩子了。哦，我猜貝瑞家的早晨熱鬧非凡。一家人受到了沉重打擊。老貝瑞小姐很有錢，所以一家人總盡量討好她。當然了，貝瑞太太沒這麼說過，但我對人的本性有很不錯的判斷力，就是這麼回事。」

「我真是個倒楣的女孩。」安妮歎息道，「總把事情搞砸，還給自己最親密的朋友們帶來麻煩，但為親密的朋友我情願獻出生命。妳能告訴我這是為什麼嗎，林德太太？」

「因為妳太冒失、太衝動，孩子。妳從來不靜心思考，腦子一有想法，就脫口而出或採取行動。」

「可那是最精彩的呀，」安妮反駁道，「一個想法閃現，那麼激動人心，妳一定要立即表達。如果停下來思考，就等於把它糟蹋了。妳沒有過這樣的體會嗎？」

「沒有。」林德太太一本正經地搖了搖頭。

「妳要學會思考，安妮，妳要記住的格言是『想好了再跳——特別是往客房的床上跳。』」

林德太太為自己的玩笑話得意，但安妮眼神嚴肅，一點也笑不出來。

安妮離開林德太太家，橫穿結冰的田野，直奔果園坡，在後門正好碰見了剛出門的黛安娜。

「約瑟芬姑婆為那件事暴跳如雷，是不是？」安妮悄聲問。

「是呀。」黛安娜答道，勉強忍著笑，隨後有些膽怯地望了望緊關著的起居室房門。「她氣得火冒三丈，把我狠狠訓斥了一頓，說像我這樣野孩子真是罕見，還說把我培養成這樣，做父母的應該感到羞恥。她威脅我們說她要立刻回家。我倒無所謂，但我父母很在意。」

「這都怨我，妳怎麼不告訴她是我的錯呢？」安妮問道。

「我會做出那種事嗎？」黛安娜不以為然，「安妮，我可不是告密者，再說我也該受到指責。」

「好吧，我自己去和她解釋。」安妮毅然決然地說。

黛安娜瞪大了眼睛。

「安妮·雪利，不要去！她會把妳活吞下去的。」

「別嚇我，我已經夠害怕的了，」安妮懇求道，「寧願走向大炮口，但我必須去，黛安娜。這是我的錯，我一定要坦白，幸好我有坦白的經驗。」

「姑婆在起居室裡，」黛安娜說，「如果妳一定要去，那就去吧。我可不敢，而且我覺得這不會有好結果。」

安妮在黛安娜的一番「鼓勵」下，邁著堅定的步伐去「虎口拔牙」，準確地說，走向了起居室。她站在門前戰戰兢兢地敲了敲門，聽到了可怕的聲音：「進來！」

約瑟芬．貝瑞小姐瘦削、古板、嚴厲。她坐在壁爐前，怒氣沖沖地織毛衣，顯然火氣未消，一雙眼睛透過金絲邊眼鏡射出憤怒的目光。她轉過椅子，起初以為進來的是黛安娜，不料出現的卻是一個面色蒼白、大眼睛的女孩。女孩的眼中交織著堅定的勇氣和顫慄的恐懼。

「妳是誰？」約瑟芬．貝瑞小姐劈頭蓋臉問道。

「我是綠山牆農舍的安妮。」小來訪者以自己特有的姿勢緊握雙手，戰戰兢兢地答道，「我是來坦白的。」

「坦白什麼？」

「我們昨晚跳上床讓您受了驚嚇。主意是我出的，不是黛安娜。她是個有淑女風度的女孩。貝瑞小姐，您必須明白，責備她是不公平的。」

「哦，我必須？黛安娜也跳了上來。在一個規矩的家庭竟發生這種事！」

「我們是鬧著玩呢。」安妮繼續辯解，「我認為您應該原諒我們，貝瑞小姐，現在我們道歉了。請原諒黛安娜，讓她去上音樂課吧。她一心夢想著學音樂。夢想不能實現的痛苦我深深懂得。如果您非要發火，就衝我發吧。以前經常有人這樣對待我，我比黛安娜更能忍受。」

怒氣從老貝瑞小姐的眼中差不多消失了，取而代之的是饒有興致的光芒，不過她仍嚴厲地說：「我不認為鬧著玩是個好藉口，我小時候從沒像妳們這樣鬧著玩過。妳不知道我經過長途奔波，疲憊不堪地躺下睡覺，結果被兩個女孩子跳到身上是什麼感覺。」

「我不知道，但我能想像！」安妮熱切地說，「您一定大受驚擾。可是請您也聽聽我們的苦衷。您有想像力嗎？如果有，請您設身處地地為我們想想。我們當時不知道床上有人，您把我們嚇得魂飛魄散。我們感覺糟透了。再說，我們原本被允許睡在客房裡，結果成了泡影。您住客房住慣了，但請您想像一下，如果您是一個孤兒，從未享受過這樣的待遇，您會有什麼感覺？」

至此老貝瑞小姐的怒氣全消了，甚至還笑出了聲。黛安娜正站在門口屏住呼吸焦灼等待，這時如釋重負，長舒一口氣。

「我擔心我的想像力有點生鏽，太長時間不用了。我敢說，妳渴望同情的心情和我的一樣強烈，這取決於我們怎樣看待這個問題。來，坐下來，和我聊聊妳自己。」

「對不起，我不能，」安妮語氣堅決，「我倒是想聊聊，因為您似乎是位有趣的女士，也許會成為我的知音，但我必須回家去見瑪莉拉．卡斯伯特。瑪莉拉．卡斯伯特小姐是一位善良的女人，她收養了我，給了我很好的教育。她竭盡全力，但成果並不理想，請您不要把我的錯誤怪罪於她。另外，在臨走前，您可不可以告訴我您原諒了黛安娜，還按原定計畫留在艾凡里。」

「如果妳偶爾來和我聊天，我或許願意留下來。」老貝瑞小姐說。

當晚，老貝瑞小姐送了一個銀手鐲給黛安娜，告訴黛安娜的父母她把裝好的旅行包又打開了，並且開誠布公地說：「我決定留下來，只是想多瞭解那個叫安妮的女孩，她令我開心。在我的生活中，令我開心的人實屬罕見。」

瑪莉拉聽了這事後發表的唯一評論是：「我早就對你說過。」這話是說給馬修聽的。

老貝瑞小姐不僅按照計畫住了一個月，而且還延長了幾天。由於安妮的緣故，她變得比過去更容易相處了。兩人成了一對親密無間的朋友。

老貝瑞小姐臨回城時說：「安妮丫頭，如果妳進城的話，一定來我家做客，我會把妳安排到貴客睡的客房裡。」

「貝瑞小姐是我的知音。」安妮對瑪莉拉說，「妳單看她的外表絕不會這麼想，但她確實是，馬修也一樣。開始時不覺察，過一段時間就會感受到了。知音不像我想像的那麼稀少。在世界上發現那麼多和自己心靈相通的人，多美好！」

第20章

出色想像釀出惡果

春天又一次降臨到綠山牆農舍。這美麗任性、姍姍來遲的加拿大春天在四、五月間流連，在一連串清寒、新鮮、甜蜜的日子裡，伴隨著瑰麗的夕陽，萬物神奇地復甦、成長。「戀人小徑」上的楓樹吐出了殷紅的新芽，「森林仙女泉」四周捲曲的蕨草露出尖尖頂。在賽拉斯．史隆農莊背後的原野上，小星星般可愛的五月花花朵，粉的和白的，在褐色的枝葉下，芬芳綻放。

在一個金色的午後，學生們都去採五月花了。當澄澈、跳躍的暮色降臨，他們懷抱著或用籃子滿載著五月花，走在回家的路上。

「生活在沒有五月花的地方，我真為那裡的人們感到遺憾。」安妮感歎道，「黛安娜說他們也許有更美好的東西，但什麼能比得上五月花呢，瑪莉拉？黛安娜還說，如果他們不知五月花為何物，就不會想念，可我覺得那正是最大的悲哀。對五月花既不瞭解，也不想念，簡直是悲劇性的！妳知道我把五月花想像成什麼嗎，瑪莉拉？去年夏天落花的靈魂。這裡是它們的天堂。今天我們玩得非常開心。我們在一個長滿青苔的山谷裡吃午飯，挨著一口老井。那真是個非常浪漫的地方！查理·史隆挑戰亞提·吉利斯，他們比試跳老井，亞提·吉利斯真的跳了，因為接受挑戰就要去做，大家都這樣。現在這種『挑戰遊戲』在學校裡特別流行。菲力浦老師把採來的五月花全送給了普莉西·安德魯斯。我聽見老師說，『甜美的東西獻給甜美的人』，我知道那是從書上引用來的，但證明老師還有點想像力。也有人送給我一束五月花，但被我不屑地拒絕了。我不能說他是誰，因為我發過誓不會再叫他的名字。我們把五月花編成花環戴在帽子上。回家時，我們拿著花束，戴著花環，排成兩排，唱著〈我們的家住在山崗上〉。啊，多麼激動人心！賽拉斯·史隆家的所有人都跑出來看熱鬧，我們遇到的每個路人也都停住腳步盯著我們看，我們引起了極大的轟動。」

「不意外，你們做這種傻事！」瑪莉拉說。

五月花謝了，紫羅蘭開始綻放，把「紫羅蘭溪谷」變成一片花海。安妮每次上學走過，總是邁著虔誠的腳步，眼中充滿欽慕之情，彷彿踏上了神聖的土地。

「不知為什麼，」她對黛安娜說，「每次從這裡走過，我對吉伯特或班級上其他人超過我這件事都不在意了；可是一到學校，我的想法就變了，又開始爭強好勝。我好像有多重性格，也許因此我常常惹禍。我如果只有一重性格就輕鬆多了，不過也就失去了一半的樂趣。」

六月的一個傍晚，當果樹園又一次粉色花爛漫，當青蛙在「閃亮之湖」上游的沼澤地裡清脆地歌唱，當空氣中彌漫著三葉草和冷杉樹的濃郁芳香，安妮坐在東山牆房間的窗邊做功課。天漸漸暗下來，她看不清書本上的字，就心不在焉地望著繁花滿枝頭的「白雪皇后」，睜著一雙大眼睛，陷入了幻想。

東山牆的房間與從前相比，似乎沒有太大變化，牆壁依然雪白，針插依然堅硬，黃椅子呆板地站立，但氣氛完全不同，顯示出朝氣蓬勃的新個性。這不是因為那些女學生的書本、裙子還有絲帶，甚至不是因為桌上那個插著蘋果花的缺角青色花瓶，而是因為生機勃勃的小主人夜以繼日的夢幻，不可觸摸，卻可以感覺到。夢幻也許平淡無奇，卻裝飾著溫柔的月光和彩虹的織錦。瑪莉拉快步走進來，手裡拿著安妮上學穿的剛熨燙過的圍裙。她把裙子搭到椅背上，輕歎了口氣，坐下來。下午她的頭痛又犯了，儘管現在不痛，但她已「筋疲力盡」了。

「我要能替妳痛就好了，瑪莉拉，我甘心為妳受罪。」

「妳幫我做了不少事讓我盡量休息，妳已經盡力了。妳進步挺大，犯的錯也少了。

當然妳沒必要給馬修的手絹上漿；午飯時應該把餡餅放到烤爐裡烤熱後取出，而不是把它烤焦。當然了，妳不習慣按常規做事。」瑪莉拉每次犯頭痛，說話就帶著挖苦的語氣。

「啊，真對不起。」安妮內疚地說，「我把餡餅放進烤爐後，就把它忘得一乾二淨，不過吃飯沒有餡餅確實覺得缺少了點什麼。妳今天早晨讓我做家務時，我下定決心要做好，不再做白日夢。在把餡餅放進烤爐前，一切都正常，可後來我終於經不起幻想的誘惑。我把自己幻想成一位被施了魔法的公主，被關在一座孤零零的城堡，一名英俊的騎士騎著一匹黑駿馬來拯救我，就把餡餅拋到腦後了。我不記得有沒有給馬修的手絹上漿。在熨燙衣服時，我正琢磨給我和黛安娜新發現的一個小島取名字呢。那個小島在小溪的上游，溪水從兩側輕緩流過，島上長著兩棵楓樹。我苦思冥想，決定叫它『維多利亞島』，很不錯吧？我們發現這個島的那天正好是女王的生日，我們可忠於女王啦。我沒把餡餅和手絹的事做好，我原本想表現得像個模範女孩，因為今天是個非常值得紀念的日子。瑪莉拉，妳記得去年的今天發生了什麼事嗎？」

「我不記得。」

「去年的今天，我來到了綠山牆農舍！我一輩子也忘不了！這是我人生的轉捩點。對妳來說，這也許不那麼重要。在這一年裡，我感到非常幸福。當然我闖過禍，但人知錯就改就可以獲得諒解。瑪莉拉，妳為收養我而後悔嗎？」

「不，不後悔。」瑪莉拉答道。坦率地講，她有時感到奇怪，在安妮沒來到綠山牆農舍之前的那些年自己是怎麼過來的。「我一點也不後悔。安妮，妳要是做完了功課，能不能到貝瑞太太家去把黛安娜圍裙的紙樣借來？」

「可是……可是……天已經黑了！」安妮似乎很不情願。

「天黑？才黃昏呀？以前妳不是經常在天黑以後跑出去嗎？」

「我明天起早去吧，瑪莉拉。」安妮急切地說，「天一亮我就起床出發。」

「妳腦子裡又冒出什麼鬼念頭了，安妮？我今晚要用紙樣給妳裁新圍裙。妳馬上去，動作快點！」

「我得走大路。」安妮慢吞吞地拿起帽子。

「走大路會白白浪費半個小時！我希望妳不要做這種蠢事！」

「我不能從『鬧鬼的森林』那邊穿過去！」安妮有些歇斯底里。

瑪莉拉吃驚地看著安妮。

「妳瘋了？哪有什麼『鬧鬼的森林』？」

「就是小溪那邊的冷杉林。」安妮小聲說道。

「胡說八道！哪有這回事。妳聽誰說的鬼話？」

「不是聽說的，」安妮坦白道，「是我和黛安娜想像出來的。從四月分我們就開始想像樹林裡有魔鬼，覺得很有趣。『鬧鬼的森林』多傳奇呀。我們選中雲杉林是因為它非常陰暗，能讓人聯想到恐怖悽慘的場景。一個白衣女人天天在這個時候沿著小溪狂走，絞著雙手，傷心哀嚎。哪家死人了，她就出現在哪裡。在『悠閒曠野』的拐角處，一個被謀殺的小孩的鬼魂經常出沒，躡手躡腳地跟在妳背後，用冰冷的手指抓住妳的手。哦，瑪莉拉，我一想到這情景就嚇得渾身發抖。一個斷頭的人鬼鬼祟祟地在小路上徘徊，骷髏在樹木間對妳怒目而視。我天黑後再也不敢走『鬧鬼的森林』了，樹後白花花的骷髏肯定會竄出來抓住我。」

「誰編的胡話？」瑪莉拉聽安妮說完驚訝得幾乎目瞪口呆，喝斥道，「安妮．雪利，妳真相信妳自己的胡思亂想？」

「並不全信，」安妮支吾道，「在白天我不信，可是天一黑，情況就變了，那是鬼魂出沒的時間。」

「哪裡有什麼鬼魂？」

「哦，有，瑪莉拉。」安妮急切地嚷道，「我知道一些見過鬼魂的人都是些規矩的老實人。查理．史隆的奶奶說，在查理的爺爺死了一年之後，有一天晚上，她看見爺爺趕著母牛回家。我是聽查理講的。妳想查理奶奶不會胡說吧？她可是個虔誠的教徒。湯瑪斯太太的父親有一天晚上在回家的路上，被一隻憤怒的羊一直追到了家。據說那隻羊的腦袋被砍得只有一層皮連著脖子。他知道那羊是他哥哥的靈魂，來預告他九天內必死。他雖然九天之內沒死，但兩年後死了。這事千真萬確，還有露比．吉利斯……」

「安妮，夠了！」瑪莉拉口氣強硬地打斷了她，「以前我就懷疑妳的想像，現在妳居然變得疑神疑鬼了，我決不縱容妳。妳馬上去貝瑞太太家，還必須穿過雲杉林，我想妳會吸取到有益的教訓。還有，再也不要提那個妳捏造出來的『鬧鬼的森林』。」

安妮再怎樣哭泣、求情也無濟於事。她實在害怕極了，完全被自己想像的情景震懾住，此刻，黃昏的雲杉林簡直比地獄還可怕。瑪莉拉似乎毫不同情，強迫這個被「鬧鬼」預言嚇得遲疑不前的女孩走向小溪，命令道：

「趕快過木橋，到有女人哀嚎和無頭魔鬼出沒的森林裡去吧。」

「哦！瑪莉拉，妳怎麼這麼狠心呢？」安妮抽泣道，「我要真被白花花的骷髏抓走怎麼辦？」

「妳願意冒這種風險。」瑪莉拉冷漠地說，「妳知道，我說話算數。我就要治治妳胡思亂想、編神弄鬼的毛病。快去！」

安妮只好硬著頭皮，踉踉蹌蹌地上了橋，渾身顫抖地走向那條昏暗恐怖的小路。她對自己的肆意想像深感後悔。那些她臆想出來的鬼怪潛伏在周圍的每一處陰影裡，伸出冰涼、白骨嶙峋的手要抓住她，使她心驚肉跳。從山谷裡吹來一片白花花的樺樹皮，落到雲杉林褐色的土地上，她被嚇得心臟幾乎停止跳動；兩根老樹枝互相碰撞，發出「嗚嗚」的哀鳴，她驚出了一頭冷汗；黑暗處的蝙蝠在她頭上「嘩啦」一聲飛過，像是鬼怪撲打翅膀。她穿越威廉．貝爾先生家的田地，拚命奔跑，彷彿被一大群白色魔鬼追逐。正當她抵達貝瑞家的廚房門口時，已經喘不過氣了。過了好一會才說出要借圍裙紙樣。正巧黛安娜不在家，她沒有藉口逗留，只好又踏上恐怖的歸途。她閉著眼睛往前跑，冒著被樹枝撞得頭破血流的危險，免得看見白色鬼怪。她跌跌撞撞地過了木橋，才死後餘生般舒了一口長氣。

「妳好像沒被什麼魔鬼抓走？」瑪莉拉毫不留情地問。

「哦，瑪莉拉，」安妮牙齒打顫，「從今以後，我……我對平平……常常的地方就滿足了。」

第21章

調味品的新用途

「我的上帝，這個世界沒有別的，只有相遇和別離，正像林德夫人所說的。」安妮憂鬱地感歎道。那是六月的最後一天。她放學回來，把石板和課本放到廚房的桌子上，用一塊已被淚水浸透了的手絹擦了擦紅腫的眼睛。

「幸虧我今天上學多帶了一條手絹，我預感到會用上。」

「我從沒想到過妳會喜歡菲力浦老師，還會為他的離職難過，竟然用了兩條手絹！」瑪莉拉說。

「我不是因為喜歡他才哭的，」安妮反思道，「大家都哭，我就跟著哭了。露比・吉利斯開的頭。她總說自己最討厭菲力浦老師，可當他剛登上講臺致告別詞時，她『哇哇』地哭了起來，隨後女孩子們就一個接一個地哭了。瑪莉拉，我極力想忍住。我想起他迫使我和吉伯特……一個男孩子坐在一起；在黑板上寫我名字時忘掉了字母『E』；他還說頭一次遇到像我這樣的幾何笨蛋。總之，我想起了他諷刺挖苦我的種種事，但還是忍不住哭了起來。簡·安德魯斯一個多月前說，在菲力浦老師離開時，她絕對不會掉一滴眼淚，可是就數她哭得最凶，還從她弟弟那裡借手絹擦眼淚，男孩子們當然沒哭，簡·安德魯斯之前還以為她自己完全沒必要帶手絹。瑪莉拉，我很難過。菲力浦老師的告別詞很精彩，開頭第一句話就是『我們分別的時刻，終於來臨了』，感人至深，他的眼裡還閃動著淚花。瑪莉拉，我後悔在上課時總說話，在石板上給他畫像，還拿他和普莉西開玩笑。如果我是像米妮·安德魯斯那樣的模範生，就不會有悔恨了。女孩子們放學後都是哭著回家的。後來大家的情緒總算平靜些，但過了兩三分鐘，嘉莉·史隆又說了一句『我們分別的時刻，終於來臨了』，大家就又哭了起來。我真的很傷心，瑪莉拉。不過，接下來是兩個多月的暑假，誰也不會停留在絕望的深淵吧？另外，我今天遇見了剛下火車的牧師夫婦。菲力浦老師一走，讓我很失落，不過我對新來的牧師夫婦產生了興趣。牧師太太長得很美麗，但不是貴族般華麗。我認為牧師有個貴族般華麗的太太也不太合適。林德太太說，新橋鎮的牧師太太穿著太時髦，產生了不良影響。我們的牧師太太穿一件美麗的燈籠袖的藍色連衣裙，她的帽子上還裝飾著玫瑰花。簡·安德魯斯說牧師太太穿那樣的衣服不合體統，但我不會說這種刻薄話。瑪莉拉，我非常理解牧師太太的心情。她和牧師新婚，不該對她這麼苛刻吧？聽說在牧師住宅準備好之前，他們要暫住在林德太太家。」

當天晚上，瑪莉拉去林德太太家還冬天借的縫床被的撐子，還有好幾個人也去還東西，甚至把可能一借無回的東西都還了。其實，他們無須理由。瑪莉拉和艾凡里人有一個無可厚非的弱點——好奇。在一個缺少重大事件的小村莊裡，新任的牧師當然令人矚目，何況牧師還有位新婚的太太，更引發了人們的好奇心。

前牧師賓利，就是被安妮稱為「缺乏想像力」的那個牧師，任職十八年了。他當初來艾凡里時是個鰥夫，走時還是孤單一人，儘管關於他和這個或那個女人相好的流言蜚語經常流傳。這一年的二月，賓利辭去了神職，在當地人的一片惋惜中離開了。他在傳教方面雖不出色，但由於人們與他長期相處，對他仍然懷念。從那以後的每個星期日，佈道的候補神職人員和「代理牧師」接踵而至，在艾凡里教會信徒的要求下各展所長。他們的成敗，由上帝的父母選民評判，但在卡斯伯特家的固定座位上，坐著態度順從的紅頭髮女孩安妮。她持有自己的意見，常和馬修熱烈地討論，而瑪莉拉認為評論牧師很不妥當，拒絕發表意見。

「我想史密斯不夠稱職，馬修。」這是安妮下的最終結論，「林德太太說，他的佈道很糟糕。我想他的最大缺點和賓利牧師的一樣，缺乏想像力。泰瑞恰恰相反，想像力氾濫，和我想像『鬧鬼的森林』一樣，荒唐離譜。林德太太說泰瑞的神學造詣也不夠深。格萊欣是位好人，特別虔誠，但太愛說些胡編的趣事，在教會裡常常逗人發笑，有失尊嚴。牧師應該有些尊嚴的，對吧，馬修？我認為馬歇爾倒是充滿魅力，但林德太太已對他做了各種調查，說他單身，又沒訂婚。她認為艾凡里請個年輕、單身的牧師不合適，因為他也許會和教區的人結婚，惹出亂子來。林德太太是個有遠見的人，是不是？我很高興他們最後請來了艾倫先生。艾倫先生佈道有趣，發自內心地祈禱，很稱職。林德太太說，艾倫先生不是完美無缺，但用年薪七百五十元能請來這麼一位已經很不錯了。他熟悉神學理論，對涉及教旨的所有提問都能對答如流。林德太太還認識牧師太太娘家的人。他們都是正派人，女人們都是治家好手。林德太太說丈夫擁有良好的宗教根基，妻子善於治家，真是個理想的牧師家庭組合呀！」

新來的牧師夫婦還在度蜜月，雙雙春風滿面，受人歡迎，對自己選擇的終生事業充滿美好而崇高的熱情。在他們上任伊始，艾凡里的男女老少就對他們敞開了懷抱。青年牧師艾倫先生坦誠、樂觀，擁有遠大理想，他的太太開朗、溫柔、嬌小。安妮只見過艾倫太太一面，就被她深深地吸引，感覺自己又發現了一位知音。

「艾倫太太真好，」在一個星期日的下午，安妮對瑪莉拉說，「她接手了主日學校的課程，而且她是位非常出色的老師。她首先說在課堂上只有老師提問不公平，我以前也一直這麼想，對吧？艾倫太太說學生喜歡提問就可以提，不必拘束，所以我就提了一大堆問題，都是些好問題。」

「這我相信。」瑪莉拉加重了語氣。

「除了我，只有露比．吉利斯還提了問題，她問主日學校今年夏天辦不辦野餐活動，但這個問題和課文毫無關係，我們正在學《聖經》故事『獅穴中的丹尼爾』。艾倫太太聽了，微微一笑，說她認為會辦的。她笑起來真動人，露出了一對可愛的小酒窩。我要是有兩個小酒窩該多好啊。我不像剛來時瘦得那麼皮包骨了，但還沒胖出酒窩來，我要是有酒窩，也會感化別人行善。不管是什麼故事，經艾倫太太一講就變得很動聽。我以前不知道宗教可以令人愉悅，一直都以為它很沉悶。我願意做一名基督徒，如果我能成為艾倫太太那樣的，而不是貝爾先生那樣的。」

「妳這麼評論貝爾先生太不像話了！」瑪莉拉嚴厲地說，「貝爾先生是個真正的好人。」

「哦，他當然是。」安妮贊同，「可是他從中得不到任何安慰。我要是一個好人，就會整天開心地載歌載舞。我猜想因為艾倫太太是個成年人，所以不能整天載歌載舞，當然，作為牧師太太那樣做也有失尊嚴。我能感覺到她為自己是基督徒而快樂。即使她不是，也會進入天堂的。」

「我想哪天請艾倫夫婦來喝茶，」瑪莉拉若有所思地說，「他們去過很多人家了，還沒來過我們這裡。下星期三比較合適，但絕不要告訴馬修，不然他會找個藉口躲出去。馬修和賓利牧師很熟悉，並不怕他，但要陪新牧師喝茶他肯定不願意，再加上牧師新婚的太太，他會被嚇得半死。」

「我一定守口如瓶。」安妮保證道，「哦，瑪莉拉，到那天妳可以讓我烤蛋糕嗎？我想為艾倫太太做點什麼。妳是知道的，我烤蛋糕的手藝已經很不錯了。」

「妳可以烤夾心蛋糕。」瑪莉拉同意了。

請牧師和他的太太喝茶是嚴肅而重大的事件。瑪莉拉決心絕不可以輸在艾凡里其他主婦的手下。安妮更是激動萬分。到了星期二的傍晚，夕陽的光輝映照大地。安妮和黛安娜坐在「森林仙女泉」旁的紅石頭上，安妮把這事一五一十地告訴了黛安娜。兩個人一邊聊天，一邊用冷杉樹枝在水中劃出一道道彩虹來。

「我們全準備就緒了，黛安娜，剩下的工作只有明天早上由我做蛋糕，還有在喝茶前由瑪莉拉做發酵餅乾了。我和瑪莉拉這兩天忙得要命，邀請牧師夫婦喝茶責任重大，我還是頭一次經歷這種場面呢。黛安娜，真想讓妳到我家的貯藏室去看看，裡面的食物太豐富了，有雞肉拼盤和冷牛舌，紅黃兩色果凍，還有奶油冰淇淋、檸檬餡餅、櫻桃餡餅、三種小甜餅、水果蛋糕。另外，瑪莉拉還為牧師夫婦專門製作了拿手的黃杏子果醬；接下來就是我做夾心蛋糕，還有剛才說的餅乾。我們還準備了剛烤好的麵包和隔夜麵包。如果牧師胃口不好，我們就請他吃剛烤的新麵包。聽林德太太說，當牧師的大都有消化不良的症狀，不過，艾倫先生當牧師的時間不長，我想他不會有問題。我一想到要做夾心蛋糕就渾身發涼。我要是做砸了怎麼辦呢？我昨天夜裡做了個噩夢，有一個嚇人的妖怪，長著夾心蛋糕頭，四處追趕我。」

「不用擔心，」黛安娜身為擅長安慰人的朋友，鼓勵道，「兩個星期前在『悠閒曠野』吃午飯時，妳帶去的自己做的夾心蛋糕真的十分完美。」

「嗯。可是蛋糕這東西，在妳特別想做好時準會失敗。」安妮歎了口氣，把冷杉樹枝丟在水面上，任其漂浮。「唉，聽天由命吧，只是不能忘了加麵粉。啊，黛安娜，快看，多美的彩虹！我們一走，森林仙女會把彩虹當成圍巾戴走嗎？」

「什麼森林仙女？它根本不存在。」黛安娜說。

黛安娜的母親聽說了「鬧鬼的森林」的事，非常生氣，從那以後，黛安娜就盡量不再信馬由韁隨意想像了，哪怕是想像並無害處的「森林仙女」。

「可是想像出『森林仙女』很容易啊！我每晚睡覺前眺望窗外，『森林仙女』就端坐在這裡把泉水當鏡子梳理長髮呢；我有時早晨還留意尋找仙女在露水上的足跡。黛安娜，現在妳相信她的存在了嗎？千萬別放棄想像呀。」

終於，星期三的早晨來臨了。安妮前一夜興奮得一直沒睡好。天剛濛濛亮，她就從床上爬了起來。因為昨晚在泉水邊玩耍，她弄得渾身濕淋淋的，患上了重感冒，但只要沒得嚴重的肺炎，就什麼也阻止不了她擔當烹飪師的責任。她一吃過早飯就開始做蛋糕了，直到把蛋糕放進了烤爐關上爐門，才長吁了一口氣。

「我可以肯定，這次什麼都沒忘，瑪莉拉。不過，蛋糕能發起來嗎？發酵粉會不會失效呢？我用的是新的那罐。林德太太說最近市面上粗劣的假貨很多，沒有真正的發酵粉，還說政府應該想辦法整頓一下，但別指望保守黨有所作為，期待也是浪費感情。瑪莉拉，要是蛋糕發不起來怎麼辦呀？」

「還有很多別的吃的。」瑪莉拉語氣冷靜地說。

然而，蛋糕發得比預料的要好，出爐後，金黃、蓬鬆。安妮一見，興奮得容光煥發。在她把紅寶石色的果凍夾到蛋糕中間之後，立即想像出艾倫太太品嘗蛋糕的情景，也許她吃了一塊還會再要一塊呢！

「這次要用最上等的茶具了吧，瑪莉拉？」安妮問，「能不能讓我用野玫瑰和羊齒草來裝點餐桌？」

「那些裝飾很無聊，」瑪莉拉從鼻子裡哼了一聲說，「關鍵是吃的東西。」

「貝瑞太太就是用花來裝飾餐桌的。」安妮說道，她具備一些「誘惑夏娃的蛇」一般的智慧，「聽說牧師特別讚美了，說不僅要吃得香甜可口，還要看著賞心悅目。」

「好吧，那妳就裝飾吧。」瑪莉拉說。她心想可不能敗在貝瑞太太和其他人的手下，「不過，桌子上要留出空間放盤子和擺吃的東西。」

安妮下決心要把餐桌布置得精緻新潮，遠遠超過貝瑞太太。她準備了大量羊齒草和野玫瑰，還憑獨特的藝術審美能力把桌面裝飾得別致優雅，使得牧師夫婦一落座便齊聲讚歎。

「這是安妮裝飾的。」瑪莉拉始終是公正的。

當安妮看到艾倫太太讚許地衝自己微笑，她全心都沉浸在幸福之中。

馬修也陪同客人一起喝茶，他是怎麼被說服的，只有他和安妮才知道。起初他羞怯得渾身發抖，想趕快溜到樓上去。瑪莉拉認為他不會露面了，對他不再抱什麼幻想。但是經過安妮的勸說，馬修穿著自己最好的衣領雪白的衣服，坐到了大家中間，竟和牧師相談甚歡。他沒和艾倫太太說一句話，但那不足為奇。

在安妮的夾心蛋糕被端上來之前，一切都進行得順暢愉悅。艾倫太太被熱情邀請品嘗了各種美食後，謝絕再吃一塊夾心蛋糕。瑪莉拉看到安妮失望的表情，立即笑容滿面地說道：「請妳嘗一小塊吧，這是安妮特意為妳做的。」

「噢，要是這樣，我不可以不嘗呀。」艾倫太太笑著切下一塊三角形蛋糕，牧師和瑪莉拉也各自取了一塊。艾倫太太剛吃了一口，臉上立刻露出奇怪的表情，但不聲不響地吞了下去。瑪莉拉一直注視著她，趕緊嘗了嘗蛋糕。

「安妮．雪利！」瑪莉拉驚叫起來，「天哪！妳在蛋糕裡到底放了什麼？」

「按食譜放的呀，瑪莉拉。」安妮面帶怒氣地叫道，「不好吃嗎？」

「太難吃了！艾倫先生請不要吃。安妮，妳自己嘗嘗吧，妳到底用了什麼調料？」

「香草精呀。」安妮說著嘗了一口蛋糕，立刻羞得臉通紅。

「只放了香草精呀，噢，瑪莉拉，一定是發酵粉不好，我一直懷疑呢。」

「別說了！快去把香草精的瓶子拿來。」

安妮飛快地跑到了貯藏室，取來了一只裝著褐色液體的小瓶，瓶上有發黃的文字「高級香草精」。

瑪莉拉接過瓶子，拔去瓶塞聞了聞。

「唉，安妮，妳把止痛藥當成香草精了。我上星期不小心把止痛藥的瓶子打碎了，就把剩下的藥水倒進了以前裝香草精的空瓶裡。這有我一半的責任，事先沒跟妳講，但妳怎麼不聞聞再放呢？」

安妮委屈得哭起來。

「我得了重感冒，什麼都聞不出了。」說完，安妮一轉身跑進了東山牆的房間，撲倒在床上哭得驚天動地。看來任何人都勸慰不了她。

過了一會兒，在樓梯處傳來了一陣輕快的腳步聲。有人走了進來。

「噢，瑪莉拉，我徹底完蛋了，」安妮依舊埋頭哭著，「我挽不回名譽了。這件事很快就會傳開，在艾凡里藏不住祕密。黛安娜會問我蛋糕做得怎麼樣，我必須說實話。別人會在我背後指指點點，說我是那個把止痛藥水當香草精放進蛋糕的女孩。我會被吉伯特那些男生嘲笑一輩子的。瑪莉拉，如果妳對我有一點同情心，請妳別讓我現在去洗盤子，等牧師夫婦走後再說。我沒臉再見艾倫太太了。她會認為我故意給她下毒。林德太太說過有一個孤女毒殺了恩人，可止痛藥水沒毒，是治病的，當然，加到蛋糕裡確實沒有先例。瑪莉拉，能不能幫我向艾倫太太解釋？」

「那妳就快站起來自己解釋吧！」一個溫柔可親的聲音響起來。

安妮從床上一躍而起，仔細一看，原來一直站在床邊的是艾倫太太。她正笑迷迷地望著自己呢。

「好了，安妮，別再哭了，」艾倫太太說，她看到安妮痛哭流涕的悲慘樣子深受感動，「這不過是一個有趣的差錯。誰都會做錯事。」

「不是的，只有我才能做出這種事。」安妮悽悽慘慘地說，「我拚命想為妳烤出一個香噴噴的蛋糕。」

「是，我知道，親愛的，儘管烤得不成功，但我感謝妳的熱情和心意，快別哭了，妳下樓帶我去看看花園吧。聽卡斯伯特小姐說，妳有一個專屬自己的小天地，我對種花也很有興趣，很想去看看。」

安妮高高興興地和艾倫太太下了樓。艾倫太太也是她的知音，說以後再也不提止痛藥水的事。安妮送走客人後心想，儘管中間出了可怕的事故，但她還是度過了一個愉快的下午，為此鬆了一口氣。

「瑪莉拉，明天是新的一天，我不會犯什麼錯，是不是很好？」

「我敢確定，妳還是會的。我還從來沒見過像妳這樣總是犯錯的孩子。」

「的確是這樣。」安妮不得不悲哀地承認，「不過，瑪莉拉，妳注意過沒有，我從不犯同樣的錯誤，這很令人欣慰吧？」

「但妳一次又一次地犯新錯誤。總之，妳把那個蛋糕拿去餵豬吧，它不適合人吃，連傑里·波特都不會吃。」

第22章

安妮應邀去喝茶

「妳怎麼把眼睛瞪得這麼大？難道又遇到了一位知音？」安妮從郵局回來，剛一進門，瑪莉拉就問。安妮激動萬分，一雙大眼睛格外明亮，容光煥發。她剛才如同駕著風的小精靈，歡喜雀躍地順著小路飛奔在八月溫暖的夕陽下和懶洋洋的陰影中。

「不是遇到了知音，瑪莉拉，而是我收到邀請，明天下午到牧師住宅喝茶！艾倫太太把請柬送到了郵局。快看！『綠山牆農舍安妮．雪利小姐收』。這可是我第一次被稱作小姐！它太令我激動了。我要把這張請柬和其他我最珍愛的東西放在一起保存。」

「我聽艾倫太太說，她打算請主日學校的學生們喝茶。」瑪莉拉在聽到這個喜訊後表現得異常冷靜，「妳不要過分激動，孩子，要學會平靜地對待生活。」

要求安妮平靜地對待生活無異於改變她的天性。她的天性中所有的「靈氣、激情和朝氣」，使得她對快樂和痛苦的感受格外強烈。

瑪莉拉對此了然於心，並感到隱隱的不安。安妮那麼容易衝動，難以經受起伏人生中的種種考驗，但她並不完全理解，激情也帶給安妮快樂的回報。她以培養安妮沉著、穩重的個性為己任，但不得不遺憾地承認成效甚微，因為安妮天生如小溪上的光線一樣跳躍。對於安妮來說，一旦某個希望或計畫落空，她立即會跌入絕望的深淵；相反地，若是心想事成，她又會欣喜若狂，陶醉得飄飄然。瑪莉拉幾乎對把這個孤兒塑造成理想中的模範女孩失望了，何況她已經喜歡上了安妮的性情。

那天晚上，安妮心情憂鬱、一言不發地上了床，因為馬修說風向轉成了東北風，明天可能下雨。屋外白楊樹的沙沙聲聽起來多像雨點聲，攪得她心神不寧。遠處海灣裡的波濤聲奇異洪亮，此起彼伏，平日裡聽起來悅耳，此時卻令她煩悶，只覺得它在預示一場風暴和災難。這個女孩企盼明天是個好天氣，甚至覺得早晨永遠不會再次來臨。

萬事總有盡頭，期待去牧師家喝茶的夜晚也不例外。與馬修的預測恰恰相反，安妮迎來的是一個碧空如洗的晴朗早晨，她的情緒也隨之達到了沸點。

「噢，瑪莉拉，我今天感覺見誰喜歡誰。」安妮一邊洗刷早餐的盤子，一邊情不自禁嚷道，「心情太舒暢了！要是這種心情一直持續，那該多好！要是每天都受邀喝茶，我覺得我就會變成一個模範女孩。瑪莉拉，這是一次重要的聚會，我很緊張，萬一出了什麼差錯該怎麼辦呢？我從沒到牧師家喝過茶，不敢肯定我懂得所有的禮節。雖然到綠山牆農舍後，我一直閱讀《家庭先驅報》上的『禮節欄目』，但還是擔心惹亂子或者做錯事。如果我特別喜歡一種食物，再要第二份算不算失禮呢？」

「安妮，妳的煩惱是因為過多考慮自己。妳應該替艾倫太太著想，怎麼做才會使她滿意和喜歡。」瑪莉拉平生第一次提出了一個公正而精闢的忠告。

「妳說得對，我要盡量少想自己。」

顯然，安妮這次外出做客毫無嚴重的「失禮」舉動。她回家時已是黃昏，橘黃色和玫瑰色的雲彩在遼闊的天空上飄浮。她興致盎然地坐在廚房門前巨大的紅砂岩石板上，把疲憊的鬈髮腦袋偎依在瑪莉拉穿著方格布裙的膝蓋上，津津有味地講述起來。

一陣涼爽的風從西邊長滿冷杉樹的山崗吹來，穿過等待收割的田野，穿過白楊樹叢；一顆明星懸在果樹園的上空，螢火蟲伴隨微風在「戀人小徑」上飛舞，為羊齒草和樹枝傳遞悄悄細語。安妮一邊說話，一邊目不轉睛地望著眼前的風景。一時間，微風、星星和螢火蟲會合在一起，烘托出難以言喻的美妙迷人的氣氛。

「啊，瑪莉拉，我今天度過了最難忘的快樂時光！即使我不再被邀請去牧師家做客，我的人生也無憾了。我一到牧師家，艾倫太太便到門口迎接。她身穿淺粉的中袖薄紗連衣裙，裙子上裝飾著層層波浪褶邊。她看上去像一位天使。我長大了也想做牧師的妻子，真的。牧師不會介意我這一頭紅髮，因為牧師不該有世俗偏見，對吧？當然，做牧師妻子的人應該是天生的好人。妳知道，有些人天生是好人，有些人天生不是，而我是後一種。林德太太說我身上藏著許多原罪。不管我多麼努力做好人，都不會像天生的好人那麼成功，有點像學幾何。但努力總會有些收穫吧？艾倫太太天生是個好人，我從心底裡喜歡她。像馬修和艾倫太太那樣的人，妳會毫不遲疑地喜歡上他們；可是有些人，像瑞秋太太那樣的人，妳得費些心力才會喜歡她。妳清楚妳必須喜歡她，因為她見多識廣，又是教會裡的活躍分子，但妳必須時刻提醒自己，不然就會忘記。在牧師家吃茶點的還有一個女孩，從白沙鎮主日學校來的，叫蘿蕾特·布德里。她是個不錯的女孩，雖然不是我的知音，但她很會泡茶。我把她泡茶的方法學會了。喝完茶，艾倫太太彈起了鋼琴，給我們唱了歌。我和蘿蕾特也一起唱起來。艾倫太太說我的音質優美，希望我今後參加主日學校的唱詩班，我聽了激動極了。我一直渴望能像黛安娜那樣在唱詩班演唱，可是擔心自己永遠得不到那樣的榮譽。蘿蕾特得早些趕回去，因為今夜在白沙鎮大飯店裡要舉行盛大的音樂會，她姊姊要朗誦。蘿蕾特說住大飯店的美國人為資助夏洛特敦醫院而籌款，每隔兩週就舉辦一次音樂會，請許多白沙鎮的人朗誦，蘿蕾特希望有朝一日也能被邀請，真讓我羨慕。蘿蕾特走了後，我和艾倫太太說了許多知心話。我把一切都告訴她了，關於湯瑪斯太太和雙胞胎，凱蒂·莫里斯和薇奧莉塔，還有來到綠山牆農舍的經過，甚至包括我學習幾何的困難。瑪莉拉，妳能相信嗎？艾倫太太說她也為學幾何苦惱過呢！我聽後立刻振作了起來。我臨走時，林德太太來了。據她說學校理事會請來了一位女老師，名叫穆麗兒·史黛絲，是個浪漫的名字吧？林德太太說艾凡里從沒有過女老師，這是個危險的嘗試。我倒覺得是件好事。離開學還有兩個星期，怎樣才能熬過去呢？我迫不及待地想見到她。」

第23章 事關榮譽的事件

安妮在見到新老師之前，「不得不熬過」漫長的兩個星期。在「蛋糕事件」過後的大約一個月裡，她犯了一些小錯誤，比如應該把一罐脫脂牛奶倒進豬飼料槽，她卻糊裡糊塗地倒進了貯藏室裝毛線的籃子裡；還比如因幻想而走神，從獨木橋上失足跌入小溪等，都不值一提。

在安妮應邀到牧師家做客後，過了一個星期，黛安娜．貝瑞舉辦了一場派對。「這是圈內的小型派對，參加的人都是經過挑選的，」安妮向瑪莉拉保證，「只有班上的女孩子。」

女孩子們在派對上玩得很開心。喝完茶後，她們來到花園裡，因為厭倦了重複的遊戲，準備嘗試一些新奇古怪的花樣，於是玩起了「挑戰遊戲」。這種遊戲在艾凡里十分流行，由男孩子們發起，後來很快傳給了女孩子們。要是把這個夏天因「挑戰遊戲」而發生的愚蠢可笑的事件一一列舉，足夠寫一本書了。

嘉莉．史隆首先挑戰露比．吉利斯：「妳能爬上正門前那棵高大古老的柳樹嗎？」因為樹上爬滿粗大的綠色毛毛蟲，露比嚇得半死，還擔心把身上的新薄紗裙扯破被母親罵，但為了打敗嘉莉．史隆，她不顧一切地爬了上去。接下來喬西．派伊向簡．安德魯斯挑戰：「妳能只用左腳在花園裡單腿跳著繞圈嗎？不許搖晃。」雖然簡勇敢地接受了挑戰，但在跳到院子的第三個牆角時，她堅持不住，自認慘敗。

安妮受不了喬西得勝後的趾高氣揚，向她發出挑戰：「妳能在花園東邊的木柵欄上走一趟嗎？」「走」木柵欄，要求頭與腳的高度平衡，沒試過的人很難想像。雖然喬西．派伊不太討人喜歡，但她好像天生擁有平衡能力，再加上勤於練習，輕鬆熟練地在貝瑞家的木柵欄上走了一遭。她的得意神情似乎在表明，這樁小事不值得「挑戰」。女孩子以前走柵欄時都吃過苦頭，雖不情願，還是勉強地讚揚了喬西。喬西一臉勝利的傲慢神情從柵欄上跳下來，輕蔑地看了安妮一眼。

安妮猛地一甩紅髮辮說：「在這麼低矮的柵欄上走沒什麼了不起。在美利允城有一個女孩子能在屋脊上走來走去呢。」

「我不信，」喬西斷然否定，「誰能在屋脊上走？至少妳不能！」

「我要是能呢？」安妮急促地嚷道。

「那我問妳，妳敢不敢？」喬西立即激她，「妳敢不敢爬到貝瑞家廚房的屋脊上走一趟？」

安妮的臉霎時變得慘白，但她顯然已沒有退路。她向廚房走去，那裡立著一個通向房頂的梯子。女孩子們不約而同地發出一聲「啊」，一半出於興奮，一半出於驚訝。

「安妮，別上去！」黛安娜懇求道，「妳會掉下來摔死的。別理喬西！她激妳冒這麼大的危險，是在耍賴。」

「我得上去，不然會名譽掃地，」安妮嚴肅地說，「我只能接受挑戰，走過屋脊或者在這次嘗試中死掉。黛安娜，我要是死了，妳就戴上我的珍珠戒指做紀念吧。」

安妮順著梯子爬上了屋脊，站在危險的邊緣挺直身子，找到平衡後，她順著窄小的屋脊邁開了步伐。她開始頭暈目眩，在恍惚中意識到自己站在世界的最高處，此刻想像力對她有害無益。她勉強向前跨了幾步，隨後身體搖晃起來，失去了平衡，在被太陽烤得發燙的屋頂上一腳踩空，摔進了屋簷下茂盛的常春藤中。在地面上的女孩子一直緊張地仰頭觀看，渾身顫抖，沒來得及齊聲發出恐懼的尖叫，意外就發生了。安妮要是從她爬上去的那側屋頂摔下來，黛安娜當場就可以繼承她那枚珍珠戒指了。幸運的是，安妮從相反一側的屋頂上摔下來，釀成嚴重後果的可能性要小一些，因為屋頂在那一側延伸到了門廊上面，離地面較近。黛安娜和其他女孩子驚慌失措，向房子的另一邊狂奔過去，只有露比・吉利斯嚇得兩腳像生根一般站在原地，歇斯底里地發作起來。此刻，安妮倒在一團亂糟糟的常春藤中間，臉色慘白，悄無聲息。

「安妮，妳還活著嗎？」黛安娜尖叫道，失魂落魄地跪在自己朋友的身旁，「哦，安妮，親愛的安妮，求求妳，開口說一句話吧，妳是不是還活著啊？」話音剛落，安妮便搖搖晃晃地抬起上身，發出微弱的聲音：「沒事，黛安娜，我沒死，我想我失去知覺了。」女孩子們這才暫時鬆了一口氣。尤其是喬西・派伊。喬西雖然缺乏想像力，但還是被一種可怕的未來景象所包圍：她被人們打上造成安妮・雪利慘烈夭折的罪魁禍首的烙印。

「摔到哪裡了？」嘉莉・史隆抽泣著問，「哦，安妮，在哪裡？」

沒等安妮回答，貝瑞太太趕到了。安妮看到她，掙扎著要爬起來，但伴隨一聲痛苦的呻吟，又跌回到地上。

「怎麼回事？傷在哪裡？」貝瑞太太問。

「腳脖子受傷了。」安妮喘著粗氣回答，「哦，黛安娜，請把妳父親找來，求他把我送回家。我自己回不了家了，單腿跳也不可能。單腿跳都不能在花園跳一圈呢。」

瑪莉拉正在自家的果園裡摘夏熟蘋果，忽然看見貝瑞先生穿過獨木橋，爬上斜坡走過來，身邊同行的是貝瑞太太，兩人身後還有一長隊的女孩子。貝瑞先生懷抱安妮，而安妮把頭有氣無力地偎依在他的肩上。在那一瞬間，瑪莉拉猛然一驚，彷彿被一把尖刀刺中了心臟，突然體會到安妮在自己生命中的意義。在此之前，她一直覺得自己喜歡安妮，不，是非常喜歡，然而此刻，當她近乎瘋狂地衝下山坡，才無比清楚地意識到，自己在這世界上愛安妮超過了一切。

「貝瑞先生，安妮怎麼了？」瑪莉拉上氣不接下氣，焦灼萬分地問。她多年來一向冷靜沉穩，從沒像此刻這麼臉色蒼白、渾身顫抖。

安妮抬起頭，搶先回答：

「別害怕，瑪莉拉，我在屋脊上走的時候不小心摔下來了。我想是扭傷了腳脖子，還好，沒摔斷脖子。我們得看到光明的一面。」

「我讓妳去參加派對時就該想到妳會惹出亂子來。」瑪莉拉在放心之餘，不由得又換上了尖刻、嚴厲的語氣，「貝瑞先生，請把她抱進來，放到沙發上。上帝啊，這孩子又昏過去了！」

正如瑪莉拉所言，安妮因為疼痛難忍昏厥了過去，實現了她的「浪漫昏迷」的願望。

當時馬修正在田裡收割，被緊急喚回後，立即去請醫生。不久，醫生來了，診斷安妮的傷勢比預料的嚴重得多，她的踝骨骨折了。

當天晚上，瑪莉拉走進了東山牆的房間。安妮躺在床上，臉色蒼白，發出痛苦呻吟：「瑪莉拉，妳覺得我可憐嗎？」

「妳自作自受！」瑪莉拉說著，放下了百葉窗，點上燈。

「正因為這樣，妳才應該可憐我。」安妮說，「一想到是自作自受，我就更痛苦。要是我能怪罪別人，也許心裡會好受些。瑪莉拉，要是別人向妳挑戰要妳去走屋脊，妳會怎麼辦呢？」

「我會站在結實的地面上，隨他們來挑釁好了，才不會做那樣的蠢事！」

安妮歎了口氣。

「妳意志堅強，我跟妳比不了。我實在受不了喬西．派伊那副得意洋洋的嘴臉。如果我不接受挑戰，她一輩子都會騎在我的頭上。我受到了這麼嚴重的懲罰，請妳不要生我的氣了。昏迷的感覺其實一點都不美好。醫生給我接踝骨時，我簡直痛死了。在今後的六、七個星期不能走路，也看不到新老師。等我上學時，她已經不新了。吉伯特還有班上其他同學在學習上全要超過我了。哦，我真不幸。不過只要妳不生氣，我會拚命忍耐的。」

「行了，我不生氣了。」瑪莉拉說，「妳真是個不幸的孩子。不過就像妳自己說的，妳今後還會吃苦頭。快吃晚飯吧。」

「我有豐富的想像力，這是不是一種幸運呢？」安妮說，「但願它能幫我順利度過難關。沒有想像力的人若是骨折了，該怎麼熬日子呢？」

在此後漫長、寂寞的七個星期裡，安妮有足夠的理由感激自己的想像力，但也感激來探望她的眾人。每天都有一個或者幾個女孩子來，帶來鮮花和書，給她講述學校裡少男少女生活中的新鮮事。

「瑪莉拉，大家都對我非常好。」安妮在她終於能一瘸一拐地下地走路時，幸福地感歎道，「整天躺著太沉悶了，但也有美好的一面，瑪莉拉，透過這件事，我才知道我有很多朋友，連貝爾先生都來看望我了。他是個好人，雖然不是我的知音，但我已經喜歡上他了。以前我批評過他的祈禱，有些過於苛刻了。我相信他用心祈禱了，只不過聽起來心口不一。我對他暗示過，說想把自己在家的祈禱變得生動有趣起來。貝爾先生還對我說起他小時候骨折的事。想像不出他也曾是個孩子，感覺怪怪的，看來我的想像力也有侷限。我想像他童年的模樣，雖然身體縮小了，但仍是他在主日學校裡的形象，臉上留著白鬍子，戴一副眼鏡。我輕易就能想像出艾倫太太童年時的長相。她先後十四次來看望我，這簡直是我的榮耀。瑪莉拉，作為牧師的妻子，她每天有多少事要忙呀！她一來，我就立即精神振作。林德太太每次來看我，總說希望我做一個更好的女孩，但我聽得出來，她對此並不抱希望。喬西．派伊也來過。我接待她時，盡量做到有禮貌。她似乎對挑戰我走屋脊的事非常後悔。要是我摔死了，她會一輩子背著巨大的精神包袱。黛安娜絕對是忠誠的朋友，她每天都來陪伴我，免得我孤單。啊！要是能上學了，我會多麼欣喜呀！我聽到很多有關新老師的令人興奮的事。女孩子們都迷上了她。黛安娜說她那頭金色鬈髮美極了，眼睛也光彩照人，經常穿漂亮衣服。她的大紅燈籠袖是艾凡里最大、最美的。現在學校裡每逢雙週的星期五下午是朗誦課，內容包括朗誦詩和表演短劇小品，想想就令人激動。喬西·派伊非常討厭朗誦，因為她缺乏想像力。黛安娜和露比·吉利斯、簡·安德魯斯下星期要演出名叫《晨拜》的短劇，正加緊排練呢。還有，在不上朗誦課的那個星期五，老師就把同學們帶到森林中，觀察羊齒草和花鳥。每天早晚，同學們還練體操呢。林德太太說她對這種行為聞所未聞，就因為聘用了一位女教師。我卻認為這太棒了。我想史黛絲老師一定會成為我的知音。」

「現在有一點是最清楚不過的，」瑪莉拉說道，「妳從貝瑞家的屋頂摔下來，卻絲毫沒有傷到妳的舌頭。」

第24章

師生共辦音樂會

在安妮腳傷痊癒重返校園時，艾凡里已進入了金秋十月。朝陽從地平線上升起，山谷裡淺紫色的、珍珠色的、銀白色的、玫瑰色的還有淡藍色的霧氣，彷彿秋天的精靈飄浮著，隨後又被陽光驅散；露水如大片的銀色絲綢覆蓋在原野上，晶瑩閃光；在長滿茂密樹木的山谷裡，金黃落葉覆蓋大地。每次經過，腳下的落葉就會沙沙作響。在「白樺小路」上，白樺樹彷彿搭起了一座金黃的帳篷，樹下的羊齒草已經凋零。安妮被大自然的清新空氣激勵著，歡欣雀躍地去上學，而不是蝸牛般懶洋洋地挪步。

安妮回到了學校，和從前一樣，開心地與黛安娜共用一張褐色的書桌。露比．吉利斯隔著走道向她點頭，嘉莉．史隆遞過來一張小紙條，茱莉亞．貝爾從後座悄悄給她一塊口香糖。

安妮削完鉛筆，整理好課桌裡的畫片，深呼一口氣。生活真是快樂有趣。

新來的史黛絲老師果然是一位值得信賴的朋友。她聰慧開朗、富有同情心，擁有快樂的天性，能博得並保持學生們的愛戴，使他們精神上和道德上的最亮點發揚光大。在老師健康人格的影響下，安妮也愉快、迅速地成長。

安妮放學回家後，經常興高采烈地向馬修和瑪莉拉講述自己的學習成績和目標。馬修總笑迷迷地崇拜地傾聽，而瑪莉拉一如往常，對萬事持有批評態度。

「瑪莉拉，我從心底裡愛著史黛絲老師。她優雅端莊，聲音甜美極了，叫我的名字還清楚地加上了字母『E』。今天下午我們上朗誦課，我在朗誦〈悲劇的女王，蘇格蘭的瑪麗〉時全身心投入。放學時，露比．吉利斯對我說，當我朗誦到『現在為了我父親的軍隊，告別我的女人心』，使得她的血都凝固了。」

「嗯，哪天妳在倉房裡給我朗誦一遍。」馬修說。

「當然可以，不過，恐怕不能像在學校裡朗誦得那麼精彩。」安妮解釋道，「在學校裡同學們屏住呼吸傾聽，令我非常興奮。我大概不能讓你體驗到血液凝固的感覺。」

「林德太太說，上個星期五，她看到男孩子們爬上貝爾先生家的樹頂掏烏鴉窩，她嚇得血都凝固了。」瑪莉拉說道，「我搞不明白，史黛絲老師為什麼鼓勵這一套。」

「觀察大自然，瞭解烏鴉是怎樣做窩的。」安妮解釋道，「野外課真有趣，瑪莉拉。

史黛絲老師特別有耐心，講解也精彩。上完野外課，我們還寫了作文，我的作文是最優秀的。」

「妳不該自傲。這話應該由妳的老師來說。」

「這就是老師說的，瑪莉拉。我沒有自傲。我的幾何學得那麼差，哪有自傲的本錢？不過我最近對幾何有點開竅了，多虧史黛絲老師講得明白，當然我離高水準還差得很遠，一想到這些，我就感到慚愧。我非常喜歡寫作文，尤其是寫自選的題目。下星期要以一位傑出人物為題。傑出人物這麼多，究竟寫誰呢？真難決定。成為傑出人物，死後被人寫進作文裡，妳不認為那很了不起嗎？我很想成為一位傑出人物。我夢想長大後當一名護士，作為愛心使者隨紅十字會一起奔赴戰場，救死扶傷。當然，前提是當不了國外傳教士。到國外傳教多麼浪漫，但只有完美的好人才能成傳教士，這一點可能會成為我的障礙。我們天天都上體操課，老師說練體操可以使體型變得優美，還能促進消化。」

「都是一派胡言。」瑪莉拉認為體操這種運動實在無聊透頂。

進入十一月，這些星期五的野外課、背誦課及體操課和史黛絲老師向公民會堂提出的建議比，就相形見絀了。她建議由學生們在聖誕夜組織召開一場音樂會，集資購買一面可以掛在學校門口的校旗，贏得了全體同學的熱烈響應。節目的準備緊鑼密鼓地進行，而有幸被選拔參加演出的學生們情緒高昂，其中數安妮最著迷。她雖然得不到瑪莉拉的支持，但還是全身心地投入。瑪莉拉毫不客氣地指責這些並無價值的舉動：

「這會讓妳的腦子塞滿亂七八糟的東西，還把重要的學習給耽誤了。」瑪莉拉抱怨道，「讓小孩子來組織什麼音樂會，東跑西跑地排練，這會讓他們產生虛榮心，墮落成一個貪玩的人。」

「可是我們的目標是有價值的呀。」安妮試圖說服瑪莉拉，「一面旗幟可以培養我們的愛國精神，瑪莉拉。」

「胡說！你們懂什麼愛國精神？就是貪玩。」

「把愛國精神和娛樂結合到一起，不是很好嗎？音樂會可有趣了。一共有六個合唱，黛安娜要獨唱呢。我參加兩個劇本對白的演出：《反流言協會》和《精靈女王》，男同學們也參加的。我還要朗誦兩首詩，一想到這裡我就激動得發抖。最後大家要一起表演舞臺小品《信仰、希望、博愛》，我、黛安娜和露比都參加，穿一身白衣，讓頭髮飄散。我演『希望』，把雙手這樣交叉放到胸前，眼望天空。我將在頂樓裡練習朗誦。如果妳聽到了呻吟聲，不要害怕。在其中一段臺詞裡，我必須發出一種悲憤的呻吟聲。要練出既有藝術性又感動人的呻吟很難。喬西．派伊因為在劇本對話裡沒有她能演的角色很生氣，她想演精靈女王，那真太可笑了。誰聽說過像她那麼胖的女王呀？精靈女王各個身材苗條。簡．安德魯斯扮演女王，我扮演一名宮女。喬西說紅頭髮的女王和胖胖的女王一樣荒唐可笑，我才不理她呢。我會戴上白玫瑰編的花環。露比．吉利斯還會借給我一雙舞鞋，因為我沒有。精靈應該穿舞鞋。妳總不能想像精靈穿靴子吧？特別是銅包頭的靴子。我們要用冷杉枝和薄紙做的玫瑰花裝飾公民會堂。在觀眾入席後，伴隨著艾瑪．懷特在風琴上彈出的進行曲，我們全體排成兩行，正式步入會堂。哎，瑪莉拉，我知道妳對我們的演出不感興趣，可我要是演出成功，妳會不會高興呢？」

「妳要是舉止端莊，我也許會高興些。等這場鬧劇結束後，妳要是能盡快安靜下來，我就真心高興了。眼下妳滿腦子對白啦，呻吟啦，舞臺小品啦，盡是些亂七八糟的東西。我真有點奇怪，妳的舌頭怎麼就磨不破呢？」

安妮歎了口氣，來到後院。一輪新月掛在西邊蘋果綠的天空上，月光從白楊樹的枯枝間透射出來。安妮坐到一段圓木上，和正在劈柴的馬修聊起音樂會。馬修是安妮最忠實的聽眾，露出欣賞的表情。

「嗯，我想那會是一場不錯的音樂會，妳一定會表演得出色。」馬修面帶微笑，凝視著她那張熱切的生機勃勃的小臉，安妮也報以微笑。兩個人無疑是一對親密無比的好朋友。馬修慶幸自己無須參與管教安妮，因為那是瑪莉拉的責任，不然他會在欣賞和職責之間左右為難。在此時此刻，他可以放心地「嬌慣安妮」——正如瑪莉拉所描述的。在他看來，「欣賞」對培養孩子產生的效果，與世界上所有認真的「管教」不相上下。

第25章

馬修執意訂製燈籠袖

在十二月的一個寒冷而昏暗的傍晚，馬修度過了極其難熬的十分鐘。當時他剛走進廚房坐到劈柴箱上，正要脫掉沉重的靴子，沒料到安妮正和同班的女孩子們在起居室裡排演《精靈女王》。過了一會兒，她們前後簇擁著穿過門廳，在歡聲笑語中湧進了廚房。馬修一見到女孩子們就害羞得半死，立即躲到了劈柴箱後面，一隻手提著靴子，另一隻手拿著脫靴器。他悄悄注視著她們足足有十分鐘。她們一邊嘰嘰喳喳地談論音樂會和劇本對話，一邊穿外套、戴帽子，而安妮站在她們中間，忽閃著大眼睛，神采飛揚。一向內向靦腆、不善觀察的馬修突然感覺安妮與其他女孩有差別。相比之下，安妮的神情更活躍，眼睛更大，五官更秀氣，但差別究竟在哪裡呢？

女孩子們後來手拉著手，沿著結冰的小路回家了，安妮也到樓上的房間去做功課，馬修還久久地想著這個問題。他不能去問瑪莉拉。若問了，她就會用鼻子「哼」一聲說，安妮和其他女孩的差別，就是別人能做到沉默安靜，而安妮卻滔滔不絕。

這天晚上，馬修不停地抽菸，陷入沉思，使瑪莉拉十分惱火。他在兩個小時的吞雲吐霧、絞盡腦汁之後，終於找出了答案：原來安妮和其他女孩穿的衣服不一樣！

馬修愈想愈確信不疑。安妮自從來到綠山牆農舍後，就沒穿過和其他女孩類似的衣服。瑪莉拉給她做的衣服樣式單一、灰暗樸素。雖說他對服裝時尚一竅不通，但還是注意到了安妮的衣袖和其他女孩的衣袖截然不同。他回想起傍晚看到的女孩子們。她們身穿色彩明麗的連衣裙，不是大紅的、翠藍的，就是淡粉的或雪白的，但瑪莉拉怎麼總把安妮打扮得那麼土氣呢？當然，瑪莉拉總是對的，何況她負責調教安妮，也許出於某種明智而莫名其妙的動機。但若是讓安妮穿一件像黛安娜．貝瑞平時穿的漂亮衣服，也不會有什麼壞處。於是，他暗下決心給安妮買一條連衣裙，這不能算多管閒事。再過兩個星期就是耶誕節了，一件美麗的連衣裙難道不是最好的聖誕禮物嗎？馬修打定主意後，滿意地舒了一口氣，收起菸斗進臥室睡覺了。瑪莉拉立即打開所有的門窗，驅散房間裡的汙濁煙氣。

第二天傍晚，馬修就急忙去卡莫迪鎮買連衣裙。他清楚自己面臨嚴峻的考驗，但仍然橫下心來應對最糟糕的處境，雖說他購物得心應手，也會討價還價，但買一件女孩的連衣裙只能聽憑店員的擺布。

他左思右想後決定不去威廉．布萊爾的店，而去山繆．勞森的店。卡斯伯特家在威廉．布萊爾的店購物已是多年的規矩，這和去長老教會和支持保守黨一樣，事關良心。威廉．布萊爾的兩個女兒站櫃檯，待客非常熱情，但馬修每次見到她們都會心驚肉跳，怕得要命。他如果清楚自己要買什麼，東西擺在哪裡，還有膽量和她們交涉，但涉及到買連衣裙，他必須反覆說明、商量，最好找一位男店員。因此他去了山繆的店。在那裡山繆的兒子站櫃檯，讓他感到放鬆。不幸的是，山繆最近擴展店鋪，新雇了一位女店員。女店員是山繆妻子的侄女，一位熱情的女子。她梳著又高又蓬鬆的髮型，一雙褐色的大眼睛飛速地轉動，嘴角掛著誇張的笑容。她穿得過於時髦，手腕上的一串手鐲在舉手投足間閃耀發光，叮噹亂響。總之，她的一切都令馬修六神無主，不知所措。

「歡迎光臨！卡斯伯特先生。」露西拉．哈里斯小姐說，語調輕快而巴結，還用兩隻手拍了拍櫃檯。

「這個……這個……嗯，有花園裡用的耙子嗎？」馬修吞吞吐吐地問道。

哈里斯小姐愣住了，在數九寒天的季節買耙子，真是咄咄怪事。

「可能還剩一兩把吧，我到樓上的小倉房去看看。」

在哈里斯小姐離開櫃檯的幾分鐘內，馬修恢復了正常狀態，決定再努力一次。

哈里斯小姐拿著一把耙子興沖沖地回來了，問：「還要點別的嗎？」

馬修鼓足勇氣問：「嗯，這個……聽妳的建議……我想買……想請妳給我看看……乾草籽。」

哈里斯小姐聽說馬修是個怪人，此刻聽了他這結結巴巴、令人費解的話，心裡斷定他精神不太正常。

「店裡只在春天才賣乾草籽，現在沒有存貨。」哈里斯小姐解釋道，彷彿在接待一個傻子。

「哦，那自然……自然……妳說得對。」可憐的馬修磕磕巴巴地說，抓過耙子走開，到了門口才想起來還沒付錢，又尷尬地折回來。他在哈里斯小姐找零錢時，決定孤注一擲了，於是說：「那個……如果不麻煩的話……請把那個……砂糖，讓我看看……」

「白的還是紅的？」哈里斯小姐耐著性子問。

「嗯，嗯，就是那個紅的。」馬修有氣無力地應道。

「在那兒有桶裝的。」哈里斯小姐指著紅糖說道，手鐲隨之叮噹直響，「就剩一桶了。」

「啊，是，是嗎？那麼請給我稱二十磅砂糖。」馬修說，額頭上滲出了豆大的汗珠。

馬修在趕車回家的半路上才艱難地恢復了常態，心想這簡直是一場噩夢。因為選錯了店，才受到這樣的懲罰。他一到家就立即把耙子藏到倉房裡，把紅砂糖拿進了廚房。

「紅糖！」瑪莉拉吃驚地嚷起來，「買這麼多幹什麼？你也知道只有給雇工傑里做燕麥粥或者做水果蛋糕時才用。傑里不來了，蛋糕也做過了。再說這也不是好糖，又粗糙又黑，威廉·布萊爾的店一般不會賣這種糖。」

「我想……手上有存貨總是方便些。」馬修搪塞道。

馬修思來想去，得出的結論是找一個女人幫忙才是上策。瑪莉拉顯然不是合適人選，因為她肯定會對自己煞費苦心的計畫挑毛病、潑冷水，剩下的只有林德太太了。除了林德太太，他不敢和艾凡里的其他女人商談，於是便登門求助。這位好心的太太立即爽快地答應為他排憂解難。

「替你給安妮選禮服？沒問題，我願意。我明天去卡莫迪幫你辦吧。你具體想要什麼樣式的？沒什麼限制？那我就自己挑選吧。我想安妮很適合穿優雅的深褐色。威廉·布萊爾的店新進了一批緞子布料，漂亮極了。也許你要我為她做吧？要是讓瑪莉拉做，安妮很可能在耶誕節前發現，就不能給她驚喜了。好，我來做！一點也不麻煩。我喜歡縫紉。我會照著我侄女珍妮·吉利斯的身材做，她和安妮的體型簡直是一模一樣。」

「這個……太感謝妳了，」馬修說，「還有……還有……我說不清楚……最近人們的衣袖好像變了。這個……如果不太麻煩的話，請妳按照流行的樣式裁剪……」

「燈籠袖？當然可以了，馬修，請不用擔心，我一定給她做最新、最時尚的。」

在馬修離開後，林德太太忍不住自言自語：「如果看到那可憐的孩子穿一件像樣的衣服，真會讓人感到滿意。瑪莉拉給她穿的衣服實在太寒酸。我多少次都想和她挑明，但都忍住了，因為我知道她不願意聽從勸告。她是個老小姐，但在調教孩子方面自以為比我還在行。天下的事往往如此，養育過孩子的人都明白，嚴格、快速的方法未必對每一個孩子都適用。沒經驗的人以為那像『比例法』一樣簡單容易：只要把三組數字按序排列，就會得出正確答案。但是，用數學原理解答不了生活中的問題。她把安妮打扮得那麼樸素，大概是想培養她的謙卑精神，相反，卻刺激了孩子愛虛榮和不滿足的心理。安妮只要比較一下自己和別人的衣服，就一定會感到自卑。想不到馬修注意到了。這傢伙昏沉沉地活了六十多年，似乎到今天才突然甦醒過來。」

在後來的幾天裡，瑪莉拉看出來馬修在密謀什麼事情，但猜不出具體細節。在耶誕節前夜，林德太太把安妮的新禮服送過來了。瑪莉拉平靜地恭維了林德太太的手藝，但對她的外交詞令並不信服。她說，馬修擔心讓瑪莉拉縫製可能會被安妮提前發現。

「原來馬修最近總獨自傻笑，一副神神祕祕的樣子，就是為這事？」瑪莉拉語氣有些僵硬地說，但態度還算克制，「安妮根本不需要這麼一件漂亮的禮服。今年秋天，我已經給她縫了三件實用的衣服，再多做就是浪費。唉，你看這衣袖用料太奢侈了。馬修，你這是助長安妮的虛榮心，她本來已像孔雀一樣虛榮。這種愚蠢的燈籠袖禮服剛流行時，她就盼著有一件，雖說只提過一次，這下她會心滿意足了。現在袖子愈做愈寬大、愈荒唐，大得像個氣球。等到明年，穿燈籠袖的人得側著身子進門。」

耶誕節的早晨在一個美麗的銀白世界中甦醒。進入十二月以來，天氣持續暖和，人們嚮往著一個綠色耶誕節，沒料到前一夜雪花飄飄，使艾凡里面貌一新。安妮透過東山牆結霜的窗戶興奮地向外眺望，在「鬧鬼的森林」裡，冷杉樹銀裝素裹，白樺樹和野櫻桃樹像被晶瑩的珍珠裝飾，無不賞心悅目，而在大片犁過的農田上，布滿了雪窩。空氣清爽新鮮，整個世界令人心曠神怡。安妮一邊唱歌一邊下樓，使得歌聲在整座綠山牆農舍裡迴盪。

「聖誕快樂，瑪莉拉！聖誕快樂，馬修！多美的耶誕節呀，白色聖誕太讓人激動啦！沒有白雪，我就覺得不是真正的耶誕節。我才不喜歡什麼綠色耶誕節，那不過是醜陋的褐色和灰色。馬修，那個是給我的嗎？啊，馬修！」

這時馬修打開了禮品包裝紙，小心翼翼地拿出了連衣裙，並怯生生地望了瑪莉拉一眼。瑪莉拉正往茶壺裡灌開水，卻用眼角的餘光饒有興趣地觀察他和安妮。

安妮恭敬地接過裙子，出神地打量，一言不發。那是一件多麼美麗的禮服！質地是柔滑、光豔的棕色綢緞，裙子綴滿講究的波浪花邊和抽褶，上半身打著流行的精緻的橫褶，領口裝飾著細巧的花邊，而那燈籠袖是最精彩的：長長的兩截袖直達臂肘，不但用抽褶收緊，還用棕色絲綢飾帶打成蝴蝶結。

「這是給妳的耶誕節禮物。」馬修靦腆地說。「怎麼……怎麼了，安妮？妳不喜歡嗎？」

安妮的眼淚霎時奔湧而出：「怎麼會不喜歡呢！啊，馬修！」安妮把連衣裙搭在椅子的靠背上，雙手緊握，「馬修，太美了！我不知怎麼感謝你。你看這袖子！啊，我一定是在做美夢吧。」

「好了，快吃飯吧。」瑪莉拉插話道，「安妮，我覺得妳不需要新衣服，但馬修為妳訂做了，我希望妳好好愛惜。瑞秋太太還給妳留下了一條棕色髮帶，和禮服正相配。快過來吃飯吧。」

「我好像已經不餓了。」安妮歡天喜地地說，「在這麼激動人心的時刻，早飯太枯燥平淡了，還不如欣賞禮服，秀色可餐。燈籠袖還很流行，謝天謝地！以前我想，要是在我穿上之前它就過時了，我怎麼受得了啊。林德太太還好心送我這條髮帶。此刻我真為自己不是模範女孩而羞愧。我一直決心做模範女孩，可是一遇到誘惑就堅持不住。我今後一定加倍努力。」

安妮在吃了枯燥平淡的早飯後，看到黛安娜身穿明豔的紅外套出現在白雪覆蓋的山谷獨木橋上，便飛奔到斜坡下去迎接她。

「聖誕快樂，黛安娜！哦，多美妙的耶誕節！我想讓妳看馬修送給我的絕美的禮服，袖子的樣式特別漂亮。我簡直想像不出會有比它更美的禮物！」

「說起禮物，這裡還有一個。」黛安娜說，「看這個盒子！約瑟芬姑婆寄來一個很大的包裹，裡面裝了好多東西。這個是給妳的。昨晚天黑後才送到的。我不敢在天黑後穿過『鬧鬼的森林』。」

安妮打開盒子，先看到的是一張賀卡，上面寫著「送給親愛的安妮——聖誕快樂！」，賀卡下面是一雙精緻小巧的舞鞋，足尖上綴著一串珠子，鞋面上裝飾著蝴蝶結和亮閃閃的釦子。

「啊，太漂亮了！黛安娜，簡直有點奢侈，人間怎麼會有這麼美麗的東西?!」

「簡直是天意，」黛安娜說，「這樣妳就不用借露比的舞鞋參加音樂會了。露比的鞋比妳的號碼大兩號呢。仙女拖著鞋走路多傻，準會讓喬西．派伊笑話的。」

耶誕節這天，艾凡里的學生們一整天都處於興奮狀態，把公民會堂布置好，又進行了最後一次彩排。音樂會在晚上正式舉行，大獲成功。小小的公民會堂裡座無虛席，參加演出的學生們個個表演出色，而安妮無疑是最耀眼的明星，這一點連嫉妒她的喬西．派伊都不得不承認。

音樂會結束後，安妮和黛安娜披著星輝走在回家的路上。

「噢，這難道不是大放異彩的夜晚嗎？」安妮激動地感歎。

「一切都進行得很順利，」黛安娜仍然講究實際，「我想演出大概籌到了十元錢。聽說，艾倫太太還要寫篇有關今晚音樂會的報導投到夏洛特敦的報社去呢。」

「哦，黛安娜，我們的名字真會被印在報紙上嗎？想到這，我都控制不住自己的激動心情了。妳的獨唱很出色。當觀眾請求妳再唱一首歌時，我比妳還自豪呢。我自言自語：『享受殊榮的是我的知心朋友』。」

「哪裡，妳的朗誦贏得了滿堂喝采。妳把悲慘的那一段朗誦得聲情並茂。」

「哦，黛安娜，我當時太緊張了。當艾倫太太報出我的名字時，我都不知道自己是怎麼上臺的，感覺千萬雙眼睛在注視我。在那緊張萬分的時刻，我差點忘詞，可是一想起身上漂亮的燈籠袖連衣裙，就有了勇氣，我得配得上它呀。我勉強開始朗誦了，聲音好像是從遙遠的地方傳來的，簡直像鸚鵡學舌。幸好我在閣樓裡練習了很多次，不然不可能順利朗誦完。妳覺得我把呻吟模仿得怎麼樣？」

「妙極了，真的，感動人心。我坐在觀眾席上還看見史隆太太擦眼淚呢。吉伯特·布萊斯也表演得很精彩。安妮，妳為什麼不能原諒他呢？妳不覺得妳太固執了嗎？妳聽我說下去。妳在演完《精靈女王》的對白後跑下臺，有一朵玫瑰花從妳的頭髮上掉下去了，我看見吉伯特把它撿起來放進他自己前胸的口袋裡。既然妳那麼愛浪漫，這次總開心了吧？」

「他做什麼對我來說毫無意義，」安妮昂起頭說，「我才不會為他浪費心思呢，黛安娜。」

瑪莉拉和馬修二十多年沒參加過音樂會了。那天晚上，在安妮睡下後，兩個人在廚房的火爐旁坐了好久。

「嗯，依我看，我們的安妮演得比誰都精彩。」馬修自豪地說。

「是的，演得是不錯。」瑪莉拉也深有同感，「她是個聰明孩子，相貌也俊俏。我一直反對這個音樂會的計畫，現在看來它有益無害。總之，我今天晚上也為安妮感到驕傲，但我沒想要告訴她。」

「嗯，我也為她感到驕傲，還在她上樓前對她說了。」馬修說，「我們得為她做些什麼，瑪莉拉。安妮上完艾凡里的學校，還需繼續深造。」

「考慮這事還有些早，她到三月才滿十三歲。不過，今晚我突然覺得她長大了許多。林德太太把連衣裙做得長了些，使她的個頭顯得高了。安妮聰明好學。我們將來送她上女王學院讀書，是能為她做的最好的事。當然，過一兩年再想也不遲。」

「嗯，經常想想也不錯，」馬修說，「這樣的事得多花點時間反覆考慮。」

第26章

故事俱樂部成立

艾凡里的少男少女們不甘心回到從前單調乏味的生活，尤其是安妮，她在過去的幾個星期裡沉醉於興奮和快樂，現在一切似乎都進入了可怕的平淡呆板的狀態。她還能回到音樂會之前的那些快樂的日子嗎？她最初幾乎不抱任何希望了。

「黛安娜，我敢肯定不會再回到舊日的好時光了。」安妮傷心地說，似乎在講述五十年前的時代。「也許過一段時間，我會慢慢習慣的。音樂會打亂了正常的生活，我想這也是瑪莉拉當初反對開音樂會的原因。她是一位非常理智的人。做一個理智的人要好得多，可我大概做不到，因為那太不浪漫。瑞秋太太也這麼說我，但誰能斷定呢？我現在覺得自己變得有些理智了，也許因為太累了。我昨天夜裡徹底失眠了，躺在床上睜著眼睛，一遍遍回憶音樂會的盛況。這種事情的美好之處在於它餘音繞梁。」

艾凡里的學生們回到了往日的安寧生活中，不過音樂會遺留了一些問題。比如，露比．吉利斯和艾瑪．懷特曾為演講的先後順序發生爭執，拒絕再坐同桌，也斷送了三年的同窗友誼；喬西．派伊和茱莉亞．貝爾互不理睬了整整三個月，因為喬西對貝茜．萊特說，茱莉亞在朗誦完站在舞臺上向觀眾謝幕時，活像一隻搖頭擺尾的小雞，而貝茜又把這話偷偷傳給了茱莉亞。另外，史隆兄弟和貝爾兄弟也鬧翻了臉。貝爾家的孩子們對史隆家的孩子們在演出中頻繁出場提出異議，但史隆家的反脣相稽說貝爾家的能力低下；查理．史隆和穆迪．史波根也大打出手，因為穆迪．史波根誹謗安妮．雪利的朗誦「裝腔作勢」，查理．史隆把他狠狠地收拾了一頓，為此，穆迪．史波根的妹妹艾拉．梅在餘下的冬日裡再沒和安妮說過一句話。儘管出現了這些瑣碎的糾紛，但史黛絲老師的「小王國」仍然井然有序地運轉著。

冬季的幾個星期悄悄溜走了。這是個不尋常的暖冬，幾乎沒有下雪，因此安妮和黛安娜還能走「白樺小路」去上學。在安妮過生日那天，兩人邁著輕盈的腳步徜徉在小路上，一邊閒聊，一邊觀察四周的景色。史黛絲老師要求以〈冬日裡的林中漫步〉為題寫一篇作文，所以她們處處留心留意。

「想想吧，黛安娜，我今天滿十三歲了。」安妮驚歎道，「我有些恐懼地意識到，自己變成了一名少女，但我還說不清做少女的感覺。今天早晨醒來時，我心裡就在想，難道萬事都和從前不同嗎？妳一個月前就滿十三歲了，也許已沒有新鮮感，但我覺得生活更有趣了。再過兩年，我就長大成人，即使再說長句子也不會遭人笑話，真的十分嚮往。」

「露比．吉利斯說她渴望在十五歲時就有一個情人。」

「露比．吉利斯滿腦子裡都是情人。」安妮輕蔑地說，「當她的名字被寫在走廊的『注意欄』上時，她裝出一副氣憤的樣子，其實開心得很。噢，我又在說刻薄話了，艾倫太太提醒過的，但我一不小心就會犯錯。我要以艾倫太太為榜樣。她總是那麼完美無瑕，牧師似乎也這麼想。林德太太說，牧師甚至連自己太太走過的路都愛慕，一個牧師不該對一個凡人痴迷到這種地步。但牧師也是人，也會因為受到誘惑而犯錯。上星期日下午，我和艾倫太太就犯錯的問題展開了非常有趣的討論。適合星期日討論的話題不多，這是其中一個。我容易犯的錯是常做白日夢而忘記該做的事情，但我一直努力改正。我滿十三歲了，也許會進步得更快些。」

「再過四年，我就能盤頭髮了，」黛安娜說，「愛麗絲．貝爾只有十六歲就把頭髮盤了起來。我覺得有些荒唐可笑，我要等到十七歲時再盤。」

「我要是長一隻像愛麗絲．貝爾那樣的鷹鉤鼻，就不會盤頭。」安妮直截了當地說，「哦，我又說刻薄話了，必須停止。以前別人誇過我的鼻子，我就拿它和別人的鼻子比較，這是虛榮心的表現。不過一想起別人的誇獎，心裡總是很舒服。啊，黛安娜，快看，那邊有隻小兔子！把牠寫進作文裡吧。冬天的樹林和夏天的一樣美，雪白、安靜，所有的樹彷彿都在酣睡，做著香甜的夢。」

「我倒不擔心這篇寫樹林的作文，可是星期一要交的那篇太難了。」黛安娜歎著氣說，「史黛絲老師怎麼要求我們編故事呢？」

「那還不容易，一眨眼就編好了。」

「對妳是不難，妳有豐富的想像力。」黛安娜說，「像我這樣天生缺乏想像力的該怎麼辦呢？妳是不是都寫好了？」

安妮點點頭，抑制不住神情中的得意。

「上星期一晚上就寫好了，題目叫〈情敵〉或〈至死不分離〉。我給瑪莉拉讀了，她說那純屬胡編亂造。後來我又給馬修讀了，馬修說寫得不錯，我還是喜歡像馬修這樣的『評論家』。這是一個哀傷動人的愛情故事。我一邊寫，一邊像小孩子似的哭了起來。我講的是美貌少女寇蒂莉亞．蒙莫朗西和潔拉汀．西摩的故事。她們住在同一個村裡，情同姊妹。寇蒂莉亞端莊美麗，皮膚黝黑，烏髮如瀑，黑眼睛明亮；潔拉汀天生一頭金髮，紫色的眼睛像天鵝絨般沉靜溫柔。」

「我從沒見過長紫色眼睛的人。」黛安娜將信將疑。

「我也沒見過。那是我想像出來的，為了與眾不同。潔拉汀還有雪花石膏般的額頭。我終於弄明白什麼是雪花石膏般的額頭。這是滿十三歲的好處，妳比十二歲時懂得更多了。」

「那兩位少女後來怎麼樣了？」黛安娜問，對她們的命運產生了興趣。

「兩個人十六歲了，依然要好，而且都出落得愈來愈美。一位名叫伯特倫·德維爾的青年來到了村裡，愛上了金髮的潔拉汀。有一次，潔拉汀坐在馬車裡，馬突然受驚狂奔起來，恰巧被伯特倫遇上了。伯特倫奮不顧身地攔住驚馬，救下了潔拉汀的性命。他抱著不省人事的夢中情人走了足足三英里，把她送回家，因為馬車全毀了。我在寫求婚的情節時被難住了，因為幾乎沒有經驗可供參考。我問了露比·吉利斯，因為她的好幾個姊姊都結婚了，我想她在這方面可能是個權威。露比說，在麥爾坎·安德烈斯向她姊姊蘇珊求婚時，她躲在門廳旁的儲藏室裡偷聽。麥爾坎對蘇珊說，他父親已經把家族的農莊轉到他名下了，今年秋天就把婚事辦了吧，妳看怎麼樣？蘇珊回答，好……不，讓我考慮考慮。不久，兩人就訂了婚。這樣的求婚實在太不浪漫了。後來我全憑自己的想像，把故事中的求婚情節設計得既精彩又富有詩意。我讓伯特倫下跪求婚，雖然露比·吉利斯說最近不流行下跪求婚了；還給潔拉汀安排了接受求婚時的一大段獨白，寫下來整整一頁。實話說，我為寫獨白絞盡腦汁，前後改了五遍，那簡直可以說是我的傑作。

伯特倫送給潔拉汀一枚鑽戒和一條紅寶石項鍊，還打算帶她去歐洲度蜜月，因為他非常富裕闊綽，但天不遂人意，寇蒂莉亞給兩人的美好生活蒙上了一層陰影。原來寇蒂莉亞偷偷地愛上了伯特倫，當她聽到潔拉汀和伯特倫訂婚的消息，立即暴跳如雷，尤其在看到鑽戒和項鍊後更是怒火沖天，把自己對潔拉汀的友情全轉換成了刻骨仇恨。她暗自發下毒誓，決不讓潔拉汀和伯特倫結婚，不過，她在表面上還若無其事，與潔拉汀友好相處。有一天晚上，兩位少女站在一座橋上聊天，橋下的河流湍急洶湧。寇蒂莉亞以為周圍沒有別人，突然把潔拉汀推下了河，看著自己的朋友被河水沖走，她神經錯亂了似的獰笑起來。但伯特倫看到了這一情景，悲痛地高喊著『親愛的潔拉汀，我來救妳！』便跳進了急流中，竟完全忘記自己不會游泳，結果他和潔拉汀緊緊擁抱在一起，被河流吞沒了。後來，兩個人的屍體被沖到岸上，被人們葬進了同一座墳墓裡。葬禮肅穆而莊嚴，催人淚下。黛安娜，以葬禮做結尾比婚禮更浪漫。寇蒂莉亞追悔莫及，最後神經錯亂了，被關進了瘋人院。我覺得那是對她的一種富於詩意的懲罰。」

「太精彩了！」黛安娜感歎道。她和馬修屬於同一個類型的「評論家」，「我怎麼編不出這麼引人入勝的故事，安妮！我要是有妳那樣的想像力該多好。」

「只要用心培養，妳的想像力也會豐富起來的。」安妮鼓勵道，「黛安娜，我想到了一個好主意。我們創立一個故事俱樂部吧。我幫助妳練習寫故事，直到妳能獨立寫為止。妳必須培養妳的想像力，史黛絲小姐也這麼說，只要我們用正確的方法。我和她說過『鬧鬼的森林』，她說我們對想像力做了不適當的發揮。」

故事俱樂部就這樣成立了。開始時只有安妮和黛安娜兩位成員，很快簡．安德魯斯和露比．吉利斯，還有另外兩個希望培養想像力的女孩子也加入了。俱樂部不吸收男生，儘管吉伯特提出異議，認為男生會使俱樂部變得更活躍。俱樂部規定每位成員每星期必須提交一篇作品。

「真太有趣了，」安妮向瑪莉拉介紹說，「每人先朗讀自己的作品，然後大家一起評論。我們準備把自己寫的故事珍藏起來，將來念給孩子們聽。每個人都用筆名寫作。我的筆名叫做羅莎蒙德．蒙莫朗西。大家都很努力。露比過於多愁善感，在自己的故事裡參雜了太多的情愛描寫。妳知道寫得氾濫不如寫得少。簡恰恰相反，她寫的都是正統故事，從來不涉及情愛。她說要是寫了，朗讀時會覺得特別尷尬。黛安娜的故事裡有太多的凶殺，因為她主要不知道怎麼處理那些出場人物，總嫌太麻煩，還不如把他們殺掉了事。該寫什麼故事都是我給她們出主意。這倒不難，因為我的腦子裡裝著千百萬個主意。」

「我認為這個寫故事的主意無聊透了，」瑪莉拉輕視地說，「整天尋思那些亂七八糟的東西，浪費了學習的時間。讀故事夠糟糕了，寫故事就更荒唐。」

「我們寫故事時也不忘道德理念，瑪莉拉，我堅持這一點，好人必有好報，惡人必有惡報，而且我相信這會對每個人有益。道德是偉大的。牧師艾倫先生就是這麼說的。我給他和艾倫太太讀了我寫的一個故事，他們一致認為故事的道德理念是出色的，但在不該笑的時候都笑了。我更喜歡我寫的催人淚下的情節。悲傷的情節一出現，簡和露比一般都會傷心落淚。黛安娜在給約瑟芬姑婆的信中提到了故事俱樂部。約瑟芬姑婆回信說，希望能讀到我們寫的故事。我們挑選了最精彩的四篇，還整齊地謄寫好，寄給了她。約瑟芬姑婆回信說，她還從沒讀過這麼好笑的作品。我們都覺得很奇怪，因為我們的故事非常悲傷，出場人物幾乎都死掉了。不過，我很高興能讓她開心。故事俱樂部算是為社會做了一些有益的事情。艾倫太太常對我們說，做每件事都該力求對社會有益。我真心朝這個方向努力，但一玩起來就忘乎所以。我長大以後，想成為像艾倫太太那樣的人，妳說有可能嗎？」

「可能性不大。」瑪莉拉答道。她覺得只有這樣回答才能更好地鞭策安妮，「艾倫太太不像妳這麼糊塗、健忘。」

「不對，她也不是從小就完美無缺的，」安妮認真地說，「這是她自己說的。她小時候很淘氣，總惹亂子。我聽後很受鼓舞。瑪莉拉，這是不是說明我很惡劣呢？林德太太說這樣不好。每當她聽說誰曾是個壞孩子，就感到震驚。以前有個牧師跟她懺悔，他小時候從姑媽家的貯藏室裡偷過草莓餡餅，從此永遠失去了她的尊敬。但我認為他勇於懺悔證明了他的高尚。如果現在的男孩子們想悔過自新，他們聽說了這個故事，就會對自己長大後成為牧師抱有希望，這樣一來，不就成為一種鼓舞了嗎？這是我的想法，瑪莉拉。」

「我此刻的想法是，安妮，」瑪莉拉說，「妳早該把盤子洗完了。妳嘰嘰喳喳說了一大堆，多花了半小時時間。妳應該遵守一個原則：工作第一，說話其次。」

第27章

虛榮心和精神苦惱

四月末的一個傍晚，瑪莉拉從婦女協會開完會，在回家路上感受到冬去春來的喜悅。春天給艾凡里所有的人，不論年老愁苦的還是年少快活的，都帶來同樣的喜悅。瑪莉拉沒去分析自己心中的感受，腦子裡想著婦女協會、教會募捐，還有給教堂法醫室換地毯等，但在無意中體會到一種精神安寧。她注意到在夕暉下的紅色田野泛起淡紫色的輕霧；在小溪後面的牧場上，冷杉的樹梢投下長長的暗影；楓樹靜立在如鏡子般的水池周圍，已冒出鮮紅的嫩芽；在草下潛藏著生命的甦醒和萌動。春天蒞臨大地。因為喜悅，她的步伐變得輕快了。

瑪莉拉用深情的目光隔著密集的樹叢眺望綠山牆農舍，夕陽在窗玻璃上反射出耀眼的光芒。她在收養安妮之前，每次開會回來等著她的只有冷清清的廚房，可今非昔比，她將看到爐子裡熊熊燃燒的火焰，桌子上擺放著整齊的茶點……想到這些，幸福感便油然而生。但這一天她大失所望。她吩咐過安妮在五點前做好茶點，但爐內一片黑寂，根本不見安妮的蹤影。她只好換下身上次好的衣服，自己動手，趕在馬修耕田回來前準備好茶點。

「等安妮回來我非得狠狠地教訓她。」瑪莉拉怒容滿面，過分用力地拿刀劈柴，發洩心中的怨氣。馬修剛從田裡回來，坐在往常的座位上，安靜耐心地等著喝茶。

「安妮要麼和黛安娜一起去編故事、練習劇本對話了，要麼去閒逛、做些無聊的事了，把我的吩咐忘得精光。這孩子不能再這樣下去了。艾倫太太說安妮是她見過的最聰明、最可愛的孩子，我可不聽這一套。安妮也許算是聰明可愛，但如果她整天只想著無聊的事，以後還不知道會惹出什麼亂子呢。今天在婦女協會開會時，林德太太就這麼說過，我聽了很生氣。艾倫太太立即就為安妮辯解，不然我會在眾人面前駁斥林德太太。我不否認安妮有不少缺點，但負責教育她的是我，而不是林德太太。要是加百列天使住在艾凡里，她也會挑出他的毛病。今天我讓安妮留在家裡做家務，她就沒有權利離開。她以前只是缺點多，現在我發現她還不服從命令，不太值得信任，這太讓我失望了。」

「嗯，這個，我不能肯定，」馬修雖然肚子餓，但仍有耐性，人也明智。根據以往的經驗，先讓瑪莉拉發洩完怒氣總是上策，「妳的結論可能下得太早了，還是先搞清楚真相吧。也許是可以解釋清楚的，安妮善於解釋。」

「我叫她待在家裡，她卻跑出去，」瑪莉拉反駁道，「我想她很難解釋清楚。我早知道你會站在她的立場上，馬修，但教育她是我的責任，不是你的。」

瑪莉拉把晚餐做好時，天已經完全黑了，仍不見安妮的蹤影。按照慣例，在這個時候安妮總會穿越「獨木橋」或「戀人小徑」，氣喘吁吁地跑回來，為自己忽略家務而悔恨。瑪莉拉臉色陰沉地把盤子洗好後，準備去地下室取東西，她需要一支蠟燭，就上樓到東山牆的房間裡去拿，因為蠟燭通常放在安妮的桌子上。她在黑暗中點上蠟燭，轉身間突然發現安妮趴在床上，臉埋在枕頭裡。

「天哪，怎麼回事？」瑪莉拉嚇了一跳，「妳一直在睡覺嗎，安妮？」

「沒有。」安妮鬱悶地回答。

「妳病了嗎？」瑪莉拉來到床邊關切地詢問。

安妮把臉埋得更深了，似乎永遠不想再見人。

「沒有，不過求妳離開吧，瑪莉拉，不要看我。我完全陷入了絕望的深淵。我已經不在乎誰在班上名列前茅，誰寫作文最好，誰參加主日學校的合唱隊了。我不能出門了，我的人生到了盡頭。瑪莉拉，請離開吧，別再看我。」

「胡說什麼？」瑪莉拉莫名其妙，「安妮．雪利，到底是怎麼回事？妳做了什麼事？

馬上起床說清楚，馬上！」

安妮順從地下了床，神情絕望。

「瑪莉拉，妳看我的頭髮。」她小聲地說。

瑪莉拉舉起蠟燭，仔細地看了看安妮腦後那一堆散亂的濃髮。

「安妮，這是怎麼回事？妳的頭髮怎麼變成了綠色的？」

要是世界上存在這種顏色，姑且稱它綠色吧，銅鏽般毫無光澤。綠髮間夾雜著一縷一縷天生的紅髮，更添恐怖效果。瑪莉拉這輩子從沒見過這麼稀奇古怪的東西。

「是，是綠色的。」安妮嗚咽，「我原以為天底下紅頭髮最醜，沒想到綠頭髮比紅頭髮醜十倍。哦，瑪莉拉，妳不知道我的終極厄運。」

「我不知道妳是怎麼落到這一步的，但我想聽妳講清楚。這裡太冷了，馬上下樓到廚房去。這兩個月妳沒惹什麼亂子我就有預感了。妳頭髮到底是怎麼了？」

「我染了頭髮。」

「染了？染頭髮？安妮．雪利，妳不知道這麼做是邪惡的嗎？」

「我知道。我認真地考慮過了，要是能去掉紅顏色，做一點小小的邪惡事也值得。瑪莉拉，我是想努力在別的方面做模範來贖罪的。」

「好吧，」瑪莉拉譏諷道，「如果我要染髮，也會選個正經的顏色，絕不會挑綠色。」

「我沒想染成綠色呀。」安妮萬分沮喪辯解道，「我就算要做一點邪惡的事，也會有具體目標。他向我保證，會讓我的頭髮變成美麗的烏黑色。我怎麼會懷疑呢？我知道被人懷疑是什麼感覺。艾倫太太說過，有真憑實據才可以懷疑別人，否則就應該採取信任的態度。現在我有真憑實據了，我的頭髮變成了綠色！不過當初我沒有，就輕信了他。」

「他是誰？」

「下午來這裡的一個小販，我是從他手上買的染料。」

「安妮，我跟妳說過多少次了，不許讓義大利商人隨便進家門，那很危險。我信不過他們。」

「我牢記妳的話，沒讓他進門。我走出去，還把門小心地關好，在門口的臺階上看他的貨。再說他不是義大利人，而是德國猶太人。在他的大箱子裡裝滿了很多有趣的東西。他拚命工作，是為了能賺夠錢把太太和孩子從德國接來。他說這話的時候飽含感情，打動了我。因此我想買他的東西，幫他實現這個有意義的目標。就在那一刻，我看到了一瓶染髮劑。他說，它會把頭髮變成美麗的烏黑色，而且永不褪色。我似乎看到了自己美麗的黑頭髮，實在抵抗不了那種誘惑。那瓶染髮劑要價七十五分，而我只有五十分。好心腸的小販把它虧本賣給了我。他走後，我立即回到了廚房，按說明書說的，用舊髮刷染髮，把一整瓶染髮劑都用光了。哦，瑪莉拉，我照鏡子時就看到了這種可怕的顏色，我對自己的邪惡行為悔恨萬分，一直到現在還後悔不止呢。」

「但願妳能深刻地反省，」瑪莉拉生氣地說，「這就是虛榮心的報應，妳應該能牢記吧？安妮，天知道該怎麼辦。妳先把頭髮好好洗一洗，看能不能洗掉。」

安妮立即去洗頭髮，用肥皂和水用力地反覆搓洗，但仍不見任何效果，看來，染髮劑永不褪色倒是真話，但小販的其他話大可懷疑。

「哦，瑪莉拉，我怎麼辦啊？」安妮開始哭訴，「大家把我以前做的錯事漸漸淡忘了，比如在蛋糕裡放止痛劑、灌醉黛安娜、衝瑞秋太太大發脾氣等，但他們絕不會忘記今天的這件事，會認定我不值得尊重。哦，瑪莉拉，『我們第一次欺騙人，無異於編織了一張糾纏不清的網』，這是一句詩，說的是事實。還有，要是喬西．派伊見到我這副模樣非笑話我不可。瑪莉拉，我沒臉見她了。我是整座愛德華王子島上最不幸的女孩。」

安妮的不幸在後來的整整一個星期裡都在持續。她閉門不出，每天拚命洗頭髮。外人只有黛安娜知道這個可怕的祕密。黛安娜發誓絕對保密，事實證明她恪守了諾言。到了週末，瑪莉拉斬釘截鐵地說：「安妮，我還從沒見過這麼強的染髮劑，再怎麼洗也沒用。只能把妳的頭髮都剪了，妳這副樣子不能出門見人。」安妮嘴唇顫抖了，但清楚瑪莉拉的決定符合苦澀的現實，於是哀歎一聲，去拿剪刀了。

「瑪莉拉，把它『咔嚓咔嚓』都剪掉吧，一了百了。我完全心碎了。這真是毫無浪漫色彩的磨難。書中的女孩子有的因為生病剪頭髮，有的出於高尚的目的剪頭髮賣錢。如果我的目的有她們的一半高尚，我也能承受。如果對別人說是因為染壞了才剪的，真是無聊。瑪莉拉，在妳剪的時候請允許我哭好嗎？這對我來說實在是一場悲劇。」

於是伴隨著安妮的哭聲，她的頭髮紛紛落地。她上樓去照鏡子，表現出絕望的平靜。瑪莉拉毫不含糊，把她的頭髮貼著頭皮幾乎全剪掉了。安妮把鏡面翻轉過去。

「頭髮不長出來我就決不再照鏡子啦！」安妮激憤地嚷道。

隨後，她又把鏡子翻了過來。「我還要照！做了錯事就要承認。每天都該照，看自己多醜陋，還不可以用任何想像來遮掩。我以前的頭髮是紅色的，但既濃密又彎曲，我該感到驕傲的。我為自己的鼻子感到驕傲，看來下次鼻子也會出麻煩的。」

星期一，安妮的光頭在學校裡立即引起了一陣轟動，但沒人知道她剃髮的原因，連喬西．派伊也猜不出來。喬西說安妮像一個稻草人。

「我忍住了，對喬西什麼也沒說。」當天晚上，安妮向瑪莉拉透露。瑪莉拉剛犯過頭痛，正躺在沙發上休息。

「這是對我的懲罰的一部分，我必須忍受。被她叫成稻草人當然很恥辱，但我只是輕蔑地看了她一眼就寬恕她了。寬恕別人，心靈上會感到快樂。我從今以後要力爭做個好人，而不是美人。做一個好人比做一個美人更有意義，我懂這道理，但篤信還比較難。我長大後，也要成為像妳、艾倫太太和史黛絲老師一樣的好人，為妳爭光。黛安娜說，等我的頭髮長出來些就紮上黑天鵝絨的髮帶，在兩側打上蝴蝶結，那會很適合我的氣質。我管它叫束髮帶，聽起來夠浪漫吧？瑪莉拉，我又說得太多了吧？妳的頭還痛嗎？」

「好多了，不過今天下午痛得很厲害。我的這個頭痛病好像愈來愈嚴重了，我得去看醫生。我對妳剛才說的那一大堆話倒不在意，我已經習慣了。」

這是瑪莉拉的說法。言下之意，她漸漸地喜歡上了安妮滔滔不絕的話語。

第28章

蒙難的百合少女

「當然要讓妳來扮演伊蓮了，安妮，」黛安娜說，「我不敢躺在小船裡在水上漂浮。」

「我也不敢，」露比．吉利斯打了個寒顫，「如果我們幾個人一起穩穩當當地坐進平底船順著水往下漂，我還能接受，要我一個人躺在船裡裝死人，我會先被嚇死的。」

「那其實挺浪漫的。」簡．安德魯斯說，「但我做不到紋絲不動，總要起身看船漂到哪裡了。安妮，妳知道那樣就會影響效果。」

「誰聽說過紅頭髮的伊蓮啊？」安妮鬱悶地說，「我不怕躺在小船漂浮，也想扮演伊蓮，可是那太荒唐可笑了，還是讓露比演吧。她皮膚細白，一頭金髮又長又漂亮，伊蓮不是『金髮飄逸如瀑』嗎？伊蓮是白百合少女，不適合讓紅頭髮的人扮演。」

「妳的皮膚也和露比的一樣細白，」黛安娜熱切地說，「再說，妳的頭髮顏色比剪掉前深多了。」

「真的嗎？」安妮脫口大聲問道，臉頰上泛起興奮的紅暈，「我有時心裡也這麼想，但不敢問別人，生怕被別人否定。黛安娜，妳覺得我現在頭髮的顏色算不算栗色呢？」

「差不多，我看美極了。」黛安娜說，認真地打量。安妮的一頭鬈曲短髮光亮如絲，紮著時尚的黑天鵝絨髮帶，髮帶兩邊還打著蝴蝶結呢。

此時，四個女孩正站在果園坡下的湖畔。湖上的一個小小岬灣被白樺樹環繞，盡頭是一座伸入水中的木臺，供垂釣者或捕鴨者使用。露比、簡、黛安娜在盛夏午後常到這裡玩，後來安妮也加入了。

安妮和黛安娜在小湖邊度過了今夏的大部分時光。「悠閒曠野」牧場已成往事，因為貝爾先生在春天裡無情地砍光了那裡的小樹林。當時安妮坐在殘餘的小樹樁上傷心地流過淚呢，還覺得自己的舉動頗有浪漫色彩，不過她很快就忘記了。就像她和黛安娜所說的，她們過十三歲了，快十四歲了，誰還會玩「遊戲屋」這種小孩子的遊戲呢？再說，在小湖周圍的活動更有趣，站在橋上釣魚也很愜意。她們倆還坐進貝瑞家捕鴨子用的平底小船裡學會了划槳，在湖上四處漂遊。

排演伊蓮的主意是安妮出的。前一年冬天她們在學校裡讀過丁尼生的詩歌，因為教育部長把它們列入了愛德華王子島學校的英語課本。老師詳細地講解過，還分析了語法，似乎把它們分割成零散的碎片而丟棄了詩中的涵義，但學生們感覺自己和其中一些栩栩如生的人物更貼近，比如金髮的百合少女、騎士蘭斯洛特、王妃吉尼維爾還有亞瑟王。安妮曾為自己沒有出生在卡美洛而暗自惋惜，因為那個時代比當代更浪漫。

安妮的建議得到了幾個女孩子的熱烈回應。如果她們把平底船從船埠推出去，小船就會順水漂過橋下，然後擱淺在下游轉彎處的另一個岬灣上。這條路線很適合排演伊蓮的戲。

「好吧，我來扮演伊蓮。」安妮勉強答應了。雖然心底對扮演主角念念不忘，但藝術要求出演者具備各種條件，她自知並不適合。

「露比演亞瑟王，簡演吉尼維爾，黛安娜演蘭斯洛特，但開始時妳們倆得先演伊蓮的兄弟和父親。小船只能載一個人，就不需要啞巴隨從了。我們要把墨黑的織錦鋪到船艙裡。黛安娜，妳媽媽的那條黑色的舊披巾正好派上用場。」

黛安娜拿來了披巾，安妮把它平鋪在船艙裡，然後躺在上邊，閉上雙眼，還把兩手放到了胸前。

「哦，她真像死人一樣。」露比惴惴不安地說。

安妮蒼白的小臉紋絲不動，只有白樺樹枝的影子在上面搖曳。

「我害怕極了。妳們覺得我們這麼做合適嗎？瑞秋太太會說演戲是邪惡的行為。」

「露比，妳不該提到瑞秋太太，」安妮聲調嚴厲地制止，「會破壞效果的。我們演的是她出生前幾百年的事。簡，妳來導演吧。伊蓮已經死了，是不能說話的，不然就成不合理的怪事了。」

於是簡挺身而出主持局面。她們沒有鑲金布做被單，就用一個舊的日本黃綢鋼琴罩代替；這個季節沒有百合，她們就摘來一枝長莖的藍色鳶尾花，也能產生不俗的效果。

「都準備好了！」簡說，「我們來親吻伊蓮靜止的額頭。黛安娜該說『妹妹，永別了』，露比說，『永別了，我可憐的妹妹』，妳們要盡量表現出悲痛來。安妮，看在上帝的分上，妳得帶點微笑，伊蓮此時是『靜臥，微露笑容』。好啦，把小船推出去吧。」

三個女孩把小船推了出去。小船重重地撞了一下埋在湖邊的一截尖樹樁，隨後就順水漂走了。她們目送著小船向橋邊漂去，隨後立即向樹林跑去。在戲中，蘭斯洛特、吉尼維爾和亞瑟王等人要到下游的岬灣上迎接百合少女。

安妮在小船緩緩向下游漂流的最初幾分鐘內，享受著浪漫的氛圍，但好景不長，不浪漫的事隨即發生，小船突然漏水了。「伊蓮」一抓起鑲金的被單和墨黑的披巾站起來，茫然地盯著船底的一條大裂縫，水從那裡汩汩灌進來。原來剛才小船撞到尖木樁時，船底板被撞裂了。安妮並沒有注意到，此時才看清了自己面臨的險境。小船在沒漂到下游的岬灣前就會灌滿水沉沒。而船槳呢？被忘在身後的湖畔上。她大驚失色地尖叫一聲，可是四周無人傾聽。她嚇得嘴唇煞白，但沒有完全手忙腳亂，也許還有獲救的機會。

「當時我嚇壞了！」第二天她對艾倫太太這樣描述，「小船順著水流往橋邊漂，船艙裡水不斷地向上冒，那一刻簡直長過幾年。我虔誠地向上帝祈禱，不過我沒閉眼睛。上帝拯救我的辦法只有一個，使小船漂近橋樁，我就可以跳過去抓住木樁。妳知道，那些木樁都是些老樹幹，上面有好多枝杈。我反覆祈禱著：『上帝呀，請把小船推近木樁吧，到時我會自救。』在那種時候我想不出優美動聽的言詞，但我的祈禱得到了回應。小船很快撞到了橋下的一個木樁上，停了下來。我立即把披巾和鋼琴罩披在身上，承蒙上帝保佑，我跳過去抓住了木樁。我人吊在木樁上，不由自主地慢慢下滑，只好用手緊緊地抓住，那種尷尬處境與浪漫的劇情大相逕庭，但我早把浪漫拋到腦後了，只求不要落水淹死。我繼續祈禱，因為我知道要想回到陸地上，還必須等人來救我。」

小船獨自漂流而去，在下游附近沉進了水裡。三個女孩子正在下游的岬灣上等候，目睹此景，發出恐懼的驚呼，以為安妮葬身水底了。她們全身像凍僵一般，臉色霎時變得慘白，被這場悲劇嚇得魂飛魄散。過了一會兒，她們終於清醒過來，呼喊著向樹林拚命跑去，橫穿過街道，根本沒想到要去木橋附近尋找安妮。

安妮處於異常危險的境地，必須緊緊抓住木樁不鬆手。她看到露比三人奔跑的身影，心想她們會來救自己，就咬著牙堅持。這位不幸的百合少女一分一秒地數著時間，度日如年。「她們怎麼還不來呢？跑到哪裡去了？也許三人都嚇暈了，沒有一個人保持頭腦清醒嗎？也許永遠不會有人來救我了；也許我手腳僵硬，精疲力盡，再也抓不住了。」安妮俯視腳下，看到一片綠色的深淵，上面搖晃著細長的猙獰的樹影，不由得全身顫抖，想像著最可怕的結局。

就在安妮感覺手臂和手腕疼痛難忍再也堅持不住的危急關頭，吉伯特．布萊斯划著安德魯斯家的小漁船從橋下出現了！他朝上望了一眼，突然撞見安妮的一張蒼白的小臉，大吃一驚。安妮的神情不無孤傲，但俯視他的一雙大眼睛充滿驚恐。

「安妮．雪利！妳怎麼會在那裡？」他大聲問道，沒等對方回答，就飛快地把小船划到橋樁旁，向她伸出手去。安妮沒有任何選擇的餘地，只好抓緊他的手，從木樁上滑下來，跌進了船裡。她兩手抱著濕淋淋的披巾和鋼琴罩在船尾氣呼呼地坐下來。在這種尷尬的情境下，很難保持往日的傲氣。

「怎麼回事？安妮！」吉伯特拿起了船槳問。

「我在扮演伊蓮。」安妮冷冷地回答，並不看自己的救命恩人。「我坐在小船裡，要順水漂到卡美洛去，結果小船漏水了，我就爬到了橋樁上，等黛安娜她們幾個人來救我。請你把我送到岸上，好嗎？」

吉伯特熱情地把小船划到了岸邊。安妮不再要他的協助，自己敏捷地跳到岸上。「我對你的幫助很感激。」安妮轉身時傲慢地說。這時吉伯特也從船上跳下來，緊緊抓住了她的手臂。

「安妮！」他急促地叫道，「妳聽我說，我們不能成為好朋友嗎？以前我嘲笑過妳的頭髮，非常對不起。我不是存心要惹妳生氣，不過是想開個玩笑，再說那是很久以前的事了。我覺妳的頭髮現在變得很美了，真的。我們做朋友吧。」

安妮猶豫了片刻。此時從他那雙褐色的眼中流露出的半熱切半羞澀的神情十分動人，一股奇妙的感覺在她心中初次覺醒，令她心跳如興奮的鼓點，但這種感覺很快被舊日怨恨的痛苦回憶遮蔽了，她開始動搖的決心又堅定起來。兩年前的一幕彷彿發生在昨天一樣清晰。吉伯特叫她「紅蘿蔔」，讓她在全班面前丟盡臉面。局外人或年長的人或許認為她的怨恨跟起因一樣可笑，但她的怨恨隨著時間的流逝絲毫也沒有減弱。她痛恨吉伯特，發誓永遠也不原諒他。

「不！」安妮冷冰冰地回答，「我永遠不會做你的朋友，吉伯特．布萊斯，我不願意！」

「好吧！」吉伯特氣得滿臉通紅，跳上小船，「我再也不會請妳做我的朋友了，安妮．雪利。我無所謂！」

他怒氣沖沖地抓起船槳，拚命划著船離開了。安妮爬上斜坡，踏上了被楓樹覆蓋、長滿繁茂羊齒草的小路，高昂著頭，心中卻生出懊悔之情。她真希望自己給吉伯特的是另外一種回答。他的確傷害過她，但畢竟……她真想坐下來痛哭一場。她心緒煩亂，也許是驚嚇和攀附木樁引起的反應。

安妮在半路上遇見了簡和黛安娜。她們正發瘋似的向湖邊跑來。她們在果園坡找不到任何一個人，貝瑞夫婦都出門了。這時露比因為驚嚇而歇斯底里發作起來，她們只好丟下露比，讓她慢慢恢復理智。兩人穿過「鬧鬼的樹林」，穿過小溪，跑到了綠山牆農舍。在那裡也不見一個人影。瑪莉拉去卡莫迪了，馬修正在後邊田地裡晒乾草。

「哦！安妮！」黛安娜上氣不接下氣，撲過來摟住安妮的脖子久久不放，如釋重負，高興得哭起來，「哦，安妮，我們還以為……妳被……淹死了，覺得是我們害死了妳……是我們強迫妳扮演伊蓮的。露比的歇斯底里又發作了。噢，安妮，妳是怎麼脫險的？」

「我爬到了木樁上，」安妮疲倦地說，「後來，吉伯特划著安德魯斯先生的小船從旁邊經過，把我送回到岸上。」

「噢！安妮，瞧他多了不起呀！哎，多浪漫呀！」簡終於喘過氣來開口說話了，「妳以後肯定會和吉伯特說話吧。」

「不！當然不會！」安妮回答得直截了當，立即恢復了從前的倔強，「簡‧安德魯斯，我不想再聽到『浪漫』這個詞。我把妳們嚇成這樣，真對不起。我一定是在災星下出生的，總給我的好朋友惹禍。黛安娜，我把妳爸爸的船也弄沉了。我有預感，大人們今後會禁止我們在湖裡划船。」

安妮的預感在平時並不可靠，不過這回卻十分靈驗。落水事件在貝瑞家和卡斯伯特家傳開後，引起了極大驚慌。

「妳到什麼時候才能懂事呀？」瑪莉拉問。

「哦，我想我會的，瑪莉拉，」安妮樂觀地回答。她獨自一人在東山牆的房間裡痛哭了一場，安定了心神，渴望恢復歡快的心情，「我認為我現在更有希望成為一個理智的人了。」

「為什麼？」

「是這樣的。」安妮解釋道，「我今天汲取了一次有價值的新教訓。自從我來到綠山牆農舍，就不停地犯錯，但每犯一個錯就治好我的一個嚴重缺點。『紫水晶胸針事件』使我改掉了亂動別人的東西的毛病；『鬧鬼的森林』事件教育我不可以放縱想像；把止痛藥放進蛋糕裡，使我懂得做飯時必須集中注意力；染頭髮的蠢事治好了我的虛榮心，我再不多想頭髮和鼻子的事了……只偶爾想一想。今天的事件糾正了我過於追求浪漫的缺點。現在我懂了，在艾凡里尋找浪漫有害無益，因為無人欣賞，到幾百年前城堡聳立的卡美洛去尋找也許還有點意義。我敢保證，妳會發現我在這方面將有很大的進步，瑪莉拉。」

「但願如此。」瑪莉拉說，語氣裡持有懷疑態度。

瑪莉拉起身離開了。馬修一直默默地坐在角落裡，這時把手放到了安妮的肩膀上。

「別把妳的浪漫全丟掉，安妮。」馬修怯怯地低聲說，「保留浪漫是好事呀……當然別太多了，得稍稍留點兒，稍稍留點兒。」

第29章 難忘的經歷

九月裡的一個黃昏，安妮趕著牛群，沿著「戀人小徑」從牧場回家。紅寶石色的晚霞灑滿林間空地和樹隙，但在楓樹下已是陰影重重。紫色的薄霧繚繞在冷杉，像漂浮的葡萄酒般清澄。晚風拂過樹梢，奏出無比優美的音樂。

牛群悠然地踱著小步，安妮恍惚地跟在後面，即興吟誦起戰爭長詩〈馬密翁〉中的一節。這首詩是她去年冬天在英語課上學的，史黛絲老師還要求全體同學背誦過。詩中急行的隊伍和長矛利劍碰撞的韻律令她陶醉。當吟誦到「不屈的長矛手們，即使在陰暗恐怖的森林面前，也絲毫沒有怯步」時，安妮不由得停下了腳步，閉上雙眼，幻想自己成為勇士中的一員。她睜開眼時，看到黛安娜正向自己走來。從她鄭重其事的神態上，安妮立刻猜測一定有什麼消息，但並不想露出過分熱切的好奇心。

「黛安娜，妳看這黃昏像不像一場紫色的夢？我真高興能生活在這個世界上。每逢清晨，我總覺得朝霞最美麗的，可是一到傍晚，又認定夕陽最絢麗。」

「確實是個美妙的傍晚。」黛安娜說，「安妮，我要告訴妳一個好消息，妳能猜出來嗎？給妳三次機會。」

「嗯，夏洛特．吉利斯決定在教堂舉行婚禮，艾倫太太要我們幫她裝飾教堂吧？」安妮大聲問。

「不對。夏洛特的未婚夫不同意在教堂裡舉行婚禮，因為沒人那樣做，太像葬禮了，既俗氣又滑稽。再猜猜看。」

「簡的媽媽要給她辦生日派對？」

黛安娜又搖了搖頭，黑眼睛裡閃爍著興奮的神采。

「我實在猜不出來了。」安妮無奈地說，「要不就是在昨晚的祈禱會後穆迪．史波根．麥克弗森送妳回家了，是不是？」

「不對！」黛安娜憤憤地說，「即使那個可怕的傢伙送了我，也沒什麼值得炫耀的。我就知道妳猜不中。今天約瑟芬姑婆給我母親來了封信，信中說，她希望下星期二妳和我一起進城在她家裡住幾天。她準備帶我們去參加商品博覽評比會。」

「噢，黛安娜！」安妮低聲說，她覺得有必要倚靠到楓樹上，「真的嗎？不過，我擔心瑪莉拉不讓我去。她一直反對我出去閒逛。上星期簡邀請我一起坐雙座馬車去白沙鎮大飯店參加美國人舉辦的音樂會，瑪莉拉堅決不同意。我當時特別想去，但她要求我留在家裡學習，簡也應該如此。我心碎了，睡前都沒做禱告，但在半夜裡後悔了，就爬起來禱告。」

「我有辦法，」黛安娜說，「讓我母親去求情，瑪莉拉很可能會答應。要是瑪莉拉同意，我們就會享受到一生中最美妙的時光。安妮，我還從沒參加過商品博覽評比會呢。每次聽別人說得津津有味，我就覺得委屈。簡和露比都去過兩次了，今年還會去。」

「在沒有最後決定之前，我不去想這件事。」安妮的口氣很堅決，「如果朝思暮想，最後希望落空，我承受不了那種打擊。如果真能去，恰好我的新外套也會做出來了。瑪莉拉說我根本不需要，我原來的那一件還能再穿一個冬天，我得到一件新連衣裙就應該心滿意足。連衣裙非常漂亮，海軍藍色的，式樣新潮。瑪莉拉最近給我做的衣服都很時尚。她對馬修說，她不想馬修再去求林德太太。我太開心了。一個人有時裝的話做好人就容易多了，至少對我是這樣，也許對一個天生的好人不太重要。馬修說要給我做件新外套，瑪莉拉就買來了優雅的藍色毛織布料，還委託卡莫迪的專業裁縫店給我做，星期六晚上就能做好了。我想像不出自己身穿新衣服頭戴新帽子走進教堂的樣子，但忍不住還要想像。帽子是馬修在卡莫迪給我買的，藍色天鵝絨的，還綴著金絲帶和流蘇，精巧新潮。妳的帽子很雅致，黛安娜，和妳很相配。上個星期天，當我看見妳戴著它走進教堂，一想到妳是我最親密的朋友，我就為妳感到驕傲。整天琢磨穿著打扮不太好，瑪莉拉說這是一種罪過，但這個話題非常有趣，是不是？」

瑪莉拉答應讓安妮去參加商品博覽評比會，還安排好下星期二讓貝瑞先生帶兩個女孩進城。從艾凡里到夏洛特敦足足有三十英里。貝瑞先生當天要趕回來，所以必須起早出發。安妮因這個計畫而興奮不已。星期二一大早，太陽還沒升起，她就起床了。她向窗外望去，「鬧鬼的森林」背後的東方天空一片銀白，萬里無雲。這是個晴天。果園坡西山牆房間的燈光從樹隙間透過來，想必黛安娜也起來了。

在馬修生火的時候，安妮已穿戴整齊。在瑪莉拉下樓時，馬修已準備好了早餐，但安妮興奮得根本吃不下。早餐後，她戴上時尚的新帽子，穿上新外套，急不可耐地穿過小溪，跑過冷杉林，奔向果園坡。貝瑞先生和黛安娜已經在等她了。三人立即上路。

儘管路途遙遠，但安妮和黛安娜無比興奮，毫無倦意，欣賞著路兩旁沐浴朝陽的秋收後的田野，聆聽馬車噠噠踏過灑滿晨露的大道。空氣清新，青煙般的薄霧在峽谷間和山崗上縈繞。

馬車在穿越了一片樹葉泛紅的楓林後，又走過了一座橋，隨後踏上一段彎曲的沿海大道。海風吹打著道路兩旁零星出現的灰色漁家小屋。當馬車登上山頂，四周起伏的山陵、淡藍的雲霧，還有浩渺的天空便一覽無餘。無論身在何處，大自然無時不帶來無限生趣。

接近中午時，馬車抵達城裡，停在了一幢風格古典華麗的豪宅前。豪宅位處幽靜地段，被枝繁葉茂的山毛櫸和榆樹掩映。老貝瑞小姐來到正門前迎接。她那雙敏銳的黑眼睛閃爍著親切、熱情的光芒。

「妳終於來看我了，安妮！妳長大了，好像比我都高了，也比從前美麗多了。其實我不說妳也知道。」

「我真不知道。」安妮美滋滋地說，「和從前比就是雀斑少了，我為此慶幸，還不敢奢望其他地方變美。能得到您的誇獎，我太高興了。」

老貝瑞小姐的豪宅正如安妮後來向瑪莉拉描述的，陳設華麗。安妮和黛安娜在老貝瑞小姐去安排午飯時，在客廳裡參觀流連。一切都那麼豪華，令兩個來自鄉村的女孩大開眼界。

「就像王宮一樣！」黛安娜悄聲說，「以前我沒來過這裡，沒想到竟然這麼華麗。我真想讓茱莉亞·貝爾也來看一看，她一直因為她母親的客廳洋洋得意。」

「天鵝絨的地毯，還有絲綢的窗簾，」安妮夢囈般感歎，「我只在夢中看到過，現在眼見為實，我反倒靜不下心來。這些東西太讓人眼花繚亂，沒留下想像的空間。」

在城裡小住幾天的經歷給安妮和黛安娜留下了終生難忘的回憶。她們每天都沉浸在快樂幸福之中。星期三，她們隨老貝瑞小姐參加商品博覽評比會，度過了愉快的一天。

「太美妙了！」安妮後來對瑪莉拉描述，「以前真不知道評比會那麼有趣，真難評出最佳種類。我認為駿馬、鮮花還有手工藝品最好。喬西．派伊得了編織刺繡一等獎，我為她高興，也為自己能為她的成功喝采而高興，這說明我在進步！哈蒙．安德魯斯先生培育出的格拉文斯坦品種的蘋果得了二等獎，還有貝爾校長養的豬得了一等獎。黛安娜說，主日學校校長因為養豬得獎真荒唐，我卻不這麼想，瑪莉拉，妳認為呢？她說以後只要一看到校長嚴肅地祈禱，就會想起這件事。克拉拉．露易絲．麥克弗森的繪畫也得了獎。還有，林德太太自製的奶油和乾酪獲得了一等獎。艾凡里人都很出色吧。瑪莉拉，那天參會的大概有幾千人，但當我在眾多陌生人中間看到林德夫人那張熟悉的面孔，我發現自己是喜歡她的。老貝瑞小姐還帶我們到觀禮臺上看賽馬。林德太太不肯去，她說賽馬太庸俗，身為教徒，她應該以身作則，帶頭拒絕參與。不過，那裡人群熙攘，誰也沒注意到她的缺席。我也覺得迷上賽馬不太好，因為太驚險。黛安娜興奮極了，認定紅鬃馬勝券在握，要和我打賭一角錢。我不信紅鬃馬會贏，但沒和她賭，因為艾倫太太不贊成賭博。做任何不能向牧師太太講的事都不妥當。艾倫太太是我的好朋友，我不能愧對她。紅鬃馬最後贏了，幸好我沒賭，不然就輸掉了一角錢。妳看，品德本身就是一種獎賞。我還看見一個人乘坐氣球升上了天空，也很想試試。瑪莉拉，那一定很驚險刺激吧。我們還遇上一位算命老人，如果付他一角錢，他的小鳥就會用嘴給你抽出一支命籤。老貝瑞小姐替我們倆付了錢。我的命籤說，我將來會漂洋過海嫁給一位皮膚黝黑的男人。抽籤之後，我就留意那些皮膚黝黑的男人，但沒發現一個喜歡的。當然，我現在開始尋找為時太早。瑪莉拉，那真是難忘的一天，到晚上我因為興奮加疲勞失眠了。老貝瑞小姐遵守諾言，安排我們睡到客房裡。那客房豪華得不得了，可不知為什麼，我覺得現實不如夢想。這就是成長的代價。當小時候的夢想成真，似乎又覺得一切並不那麼美好。」

星期四那天，兩個女孩乘車去遊園。晚上，她們隨老貝瑞小姐出席了音樂學院舉辦的音樂會。對於安妮來說，那是一個光彩奪目的夜晚。

「噢，瑪莉拉，當我聽到著名女高音歌唱家演唱時，我激動得瞠目結舌，找不出語言形容自己的心情。謝利茨基太太美豔動人，身穿白緞禮服，配戴寶石。我當時忘記了一切時間。噢，我簡直說不出當時的感受。我覺得做一個好人不那麼難了。我感覺自己在仰望天空的明星，禁不住熱淚盈眶。那是幸福的眼淚。音樂會結束後，我立即變得低沉起來，對老貝瑞小姐說，我似乎再也無法回到日常生活中了。老貝瑞小姐建議我們到街對面的餐館去吃冰淇淋，說會令我恢復好心情。我原以為她不過是安慰我，但真的達到了效果，冰淇淋的味道好極了。瑪莉拉，我們在晚上十一點鐘時，坐在燈光明燦的餐館裡品嘗冰淇淋，真是輕鬆愉悅。黛安娜說她嚮往著城市生活，認定自己生來適合住在城裡。老貝瑞小姐問我的想法，我說我還沒認真想過，所以沒有答案。睡前是思考問題的最好時間。我上床後想了這個問題，得出的結論是，我生來不適合在城市生活，而且我對自己的結論很滿意。晚上十一點在餐館裡吃冰淇淋，可以偶爾為之，但平常我更願意躺在東山牆的房間裡陶醉於幻想的美夢。第二天我在吃早餐時對老貝瑞小姐說出了這個想法，她笑了。不管我說什麼她都會笑，哪怕是嚴肅的話題。」

星期五那天，貝瑞先生駕著馬車專程送兩個女孩回家。

「過得愉快嗎？」老貝瑞小姐臨別前問。

「是的，非常愉快！」黛安娜回答。

「安妮，妳呢？」

「自始至終無比愉快。」安妮說完，撲過去摟住老貝瑞小姐的脖子，親吻她布滿皺紋的臉，令她喜笑顏開。黛安娜從來不敢這樣做，她為安妮的自如舉動大吃一驚。老貝瑞小姐站在陽臺上目送三個人遠去，隨後歎息一聲，回到了房間裡。兩個女孩一走，家裡顯得格外空曠，缺少生氣。對於她這個以自我為中心的人來說，所謂重要的人，只是那些對自己有益或能給自己帶來快樂的人。安妮屬於後者，所以討她喜歡。安妮的音容笑貌、俏皮可愛的舉動，都給她留下了深刻的印象。

「當初我聽說瑪莉拉從孤兒院領養了一個孤女，還以為她做了一件蠢事，現在看起來竟然是明智的選擇。安妮來我家真讓我開心呢，覺得自己換了一個人似的。」她暗想。

安妮和黛安娜歸家的心情像離開時一樣愉快。一想到溫暖的家在等待，兩人都激動得心跳如鼓。當三人穿過白沙鎮抵達海濱大道時，夕陽西下。天空變成了藏紅花色，遠處艾凡里的黝黑山丘連綿起伏。在他們的背後，明月從海上升起，把喜悅的光芒投射在水面上。在海濱大道旁的海灣中，波濤蕩漾，不停地拍擊腳下的岩石，而海風夾帶著獨特的鹹味從遠處迎面撲來。

終於到家了。安妮走過小溪上的獨木橋。綠山牆農舍廚房裡閃爍的燈光彷彿在召喚遠途歸來的自己；她還從敞開的門中望見燃燒的爐火，似乎正驅趕秋夜的清寒。她興奮地跑上山坡，直奔廚房，餐桌上擺著熱呼呼的晚飯。

「回來了？」瑪莉拉說，立即放下手中的女紅。

「我回來了！啊，家裡真好。」安妮興奮地說，「看什麼都親切，恨不得親吻掛鐘。瑪莉拉，妳是不是做烤雞了，是特意為我做的嗎？」

「是啊，妳乘車旅行這麼遠的路，肯定餓了。快把大衣脫了。等馬修一回來我們就吃飯。我必須告訴妳，妳回來我太高興了。這幾天妳沒在家，我特別孤單，覺得四天怎麼這麼漫長。」

吃過晚餐，安妮坐在了馬修和瑪莉拉中間，守著暖爐，給他們講自己四天來的所見所聞。

「一切都那麼美好，」安妮愉快地說，「我想它將是我一生難忘的經歷。不過，最讓我開心的是，我終於回家了。」

第30章
女王學院班成立了

瑪莉拉把編織物放到膝蓋上，把身子靠到椅背上，感覺眼睛疼得厲害。她心想，下次進城該換眼鏡了。

時值十一月，暮色四合。在綠山牆農舍的廚房裡，唯一的光亮是爐內跳躍的紅色火苗。安妮像土耳其人一般盤坐在爐前的地毯上，出神地凝視著楓樹枝燃燒的熾焰，裡面似乎凝聚著上百個夏日的陽光。在不知不覺間，她剛才讀的書從手中滑落到了地上。她雙唇微張，笑意朦朧，沉醉於浪漫的幻想之中。火光幻化成彩虹，而在彩虹和迷霧間出現了一座西班牙城堡的輪廓。她在幻境中經歷種種奇妙而驚心動魄的冒險，獲得圓滿的結局，而不像在實際生活中那麼悲慘。

瑪莉拉溫柔地看著安妮。她不會在明亮的燈光下，而只在火光和陰影交融的微暗光線下，才會流露出對安妮的溫情。她不擅長用言語和表情表達愛。她表面上對這位灰眼睛、身材苗條的少女從未表現出特別的熱情，但在內心深處卻疼愛有加。她不想溺愛、放縱安妮。她不安地感到，如果愛一個人達到她愛安妮的程度，幾乎是一種原罪，因此她對安妮比對任何女孩都更嚴厲、更挑剔，似乎想以此來贖罪。

安妮並不瞭解瑪莉拉對自己的喜愛感情，更無法從她的言行中判斷，有時會因得不到她的同情和理解而暫時苦惱，不過隨即聯想起瑪莉拉的恩德，不免自責。

「安妮，」瑪莉拉突然說，「今天下午妳和黛安娜出去玩時，史黛絲老師來了。」

安妮從夢幻世界驚醒，回到了眼前的現實中。

「真的嗎？很抱歉我不在家，妳怎麼不叫我呢？其實，我和黛安娜就在『鬧鬼的森林』裡。這個季節的景色很美啊。遍地的草木：羊齒草、柔軟的綠葉、莓果全都入睡了，就像躺在落葉和枯草的毯子下，直到春天才會被喚醒。我猜那是在一個月色明朗的夜晚，被一位戴彩虹圍巾的小仙女輕手輕腳蓋上的。不過，黛安娜不願多說。因為我們想像『鬧鬼的森林』裡有妖魔鬼怪，她被她母親訓斥，因此想像力受到了損害。林德太太說默特爾．貝爾已經被毀了。我問露比為什麼，露比猜想是因為默特爾的年輕戀人背叛了她。像露比這樣的女孩，整天痴想年輕男人，年齡愈大就愈嚴重。雖然年輕男人有吸引力，但不能什麼事都把他們拉扯進去。我和黛安娜相約做一對高尚的處女，一起生活到老。不過，黛安娜還有些猶豫。她想，如果她和一個野性放浪的青年結婚，然後去改造他，會更高尚。妳知道嗎？她最近和我談論了很多嚴肅的話題。我們覺得自己長大了，不能再說幼稚話。我們馬上就滿十四歲了，這是必須認真對待的事情，妳說對不對，瑪莉拉？上星期三，史黛絲老師把我們這些十幾歲的女孩子帶到小溪邊，和我們談了這件事。她說我們現在應該格外注重培養習慣、樹立理想等，因為到二十歲左右，我們的性格就會基本形成，為未來的一生奠定基礎。沒有牢固的基礎，就建立不起有價值的人生。我和黛安娜那天在放學的路上認真討論，都下定決心培養良好的習慣，知書達理，那樣到二十歲時就會形成高尚的個性。瑪莉拉，一想到二十歲我就覺得害怕。今天史黛絲老師來訪，有什麼事嗎？」

「我是想告訴妳，但妳滔滔不絕，根本不給我說話的機會。老師說到妳的事了。」

「我的事？」安妮吃了一驚，臉「刷」地紅了，搶先大聲說：

「哦，我知道她說的是什麼事，我其實想告訴妳，瑪莉拉，真的，不過後來給忘了。昨天下午，我在加拿大史的課堂上看《賓漢》，被老師發現了。那本書是我從簡・安德魯斯那裡借來的。我從午休時開始看，到了上課的時間正巧看到戰車比賽。我太渴望知道比賽的結局了，特別希望賓漢獲勝，因為如果他失敗，故事就失去了妙趣橫生的公平。我把歷史課本攤在課桌上，把《賓漢》放到膝蓋和書桌之間，裝作學習加拿大史。

我讀得太入迷了，根本沒注意到老師從走道上走過來，偶然抬起頭，正撞見了她責備的神情。妳不知道我當時有多羞愧，尤其是當我聽喬西．派伊發出『嗤嗤』笑聲時，更是羞愧難當。老師沒說什麼，但把《賓漢》拿走了。她在課間休息時把我留下來談話，批評我犯了兩個錯誤：第一，浪費了寶貴的學習時間；第二，表面上看歷史書，事實上讀小說，欺騙老師。聽了她這番話，我才意識到自己的欺騙行為，感到震驚，就痛哭了起來，還請求她寬恕，發誓絕不再犯類似的錯誤。我主動提出整整一星期不再碰《賓漢》，甚至不去瞭解戰車比賽的結果，將功補罪。不過老師沒這麼要求，徹底地寬恕了我。我覺得她來家裡說這件事，就有點太苛刻了。」

「史黛絲老師根本沒提這件事，安妮，是妳的內疚感在作怪。妳不該把小說帶到學校去，也不該過分著迷。我小時候，家人根本不准讀什麼小說。」

「《賓漢》是本宗教書，妳怎麼把它看作小說呢？」安妮反駁道，「當然，如果在星期日讀，難免過於興奮，但我是在平常讀的。我向史黛絲老師和艾倫太太保證，從此只看適合十三歲零九個月的女孩的讀物。我讀過一本書，名叫《鬧鬼宅院裡的恐怖案件》，是露比．吉利斯借給我的，被史黛絲老師看到了。瑪莉拉，那本書情節曲折，令人毛骨悚然，感覺血液都凝固了，可是老師說它無聊病態，不值得一讀。我保證不再讀此類書，但在不知道故事結局下把書還回去真是痛苦。不過對史黛絲老師的愛，使我經受住考驗。我按她的吩咐做了。瑪莉拉，為自己喜歡的人披肝瀝膽，多了不起呀！」

「行了，我要點上燈接著幹活了。看來妳並不想知道老師來說了些什麼，只對自己的長篇大論感興趣。」

「哦，瑪莉拉，我真的很想聽。」安妮後悔地說，「現在我絕不再多說一個字。我知道自己話太多，也在努力改正，但妳要是知道我還有多少想說而沒說的話，準會表揚我的。求求妳，快告訴我吧。」

「史黛絲老師準備在高年級學生中組織一個特別班，備考女王學院，在每天放學後加一個小時的課。她來是想問我和馬修願不願意讓妳參加。安妮，妳怎麼想？妳願意上女王學院將來當一名老師嗎？」

「啊，瑪莉拉，」安妮挺直身體，雙手緊握，「那可是我的人生夢想！我是說，自從半年前露比．吉利斯和簡第一次說起參加考試，我就一直在夢想，可我沒透露自己的心思，因為覺得說了也沒有意義。我很想當一名老師，但那需要花多少錢啊？安德魯斯先生說，他為了供普莉西上學花了一百五十加元，而且普莉西學幾何不像我這麼笨。」

「妳不用擔心。馬修和我當初領養妳時就商量好了，要讓妳接受良好的教育。我相信不管是否有必要，一個女孩都應該自食其力。只要我和馬修在，綠山牆農舍就是妳的家，但世事難料，掌握一些本領有益無害。安妮，如果妳願意，就可以去參加『女王學院班』。」

「哦，瑪莉拉，」安妮伸出雙臂摟住了瑪莉拉的腰，抬頭熱切地看著她的臉，「我真感激妳和馬修。我會刻苦學習為你們爭光。不過有言在先，別指望我在幾何上表現出色，但我想今後只要努力，就會有進步。」

「我相信妳會考好的。史黛絲老師說妳聰明勤奮。」瑪莉拉不想重複老師讚揚安妮的話，怕引發她的虛榮心，「妳不必立即投入緊張的學習，離考試還有一年半的時間呢！不過早些準備，打好扎實的基礎很重要。這話是史黛絲老師說的。」

「從現在開始我對學習更有興趣了，」安妮說，語調中充滿嚮往，「因為我有了人生目標。艾倫先生說，每個人都應該樹立人生目標，而且矢志不渝。我們首先要確立有意義的目標。我想成為像史黛絲老師那樣的人，這就是有意義的目標。妳說呢，瑪莉拉？我認為教師是崇高的職業。」

不久，女王學院備考班在預定的時間組成了，成員包括吉伯特・布萊斯、安妮・雪利、露比・吉利斯、簡・安德魯斯、喬西・派伊、嘉莉・史隆、穆迪・史波根・麥克弗森七人。黛安娜因為父母不打算讓她報考，就沒有參加，這對於安妮來說簡直是一場災難。自從米妮・梅患病的那個夜晚，兩人每天形影不離。在備考班留在學校上額外課的第一個晚上，當安妮看到黛安娜和其他同學一起慢慢往外走，心中五味雜陳。她一想到黛安娜將獨自一人穿過「白樺小路」和「紫羅蘭溪谷」，恨不得馬上跳起來追上去，但她只能坐著不動，盡力克制，慌忙抓起一本拉丁文語法書遮到臉上，免得被別人看到她奪眶而出的淚珠。她無論如何不願意讓吉伯特．布萊斯和喬西．派伊看到自己流淚。

「瑪莉拉，我看到了黛安娜一個人離開，就聯想到上星期日艾倫先生在佈道時說的話，真正體驗到了生離死別的痛苦滋味。」安妮在晚上對瑪莉拉傷心地說，「當時我想，要是黛安娜也參加應考學習該多好呀！不過，像林德太太所說的，在這個不完美的世界，完美無缺的事情並不存在。林德太太有時候不太會安慰人，但是她說得有道理。我覺得將來備考班會很有趣。簡和露比希望學成後當老師，那是她們的最高理想。露比打算畢業後只當兩年老師，然後就結婚。簡卻打算把一生奉獻給教育事業，決不結婚，因為做老師能拿到一份薪水，可是在家伺候丈夫卻分文不得，找丈夫要賣雞蛋、奶油得來的錢還會惹惱丈夫。我想，這是簡從自己的痛苦經歷中總結出來的。聽林德太太說，簡的父親是個十足的老怪物，吝嗇小氣。喬西．派伊說她上大學純粹是為了接受高等教育，不需要為自己的飯碗發愁，還說她不像那些依靠別人施捨的孤兒，非要爭搶著討生活。穆迪．史波根將來要當牧師。林德太太說他有這麼怪的名字只能當牧師。不過，瑪莉拉，我這麼說也許不太善良，我一想到穆迪將來做牧師的樣子，就忍不住想笑。他長著一張圓圓的胖臉，一對小藍眼睛，大大的招風耳，怪模怪樣。不過，他長大後也許會變成聰明相。查理．史隆說他將來要進入政界，做國會議員。但林德太太說他不會成功，現在只有流氓惡棍才能在政界平步青雲，史隆家的人都太正直，在官場出不了頭。」

瑪莉拉問：「吉伯特．布萊斯將來想做什麼？」

這時安妮已翻開那本名叫《凱撒》的書：「我不知道吉伯特．布萊斯的人生抱負——要是他真有的話。」她輕蔑地說。

吉伯特與安妮之間的競爭已經公開化了。從前的競爭是單方的，但如今吉伯特把安妮視為不可缺少的勁敵，表現出咄咄逼人的氣勢。其他同學默認他們在學習上的優勢，無力參與這場競爭。吉伯特自從那天在「閃亮之湖」邊請求安妮的寬恕而遭到拒絕後，就激發了強烈的競爭意識，還無視安妮的存在。他和其他女孩子們說笑、交換書籍、猜謎語、討論功課和計畫等等，還常在教會禱告和辯論俱樂部散會後，與某位女孩子一起回家，但對安妮．雪利視而不見。安妮儘管高昂著頭，一副滿不在乎的表情，但也嘗到了被人冷落的苦澀。在她那倔強的小女子的心中，懊悔和不安隱隱滋長。如果再有一次在「閃亮之湖」旁的機會，她一定會給吉伯特不同的答覆。就在需要以怨恨的力量來支撐自己的關鍵時刻，她心中對他的怨恨煙消雲散了，不由得惶恐起來。雖然她經常回憶被他嘲笑為「紅蘿蔔」的細節和當時的憤怒情緒，試圖重新燃起怒火，但毫無效果。在湖邊那天是她激烈怨恨的最後一次發作。她意識到自己在不知不覺中原諒了他，消除了積怨，但為時已晚。

不論是吉伯特還是其他人，甚至包括安妮最知心的朋友黛安娜，都沒有覺察出安妮的悔恨。安妮真希望自己沒有表現得那麼孤傲和可怕。她決定「把感情深深埋藏，淡淡遺忘」，而她確實「埋藏」得很成功。吉伯特表面上對安妮漠不關心，實際上留心留意，但並沒發現安妮正忍受遭到冷遇的痛苦，因為她一直冷若冰霜。他得到的唯一一點安慰是，安妮輕蔑冷淡地對待向她大獻殷勤的查理．史隆。

安妮在整個冬季裡不是學習就是參與社會活動，過得十分充實。日子彷彿她戴過的金珠子項鍊般，一粒粒滑過。她愉快樂觀、熱切認真並且興致勃勃。有課程要學，有榮譽待爭取，還有好書等她去讀；她在主日學校合唱隊練習新歌；還在一些星期六的午後，在艾倫太太家度過快樂時光。

時光荏苒，綠山牆農舍的春天又悄然來臨。在安妮不覺察間，四周開滿繁花。這時學習開始失去吸引力。其他人在翠綠的小徑上漫步，到枝繁葉茂的森林裡或僻靜的草地上遊玩。應考班的學生們不得不留在學校，只能羨慕地眺望窗外的景色。他們覺得拉丁語動詞和法語練習不像在漫長寒冬裡那麼有趣，漸漸失去熱情，甚至連安妮和吉伯特也懶洋洋地放鬆了學習。老師和學生們都期待學期結束，盼望著玫瑰色暑假的到來。

「這一年你們很用功！」史黛絲老師在本學期的最後一個晚上說，「你們該盡情享受一個快樂的暑假，多做戶外活動，為下一年的學習養足精神和體力。明年是應考的最重要的一年。」

「史黛絲老師，妳新學期還在這裡任教吧？」喬西．派伊問道。喬西提問從不在乎場合，直截了當，不過這天班上同學都很感激她，因為他們不敢提問，但都急切地想知道答案。最近學校裡流傳著令人擔憂的謠言，說老師下學期要去自家學區的學校任教。女王學院應考班的學生們此時屏息凝神，等待老師的回答。

「是的，我還會的。」史黛絲老師說，「我是想過去另一所學校，但最後還是決定回到艾凡里來。說心裡話，我牽掛你們，也捨不得離開，所以下學期我還會來，一直教你們到畢業。」

「萬——歲！」穆迪．史波根興奮地嚷道。他很少這麼感情外露，在過後的一個星期裡，還為這次衝動的叫喊感到臉紅。

「啊！我太高興了！」安妮忽閃著明亮的大眼睛說，「親愛的史黛絲小姐，要是妳不回來那就太可怕了。如果換一位新老師，那我就根本沒有學習勁頭了。」

安妮那晚一回到家，就立即把教科書塞進閣樓上的舊皮箱中，鎖上，還把鑰匙扔進了雜物盒裡。

「我在暑假裡不會看一眼課本。」安妮對瑪莉拉說，「我這學期學習得太拚命，在幾何上下了苦功，把第一冊的定理背得滾瓜爛熟，哪怕字母全換了也不再擔心。現在我厭倦了現實中的瑣事，要在夏天裡讓想像力盡情地翱翔。瑪莉拉，妳不用擔心，我不會沒有節制地幻想。我太想痛痛快快地過暑假了，也許因為它是我當小女孩的最後一個暑假了吧！林德太太說，如果我明年還像今年這樣長個子，就必須穿長裙了。她說我盡長腿和眼睛。我如果穿上長裙，就必須舉止端莊，還不可以相信小仙女存在之類的東西了，所以今年夏天我要盡情想像。我想我們會度過一個快樂的暑假。露比不久要辦生日晚會，下個月學校有野餐，教會將開音樂會。還有，貝瑞先生要帶我們到白沙鎮的大酒店去吃晚餐。妳知道在酒店裡晚餐是正餐。簡去年夏天去吃過一次。她說那裡的電燈、鮮花，還有衣著華麗的女人們令人眼花繚亂。她第一次見識那樣的場面，至死都不會忘記。」

瑪莉拉沒去出席星期四的婦女會，第二天午後林德太太就趕來詢問了。瑪莉拉缺席，一定是綠山牆農舍出了什麼事。

「星期四馬修的心臟病又犯了。」瑪莉拉解釋道，「我覺得我不能丟下他一個人。感謝上帝，是的，他脫離危險了。他犯病比以前頻繁，真叫人擔心。醫生說他不能激動，這倒不難，他從不和興奮刺激的行為沾邊。醫生還不許他做劇烈的體力活，他怎麼會聽呢？要不妳勸勸他吧。林德太太，把帽子摘下來，一起喝點茶。」

「妳這麼熱情，我可就不客氣了。」

林德太太嘴上這麼說，其實剛一進門時就打算留下了。當瑪莉拉和林德太太在客廳裡坐定後，安妮給客人倒了茶，還烤好了餅乾。餅乾雪白鬆軟，甚至經得起林德太太的評判。傍晚，瑪莉拉一直把林德太太送到小路盡頭。林德太太說：「安妮真變成一個大女孩了，成了妳的得力幫手。」

「是啊，她現在辦事既安穩又可靠。以前我一直擔心她改不掉粗心大意的毛病，但居然改掉了。讓她做什麼我都放心。」

「我三年前第一次看到她時，怎麼也沒想到她會變得這麼有出息。」林德太太說，「說實在的，我忘不了她對我大發脾氣的事。那天晚上我回到家還對湯瑪斯說，『湯瑪斯，記住我的話，瑪莉拉會為收養這個孩子後悔的。』現在看來我錯了，但我很高興，我不是死不認錯的那種人。說來也不奇怪，因為這世上還從沒有出現過像安妮這麼古靈精怪、與眾不同的女孩。就這話，妳不能用對待普通孩子的標準去衡量她。她在這三年裡變化驚人，特別在長相上，確實變美了。我並不偏愛像安妮這樣皮膚白淨、大眼睛的女孩，更喜歡皮膚紅潤、外貌俊俏的，比如黛安娜和露比。不過，當她們和安妮在一起，就顯得有些平常，甚至過於嬌豔，好像把被人們稱作六月白百合的水仙與大紅色芍藥放在一起，就看出了安妮的美。」

第31章

小溪融入河流

安妮度過了一個全心愉悅的美好夏天。她整天和黛安娜在戶外遊玩，盡情享受「戀人小徑」、「森林仙女泉」、「閃亮之湖」，還有「維多利亞島」帶來的種種樂趣，而且沒有遭到瑪莉拉的反對。在暑假初期的一個下午，當米妮·梅得病時從史賓賽谷趕來的醫生在一位患者的家裡巧遇安妮，他用敏銳的目光仔細打量安妮，皺起眉，搖搖頭，託人給瑪莉拉捎去一個口信：「要讓那個紅頭髮女孩在戶外玩一整個夏天，直到她的步伐變得敏捷輕快，不要讓她待在屋裡念書。」瑪莉拉聽了非常害怕。如果不守醫囑，安妮可能凶多吉少，因此安妮得以度過了一段自由嬉戲的黃金時光。她散步、划船、採野果，海闊天空地想像。到了九月，她變得精神飽滿，兩眼神采奕奕，步伐敏捷輕快得可以令那位醫生稱道。她又雄心滿懷，熱情洋溢。

「現在我能全力以赴投入學習了。」安妮從閣樓上取出課本宣稱道，「親愛的老朋友們，看到你們真誠的面孔，我真高興啊，哦，也包括你，幾何書。瑪莉拉，我度過了一個美好的夏天。現在，正如艾倫先生上個星期日所說的，我精力充沛得像田徑場上的壯男。艾倫先生的佈道很精彩，是不是？瑞秋太太說他每天都有進步，說不定其他城鎮的教堂會把他挖走，那樣我們又得忍受沒經驗的牧師。不過這也沒什麼關係，瑪莉拉，妳說對不對？趁艾倫先生還在這裡，我們接著欣賞吧。我要是男孩，將來就當牧師。如果牧師的說教公正，會給人帶來正面影響。如果講道精彩、激動人心，他自己也會激情澎湃。瑪莉拉，為什麼女人當不了牧師呢？我問過林德太太，她吃了一驚，好像我的問題很荒謬。她說美國好像有女牧師，但感謝上帝，在加拿大還沒有，但願永遠不會有。我持反對觀點。我覺得女人也會成為出色的牧師。社團或教會搞募捐，不都是女人們去組織嗎？我相信林德太太傳教不會比貝爾先生遜色，只要接受些培訓，也能勝任。」

「是的，我相信她能，」瑪莉拉不無嘲諷地說，「她做了不少非正式的傳教工作，艾凡里很多人因為她的教導才沒有胡作非為。」

「噢，瑪莉拉，」安妮鼓起勇氣說，「有一件事我想問妳，聽聽妳的想法。這件事讓我苦惱了很多天，尤其在每個星期日的下午。我真心實意想做個好人，尤其在妳、艾倫太太和史黛絲老師的面前，這種願望就更強烈。我特別想做妳們讚賞的事，但在林德太太的面前，我從惡的想法就開始躁動，明知不對，卻忍不住要做她反對的事。這是為什麼？妳覺得我是不是性本惡，不可救藥？」

這個問題令瑪莉拉猶豫片刻，但她笑了起來。「我也有同感。我有時想，她如果不說教人做好事，就像妳說的，反倒會產生更多的正面影響。真該有一條反說教的教規。不過我不該這麼說。瑞秋是位虔誠的基督徒，她的出發點是好的。她那麼熱情親切，在艾凡里獨一無二，而且無論做什麼都盡心盡力。」

「我真高興妳也有同感，」安妮說，「現在我要思考的問題太多了，層出不窮。人一長大，就要不停地思考、決策、斟酌對錯，真費腦筋呀！成長是嚴肅的事情，對不對？不過，我身邊有妳、馬修、艾倫太太和史黛絲這麼多好朋友，我應該會健康成長，否則就是我自己的錯。我覺得成長責任重大，因為我只有一次機會，如果我沒能正確地長大，也不可能時光倒流重新開始。我在這個夏天長高了兩英寸，是露比的父親在她的生日晚會上為我量的。妳把我深綠色的新裙子做得稍長了一些，真的很漂亮。謝謝妳還在下襬上鑲了荷葉邊。雖說荷葉邊可有可無，但它在今年秋天非常流行。喬西．派伊的裙子上都帶荷葉邊。我有荷葉邊就感到安慰，學習更有勁頭了。」

「這多少還是值得的。」瑪莉拉贊同。

史黛絲老師回到學校，發現自己所有的學生都鼓足了學習熱情，特別是報考女王學院的學生們。他們精神振作、緊張，準備參加一場激烈的競爭——下學期末的重大事件「入學考試」。這場考試已給他們的前程籠罩陰影，每次想起都會心驚肉跳。萬一考不上怎麼辦？安妮在整個冬天裡都被這個想法反覆折磨，包括星期日的下午，甚至忽略了道德和神學的問題。她每次做噩夢幾乎都是放榜的情景：吉伯特．布萊斯的名字赫然名列榜首，而她自己的名字卻蹤影全無。

儘管如此，這個冬天還是在愉快和忙碌中飛逝而過。學習生活一如既往地生動有趣，競爭也令人心情激蕩。思想感情和雄心壯志的新領域，尚未開拓的神祕的知識天地都在渴學的安妮的眼前一一展現。正如詩中所說：山外有山，阿爾卑斯重巒疊嶂。

這一切都歸功於史黛絲老師的博學和巧妙謹慎的指導。史黛絲老師注意引導學生們獨立思考探索、獨立解決問題，還鼓勵他們破除陳規。林德太太及學校理事會成員們對此十分驚慌，把這些革新看作是對傳統做法的否定。

安妮不只學習，還參與社會活動。瑪莉拉也許是聽從了史賓賽谷醫生的規勸，不再阻止她外出。在這期間，辯論俱樂部的活動異常活躍，還舉辦過幾次音樂會。有一兩次晚會幾乎是成年人晚會的規模。此外，還有快樂的乘雪橇、滑冰等類似活動。

安妮的個頭一直在長。有一天，瑪莉拉和她並排站在一起，看到她比自己高出一截，驚訝不已。「噢，安妮，妳都長這麼高了！」瑪莉拉將信將疑，歎了一口氣說。那個她慢慢愛上的小女孩在不知不覺間消失了，取而代之的是一位身材頎長的十五歲少女。少女的頭高高昂起，目光嚴肅，眉宇間流露出沉思的神情。她雖然對這位少女的愛不遜於對那個小女孩，但品味到一種莫名失落的苦澀。那天夜裡，當安妮和黛安娜一起去參加祈禱會時，瑪莉拉獨自一人坐在清冷的暮色裡啜泣起來。馬修拎著提燈走進來，不安地打量她，她才破涕為笑。

「我在想安妮呢，」她解釋道，「她長大了，明年冬天還可能離開我們，我真捨不得。」

「她會經常回家的。」馬修說。在他的心目中，安妮不但現在是，以後永遠都是那個他在四年前的六月從火車站領回來的活潑可愛的女孩。「到時候，通往卡莫迪的鐵路也鋪完了。」

「不過，那和每天生活在一起不一樣啊。」瑪莉拉傷心地歎了一口氣，任由自己體味無法排遣的悲哀，「我覺得你們男人不懂這些。」

安妮的變化不僅在外表上，還在性格上。她變得成熟穩重，雖然還沉醉於幻想，但話明顯少了。瑪莉拉注意到了這一點，問道：「安妮，和從前比妳的話少了一半，也不用長句子了，是怎麼回事？」

安妮臉紅了，噗哧一笑，合上正在讀的書，出神地望著窗外。窗外葡萄藤上的鮮紅嫩芽紛紛冒頭，回應春陽的照耀。

「不知道……我不太想說了。」安妮答道，若有所思地用食指按著下巴，「我喜歡思考美好的事情，然後把它們像寶貝似的珍藏在心裡，不願喋喋不休，被人嘲笑和懷疑。遺憾嗎？小時候總盼著長大後說長句子，現在長大了，反倒不願說了。成長在某些方面帶來愉悅，但和我想像的不一樣。要學的、要做的、要思考的事情數不勝數，就沒時間造長句子了。史黛絲老師總說短句子更強勁有力，寫作文也要盡量短小精悍。我剛開始寫的時候覺得很難。以前總堆砌誇張的詞語，還要數數用上了多少個，現在聽從了老師的教導，而且明白了這麼寫效果更好。」

「你們的故事俱樂部最近怎麼樣了？我好久沒聽妳再說起了。」

「早不存在了。我們沒時間，而且對那些戀愛、凶殺、私奔、神祕等無聊故事膩煩了。史黛絲老師有時為訓練作文能力也要求我們寫故事，但只能寫在艾凡里實際生活中可能發生的事，對胡編亂造嚴厲批評，還要求我們進行自我批評。我認真讀自己的作文才發現有那麼多缺點，真是羞愧。老師說，如果我能變成嚴格的自我批評家，就會把文章寫得精彩，所以我正努力呢。」

「離考試只有兩個月了，妳有把握通過嗎？」

安妮的身體開始發抖。「不知道，有時覺得有把握，有時又怕得要命。我們都拚命學習，老師也經常幫我們從頭到尾地複習，可還是提心吊膽。每個人都有一個弱項，我的當然是幾何，簡的是拉丁語，露比和查理的是代數，穆迪・史波根預感自己會在英國史上慘敗。六月時，老師將進行一次模擬考試，難度和正式入學考試不相上下，還要嚴格評分，好讓我們瞭解自己的實力。真希望這一切能早點結束。我整天心神不寧，半夜醒來都會想要是名落孫山怎麼辦呢？」

「那就再回學校重讀。」瑪莉拉輕鬆地說。

「哦，我不相信自己有那樣的勇氣。我考不上會感到無地自容，特別是如果吉伯特……其他人都考上了。我在考試時非常緊張，很可能會搞砸。我要是像簡・安德魯斯那麼沉著冷靜就好了。她永遠臨危不亂。」

安妮歎了一口氣，毅然地把目光從春色迷人的窗外世界收回來。清風、藍天以及新綻的綠芽似乎頻頻呼喚，但她全然不顧，又埋頭攻讀課本。如果不能順利通過入學考試，她恐怕永遠不可能恢復從前的心情去欣賞春色。

第32章

放榜的日子

六月底，期末來臨，史黛絲老師在艾凡里學校的執教生涯結束了。傍晚，安妮和黛安娜心情鬱悶地離開了學校。從兩人紅腫的眼睛和濕透的手帕上不難猜出，史黛絲老師的離別演說同三年前菲力浦老師在類似情境下的講話一樣感人至深。黛安娜從長滿冷杉的山崗下回望學校，不由得長歎一聲。

「一切都好像結束了，是不是？」黛安娜難過地說。

「妳的情緒也許不像我的這麼糟呢，」安妮想從濕透的手帕上找到乾燥的一角，可根本找不到，「妳秋天還會回學校，我如果運氣好的話，可能再也不回來了。」

「即使回去，感覺也完全不一樣呀。史黛絲老師離開了，妳、簡和露比也離開了。我一個人坐一張課桌吧，因為接受不了其他人。我們坐在一起有過多少快樂的日子啊，妳說是不是，安妮？一想到這一切都結束了，我太傷心了。」兩大顆淚珠從黛安娜的鼻子上滾落下來。

「快別哭了，」安妮央求道，「我剛收起手帕，看妳掉淚，就又要傷心了。林德太太常說，『要是妳無法快樂，就要設法裝作快樂』。不過，我下學期很可能會回到艾凡里學校，我預感自己考不上女王學院。最近這種預感愈來愈強烈，太恐怖了。」

「怎麼會呢？妳在史黛絲老師的模擬考試中考得很不錯呀。」

「是不錯，但我當時不緊張呀！妳想像不出，一想到正式的入學考試我就渾身冰冷，心跳加速，最可怕的是我的考號是十三號。喬西．派伊說十三是最不吉利的數字。我並不迷信，不相信這會影響我的成績，但最好換個別的號碼。」

「我真希望和妳一起進城赴考，」黛安娜說，「我們一路上會很快樂吧？不過到晚上妳還得拚命地學習。」

「史黛絲老師要大家保證從今天起再也不去翻課本了。她說，現在看書只會導致疲勞過度，引起思維混亂。我們要到外面散步，盡量不想考試的事，晚上早點睡覺。這建議雖好，但做起來很難，所謂好建議大都如此。普莉西．安德魯斯以前跟我說過，她在應試的那個星期裡天天晚上拚命學習到半夜。我決心像她那樣，至少學習到夜半三更。約瑟芬姑婆叫我在城裡考試期間住到她的柏樹山莊裡去，真叫我感激不盡。」

「妳考完試就寫信給我，好嗎？」

「我星期二晚上一定寫信，告訴妳第一天考試的情況。」安妮答應道。

「那我星期三就直奔郵局。」黛安娜也起誓道。

星期一安妮進了城，星期三黛安娜如約在郵局等候，果真收到了安妮的來信。信是這樣寫的：

親愛的黛安娜：

這是星期二的晚上，我是在柏樹山莊的書房裡給妳寫信。昨天夜裡，我獨自睡客房，異常孤獨，真希望妳在我的身邊。我答應老師不複習了，可是不翻歷史書感覺就像以前不下課就不能讀小說一樣糟糕。

今天早上史黛絲老師來接我去學院，途中我們接了簡和露比。露比要我摸她的手，她的手冰冷。喬西一看到我就說我看上去一夜沒睡好，即使考上了，恐怕也受不了女王學院課程的壓力。我一直努力讓自己喜歡上喬西，但有時效果甚微。

學院的校園裡聚集了從島上各地來的眾多學生。我們最先看到的是穆迪·史波根。他一個人坐在石階上念念有詞。我問他在幹什麼，他說正反覆背誦九九乘法表，為鎮定緊張的神經！還叫我們千萬別再打擾他，因為停下來的後果將非常可怕，他會失去記憶。乘法表可以幫他固定頭腦中的知識。

我們走進考場，老師就必須離開了。我坐在簡的身邊，看到她沉著冷靜的神情，心生敬畏。像她這麼穩重聰慧的人，是不需靠背乘法表來穩定神經的！我當時的緊張感覺都被寫在臉上，在教室另一角落的人大概都聽見了我的心跳。

過了一會兒，一個男人走進來發英語試卷。我一拿到試卷立即手心冰涼、頭暈目眩。四年前，當我期待瑪莉拉回答是否留我在綠山牆農舍時，也有過同樣恐懼的感覺。後來我的神智慢慢清醒，心臟恢復正常，產生了應付考卷的信心。哦，我忘了告訴妳，在那之前的一瞬，我的心臟完全停止了跳動。

中午時我們回到住處吃午飯，因為要考歷史，下午又返回到學院。歷史試題很難，我把一些年代搞混了。儘管這樣，今天考得還算順利。可是，哦，黛安娜，明天要考幾何。一想到幾何，我使出全部的控制力才沒去翻課本。如果背乘法表能起作用，我會從現在一直背到天亮。

傍晚時我去看望其他女同學，在路上遇見了穆迪·史波根。他正心煩意亂地兜圈子。他覺得今天的歷史考砸了，說自己天生就會令父母失望，還打算坐早班火車回家。他還說，當木匠比當牧師容易多了。我勸他堅持到底，不然對不起史黛絲老師呀。我有時候希望自己是個男孩，不過看到穆迪這副樣子，我就為自己是女孩——尤其不是穆迪的姊妹感到慶幸。

我到了同學的宿舍，發現露比正處於半歇斯底里狀態。她在考英語時犯了一個嚴重的錯誤。等她剛安靜下來我們就出去吃冰淇淋了。大家都說，要是妳也在我們身邊該多好啊。

噢，黛安娜，如果我通不過幾何考試該怎麼辦呢？林德太太會說，不管幾何如何，太陽照常升起落下。話雖有理，但不近人情。對我來說，如果考砸了，太陽不如永不升起。

妳忠實的朋友
安妮

幾何和其他科目的考試都結束了，安妮在星期五傍晚回到了家。她有些疲倦，但流露出承受過磨礪後的喜悅。黛安娜正在綠山牆農舍等候她的歸來，與她彷彿久別重逢。

「我親愛的老朋友，妳回來了我真高興，妳好像在城裡待了好久，哦，安妮，考得怎麼樣？」

「除了幾何，其他的都考得不錯。我不知道能不能被錄取，一想起來就發愁就心驚肉跳。啊，還是家裡好，綠山牆農舍是世界上最美的地方！」

「別人考得還好嗎？」

「女孩子們都說考得不好，但我覺得實際上並非如此。喬西說幾何太簡單了，考不倒十歲的孩子。穆迪．史波根歷史糟糕，查理敗在了代數上。不過，成績要等兩個星期後才公布。我還要提心吊膽地過兩個星期啊，真想躺倒睡下，一直睡到放榜的日子。」

至於吉伯特．布萊斯考得怎麼樣，詢問也是徒勞，對此黛安娜十分清楚。她只是安慰安妮：「哦，妳一定能考上，不用擔心。」

「要不能名列前茅，還不如考不上呢！」安妮倔強地說。黛安娜瞭解她的脾氣，如果不能超過吉伯特，即使考取也是苦澀的不完美的勝利。

安妮正因為抱有這樣的想法才在考試中竭盡全力，吉伯特也是如此。她和吉伯特在路上相遇十幾次都是擦肩而過，彼此似乎視而不見。每次她都把頭昂得更高，但心裡比以前更加熱切地希望，當初吉伯特問她時，她就已經和他成為好朋友。而在考試中打敗他的誓言就更堅決。安妮知道，艾凡里的學生們都在關注兩人競爭的結果，吉米．葛洛佛和奈德．萊特為此打了賭，喬西．派伊還預言吉伯特必勝無疑。安妮覺得失敗將是自己無法忍受的恥辱。

安妮名列前茅的夢想還出於一個高尚的動機，那就是為馬修和瑪莉拉爭光，尤其是為馬修。他曾預言安妮將「打敗全島的所有考生」，這對於安妮來說簡直是痴人說夢，但她強烈渴望進入前十名，她彷彿已看到在馬修親切的褐色眼睛中閃動著自豪的光芒，那將是對她為鑽研枯燥無味的方程式和動詞變位而付出的艱辛努力的莫大獎勵。

在那兩個星期的最後幾天裡，安妮每天都去郵局，同路的還有忐忑不安的簡、露比和喬西。她們雙手顫抖著打開《夏洛特敦日報》，仔細地查尋，無不懷著和應考時一樣的緊張心情。查理和吉伯特也不例外，只有穆迪．史波根躲得遠遠的。

「我實在沒勇氣去郵局，我要等著你們誰跑來告訴我有沒有通過。」穆迪對安妮說。

安妮熬過了三個星期，但錄取名單還沒公布。她緊張到極點，食欲下降，對艾凡里的社交活動也失去了興趣。林德太太大發雷霆地說，在保守黨當權時的教育事業前景無望。馬修看到安妮每天拖著沉重的腳步心灰意冷地從郵局失望而歸，也開始認真考慮在下次選舉時投自由黨一票。

終於在一個傍晚，消息傳來了。當時安妮坐在敞開的窗邊，陶醉於夏日黃昏的田園景色。每天只在這個時刻她才會暫時忘掉考試和世間煩惱。幽香從花園裡不斷飄送而來，白楊的枝葉隨微風搖曳，沙沙作響。在冷杉林的頂端，晚霞把天空濡染成淺粉色。安妮如痴如醉，幻想顏色的精靈是否就是這般模樣。突然，她看到黛安娜正穿過冷杉林飛奔而來。黛安娜跑上獨木橋，登上山坡，手裡還晃動著一份報紙。

安妮站起身來，立刻猜想報上刊登的是錄取名單！她開始頭暈目眩，心跳加速，緊張得挪不動腳步。彷彿經過了漫長的一小時，黛安娜終於無比興奮地穿過客廳，沒敲門就直接衝了進來。

「安妮，妳考上了！」黛安娜叫嚷道，「考了第一名！吉伯特和妳並列第一！不過，妳名字排在最前面，我真為妳感到驕傲！」黛安娜把報紙扔到桌上，上氣不接下氣，再說不出一個字，癱倒在床上。

安妮在劃斷了六根火柴後，才顫抖著把煤油燈點燃，隨後一把抓過報紙。她真的考上女王學院了！而且在二百多位考生的名單上，名列榜首！

「妳考得太棒了！」黛安娜剛緩過氣來，見安妮兩眼晶亮，啞口無言，就坐起身來斷斷續續地說，「報紙是我爸剛從亮河鎮拿來的，是下午的火車運來的。要等郵局送，明天才能收到。我一看到有錄取名單，就抓起報紙狂奔過來。你們全都考上了，連穆迪·史波根也考上了，不過得補考歷史。簡和露比成績不錯，在一百名之內，查理也一樣。喬西的成績只超過錄取線三分，但她肯定會像得了第一名似的趾高氣揚。要是史黛絲老師知道了會多高興啊。安妮，妳看到自己名列榜首有什麼感覺？要是換了我呀，準會欣喜若狂，實際上我已經差點兒樂瘋了，妳卻不動聲色，像春天的夜晚一樣平靜。」

「我腦子裡一片空白，」安妮說，「心中有千言萬語，不知道從哪裡說起。我做夢也沒想過會出這樣的成績，不對，想到過一次，只一次，我幻想考全島第一名。那念頭一閃我就渾身顫抖，怪自己狂妄自大、想入非非。黛安娜，妳稍等一下，我得立刻向馬修報喜，他正在田裡幹活呢，然後我們一起去和大家分享好消息。」

兩個女孩快步跑到倉房邊。馬修在地上捆乾草，正巧瑞秋太太正在柵欄邊和瑪莉拉聊天。

「馬修，我考上了！第一名，是並列第一名！我太高興了！」

「嗯，這個我早就說過了，」馬修歡喜地看著榜單，「我就知道妳會輕鬆打敗他們。」

「我得說，妳考得真好，安妮！」瑪莉拉為安妮感到極度驕傲，但在目光銳利的林德太太面前盡力保持低調。

那位好心的林德太太真心實意地祝賀：「我也預料到安妮會考得好，說這話不算晚吧。妳為妳的朋友們爭光。妳也是我和其他人的驕傲。」

當天晚上，安妮在牧師家和艾倫太太作了一次簡短而認真的交談，然後回到了家裡。她悄悄地跪在敞開的窗前，沐浴著柔和的月光，默默地祈禱，感謝上帝過去對自己的保佑，虔誠地祈求實現未來的理想。當她躺在雪白的枕頭上入睡時，她的夢和所有青春少女的夢一樣，充滿希望、光明和美好。

第33章

酒店裡的音樂會

「安妮，妳該穿那件白蟬翼紗的禮服。」黛安娜自信地建議道。

此時，她們正在東山牆的房間裡。窗外，暮色籠罩的天空萬里無雲。一輪圓月高懸在「鬧鬼的森林」上，淡青的月色漸明，變成了光輝四射的銀白。空氣中充溢著夏日甜美的音樂：林中鳥入夢前的啼叫，風的不經意的低語，還有遠方人們的交談聲和歡笑聲。兩人早把房間裡的百葉窗放下，把燈點亮，忙著梳妝打扮。

這個房間和四年前安妮初到的那個夜晚相比，已大有改觀。那時裡面幾乎沒有任何裝飾，空寂、冰冷，散發出的寒氣直滲入安妮的骨髓。這幾年在瑪莉拉無奈的默許下，它終於變成了一個令年輕女孩喜愛的溫馨雅緻的小窩。

繡著粉紅玫瑰的天鵝絨地毯，還有粉紅的絲綢窗簾，是安妮早年的夢想。隨著年齡的增長，她對這些東西早已不再朝思暮想。地上有美麗的腳毯，淺綠色的薄紗窗簾直垂地面，伴隨微風輕拂，把高窗裝點得賞心悅目。牆上沒有金銀織錦的錦繡壁毯，卻貼著優雅的蘋果花圖案壁紙，掛著幾幅艾倫太太送給她的美麗圖畫。安妮特意把史黛絲老師的照片擺在最醒目的位置，還在照片下擺了一個花瓶，她經常更換裡面的鮮花。今晚瓶中的潔白百合花散發淡淡的芬芳。房間裡不見桃木家具，但有一個裝滿書籍的白色書架，一個鋪著軟靠墊的柳編搖椅，靠墊還被主人鑲上了浪漫的薄紗花邊。在椅子上方的牆上，掛著一面古色古香的鍍金鏡子，鏡子的拱頂上畫有臉色紅潤而可愛的丘比特和紫葡萄。這面鏡子原來被掛在客房裡。此外，房間內還有一張白矮床。

安妮和黛安娜梳妝打扮是為了參加白沙鎮大飯店的音樂會。大飯店的客人們為夏洛特敦醫院募集資金而舉辦了這場音樂會，邀請了著名音樂家，還招募附近富有天賦的業餘文藝愛好者來演出。節目單很精彩，包括白沙鎮教會合唱團的伯莎·辛普森和珀爾·克雷的二重唱，新橋鎮米爾頓·克拉克的小提琴獨奏，卡莫迪的溫妮·阿黛拉·布萊爾的蘇格蘭民謠演唱，還有史賓賽谷的羅拉·斯賓塞和來自艾凡里的安妮·雪利的朗誦。

要是引用安妮幾年前的說法，這是她「難忘的人生重大事件」。她欣喜若狂，興奮不已。馬修為可愛的安妮贏得了這樣的榮譽而驕傲，似乎飄上了快樂的九重天。瑪莉拉的驕傲感和馬修的相差無幾，但她深埋心底，到死也不會承認，還說讓年輕人在沒有任何可靠之人的陪同下聚在吵嚷的社交場合裡，實在不成體統。

安妮和黛安娜約上了簡．安德魯斯還有她的哥哥比利．安德魯斯，一起坐馬車去白沙鎮。艾凡里和城裡還有許多人也會去。音樂會後，全體演員還應邀吃晚餐。

「黛安娜，妳真覺得白蟬翼紗禮服最好看嗎？」安妮語氣焦灼，「我覺得那條藍花的薄紗禮服更好些，而且樣式很流行。」

「可是這件最適合妳，」黛安娜說，「柔軟飄逸，貼身舒適。薄紗那件硬邦邦的，看起來過於正統。」

安妮歎了口氣讓步了。黛安娜因在時尚方面的品味漸漸有了名氣，最近許多人都聽從她的穿衣建議呢。在這個特殊的夜晚，黛安娜身穿玫瑰紅的漂亮禮服，美麗動人，但她不是演出者，自己的穿著無足輕重，就把心思都放到了安妮身上。她發誓為了艾凡里的名譽，要把安妮打扮得光彩照人，足以博得女王的青睞。

「把那條褶邊再拉出來一點，就這樣。我幫妳繫好腰帶。現在把鞋子穿上。我要把妳的頭髮編成兩條粗辮子，然後盤在後面，在中間紮上大白蝴蝶結。不能有劉海，把前額露出來吧。這個髮型最適合妳了。艾倫太太說過，妳把頭髮中分看上去像聖母瑪利亞。我把這朵美麗的白玫瑰插到妳的耳後。我家花園裡就剩下這最後一朵，我特意為妳留下來的。」

「戴這串珍珠項鍊行嗎？上星期馬修從鎮上給我買的。我知道他希望我戴上。」

黛安娜噘起嘴，把頭一歪，仔細打量，終於同意，於是在安妮凝脂般雪白而纖細的脖子上添上了一條項鍊。

「妳的氣質很高雅。」黛安娜羨慕地說，並無妒意，「妳昂起頭時姿態迷人，我想是因為妳身材好，可我是個矮胖子。我一直擔心自己變胖，結果真成了這樣。唉，看來只能聽天由命了。」

「但妳有可愛的酒窩！」安妮看著眼前黛安娜美麗生動的臉，親密地微笑，「多漂亮的酒窩，就像奶油上的小坑。我不再幻想了，我的酒窩夢破碎了，但我的其他很多夢想變成了現實，有什麼可抱怨的呢？現在我打扮好了吧？」

「好啦。」黛安娜給予肯定。

這時瑪莉拉出現在門口。她的鬢髮添霜，面容也有些憔悴，但神色比以前柔和多了。

「瑪莉拉，快看看我們的朗誦家！她很美吧？」

瑪莉拉怪聲地回應道：

「她打扮得整潔得體。我對這個髮型很滿意。不過，當她坐進馬車裡，一路灰塵和露水，這禮服不就糟蹋了嗎？再說，在晚上出門穿也太薄了。蟬翼紗是世上最不實用的東西，馬修買回來時我就這麼說過。最近對馬修是白費口舌。以前他還聽我的建議，現在對我的話充耳不聞，不停地給安妮買這買那。卡莫迪的店員都糊弄他。她們只要一說什麼東西漂亮、流行，馬修會立即掏腰包。安妮，小心別讓車輪子把禮服的下襬刮壞了，另外，穿上那件暖和的外套。」瑪莉拉說罷便匆匆下樓了。心想，安妮的模樣真可人，「從頭頂到額頭都在月光的籠罩下」。她還為自己不能參加音樂會聽安妮的朗誦感到遺憾。

「不知道外邊潮氣是不是太重，這件禮服行嗎？」安妮不安地問。

「沒問題！」黛安娜拉起百葉窗，「多美妙的夜晚呀，根本沒有露水。妳看還有月光。」

「幸好我的窗戶朝東，面向太陽升起的方向，」安妮說，「早晨太陽從對面平緩的山坡升起，從楓樹間可以看到陽光，而且每天都有所不同，感覺真美好啊！沐浴在第一道陽光中，心靈得到了淨化。黛安娜，我非常喜歡自己的房間。下個月我就要進城了，就要和這個房間分離，我怎麼受得了啊？」

「唉，今晚別說分離的事，」黛安娜央求道，「我不願意想，想起來就傷心。我希望過一個開心的夜晚。妳準備朗誦什麼？妳緊張嗎？」

「我一點也不緊張。我經常在公開場合朗誦，已經習慣了。我決定朗誦〈少女的誓言〉。這是一首非常淒婉的詩。羅拉．斯賓塞打算朗誦一段喜劇臺詞。與逗人發笑相比，我更希望惹人傷心落淚。」

「如果觀眾們要妳再來一個，妳朗誦什麼呢？」

「觀眾不會的。」安妮自嘲道。不過她暗中希望再來一個，那樣明天吃早餐時，她就可以繪聲繪色地向馬修描述當時的場景。

「啊，我聽到馬車聲了。比利和簡來了，我們走吧。」

比利．安德魯斯堅持要安妮和他坐前排，安妮不大情願地照辦了，其實她更希望和女孩子們坐在後排，盡情地談天說地。比利二十歲，高胖遲鈍，有一張缺乏表情的圓臉，不善交談。他迷戀安妮，因為能坐在身材苗條、姿態端莊的安妮身旁一起去白沙鎮酒店，簡直得意忘形。

安妮不時地回過頭跟黛安娜和簡說話，偶爾也和比利說幾句。比利只會咧著嘴笑，不知怎麼回答。等他好不容易想好答案，安妮已經換了話題。儘管如此，安妮一路上快樂自在。在通往大飯店的路上，人流馬車絡繹不絕，悅耳的歡聲笑語在四周迴蕩。

他們抵達時，只見大飯店在夜色中燈火輝煌。音樂會組委會的一名女士正站在門口迎接，把安妮帶進了演員化粧室。室內早擠滿了夏洛特敦交響樂團的演員。安妮突然變得羞怯緊張，自慚形穢。她剛才在家裡時，覺得自己的禮服過於亮麗，此刻卻發現它如此平凡簡樸。置身於這些身著華貴絲綢的婦人中間，她的服飾過於樸素。她身邊的這位高大美豔的婦人配戴著鑽石項鍊。相比之下，她的珍珠項鍊微不足道；還有，其他人戴的都是溫室裡培育的豔麗鮮花，而插在她頭上的那朵小小白玫瑰不免寒酸。她摘下帽子，脫下外套，苦惱地縮進一個角落，恨不得立刻回到綠山牆農舍自己的房間裡去。

安妮到了音樂會禮堂的後臺，愈發手足無措。刺眼的燈光令她眼花繚亂，香水味及周圍嘈雜的說話聲攪得她頭昏腦脹。她看到黛安娜和簡坐在後排的觀眾席上，輕鬆愉快，真希望能和她們坐在一起。而她此刻被兩個人擠在中間，一個是身穿粉色絲綢禮服的胖女人，另一個是身穿白蕾絲禮服的、高個子的傲慢的女孩子。胖女人不時扭過頭來透過鏡片放肆地打量安妮，令安妮非常厭煩，真想大聲喝止。而那個蕾絲禮服的女孩子無所忌憚，對身邊人嘲諷聽眾席上「土包子」、「鄉下女孩」，無精打采地等著看當地文藝愛好者出洋相。這些話被安妮聽得一清二楚。她心裡暗想，自己到死都會對這個女孩子深惡痛絕。

安妮的運氣實在糟糕。當晚，專業朗誦家伊凡太太正巧下榻這家大飯店，答應屈尊上臺獻藝。她是一位黑眼睛的女子，舉止高雅、體態優美，身穿一件銀灰色閃動月華般光亮的長禮服；黑頭髮上和脖子上配戴著美輪美奐的寶石。她的出奇柔和而又變換自如的嗓音，表現了非同凡響的感染力，征服了全場觀眾。安妮兩眼閃亮，聽得如痴如醉，完全忘記了自己的煩惱，但當朗誦一結束，她便猛地用手捂住了自己的臉，完全喪失了勇氣，認為自己絕對上不了臺。她原以為自己能朗誦呢，也許只有在綠山牆農舍裡！

就在安妮惶恐萬分的時刻，臺上報出了她的名字。她艱難地站起身，茫然地走到舞臺上，臉色變得慘白。那個穿蕾絲禮服的女孩露出詫異的神情，但安妮並沒有注意到，即使注意到了，也理解不到其中暗含的欽佩。觀眾席上的黛安娜和簡都為她捏了一把汗，把彼此的手緊緊握在一起。

安妮感到一陣難以抵抗的恐懼，幾乎敗下陣來。雖然她經常在眾人面前朗誦，但像今晚這樣，在富麗堂皇的音樂禮堂內，在眾多觀眾的注視下朗誦，還是有生以來第一次。她禁不住心驚膽戰，手足無措。臺下那一排排身穿晚禮服的女人們，那一張張挑剔的面孔，似乎無聲炫耀她們的富有和文化氣質。他們和那些坐在辯論俱樂部長椅上熟悉的、充滿善意的觀眾之間有著天壤之別，他們會毫不留情地對她評頭論足，也許和那個穿白蕾絲禮服的女孩一樣，期待從一個鄉下女孩的表演中獲取笑料。無助、絕望、羞愧和痛苦一併襲來。她心情沉重，雙膝顫抖，心跳過速，朗誦不出一個字。如果這時臨陣逃脫，那將是她一生中的奇恥大辱。儘管如此，她還是渴望逃走。就在她睜大眼睛驚恐萬分地注視著觀眾席的那一瞬，她遠遠地看到了吉伯特．布萊斯。吉伯特坐在後排座位上，身子前傾，面帶微笑，彷彿是在嘲笑自己！

事實上，吉伯特微笑，是因為欣賞音樂會總體的氣氛，也因為欣賞在棕櫚樹背景下，安妮潔白頎長的身影、充滿靈氣的面孔產生的美妙效果。坐在他身邊的喬西．派伊卻像打敗了對手般，露出譏笑的表情。不過，安妮沒有看見喬西，即使看見了，也不屑理會。

安妮深深地吸了一口氣，驕傲地揚起頭，勇氣和決心像電流一樣迅速傳遍了她的全身。她絕不能在吉伯特面前失敗，成為他嘲笑的對象，絕不！膽怯和緊張感煙消雲散，她開始朗誦。清脆甜美的聲音傳遍了大廳的各個角落，絲毫沒有顫抖和停頓。她完全恢復了沉靜與自信，在短暫的怯場後，她反倒朗誦得比過去任何一次都精彩。朗誦一結束，全場立即爆發出一陣真誠的掌聲。安妮既害羞又興奮，臉頰緋紅地向自己的座位走去。那位穿粉色禮服的胖女人一把拉住了她的手，用力地搖晃著。

「啊，太精彩了！」胖女人氣喘吁吁地說，「我剛才哭得像個孩子似的。妳看，大家讓妳再朗誦一段呢，非要妳再回到臺上去。」

「噢，我不能，」安妮慌亂地說，「不過，我得回去，不然馬修會失望的。馬修說過會出現這樣的場面。」

「那就別讓馬修失望呀。」穿粉色禮服的女人笑著說。

安妮兩眼閃亮，兩腮緋紅，邁著輕盈的腳步回到了舞臺上。她朗誦了一段奇異有趣的文章，也使大家聽得入了迷。接下來的夜晚時光對於安妮來說完全是一場勝利。

音樂會結束後，穿粉色禮服的胖女人——實際上是一位美國百萬富翁的妻子，扮演起安妮保護人的角色，把她介紹給了每一個人。大家都讚美安妮的朗誦。專業朗誦家伊凡太太也走過來和安妮交談，說安妮有迷人的嗓音，把朗誦的內容「詮釋」得十分完美；甚至連穿白蕾絲禮服的女孩子也讚揚了安妮。隨後，他們在一間裝飾得富麗堂皇的餐廳用餐，和安妮一起來的黛安娜和簡也獲得了邀請。這時卻找不到比利，原來比利害怕這種場合，早就逃跑了。

等宴會一結束，比利就坐在馬車裡在門口等候了。三個女孩子愉快地走出餐廳，來到皎潔的月光下。安妮深深地吸了一口氣，眺望著冷杉樹頂上清澈的天空。在這純淨而靜謐的夜晚，一切都那麼美好、奇妙。遠處傳來大海的樂聲，神祕魅惑，而黑暗中的懸崖彷彿守護海岸的強壯巨人。

「今晚大開眼界了！」馬車啟動，簡歎息道，「我真想成為有錢的美國人！夏天住大飯店，穿袒胸露背的禮服，珠光寶氣，每天吃冰淇淋和雞肉沙拉，比當老師快活多了。安妮，妳朗誦得真棒！剛開始時我還有點替妳擔心，但我覺得妳比伊凡太太朗誦得都好。」

「不，千萬別這麼說。」安妮急忙阻止道，「太離譜了。我怎麼能和她比。她是專業的，我不過是個學生，懂得一點朗誦技巧而已。大家喜歡，我就滿足了。」

「我要告訴妳一句話，」黛安娜說，「我想那是一句讚美，至少是部分讚美。一個美國人坐在我和簡的背後，黑頭髮黑眼睛，很浪漫。喬西．派伊說他是有名的畫家呢。喬西母親的表妹住在波士頓，嫁給了畫家的同學。我們聽到這位畫家說，舞臺上那個長著『提香色』頭髮的女孩子是誰呀？我好想為她畫像。』他是這麼說的。安妮，『提香色』頭髮是什麼意思？」

「我猜就是指紅色。」安妮失聲笑起來，「提香是義大利的著名畫家，喜歡畫紅頭髮的女人。」

「妳們看到那些女人戴的鑽石了嗎？」簡又歎了口氣，「真是絢麗奪目。哎，妳們不想當富人嗎？」

「其實，我本身就很富有呀。」安妮充滿自信地說，「我在十六年中，有過豐富的人生閱歷。每天都像女王一樣幸福地生活，還富於幻想。妳看那大海，一片銀白，茫茫無際。金錢幾百萬，鑽石珠寶無數，都不能和這麼美妙絕倫的大自然相提並論。如果有人想用錢、珠寶、鑽石換取我的豐富而自由的生活，我不會答應的。妳願意變成那個身穿蕾絲禮服的女孩子，尖酸刻薄一輩子嗎？在她眼裡，全世界的人都是傻瓜。那個穿粉色禮服的女人，雖說和藹親切，卻長得又矮又胖，像個啤酒桶；伊凡太太呢，有一雙哀怨的眼睛。她一定過得不幸福才有那樣的眼神。簡，妳真想成為那種人嗎？」

「我……我不知道。」簡迷惑了，「我想，鑽石會讓人快樂吧。」

「除了我自己，我不想成為任何人。我一輩子都不需要鑽石帶來的快樂，」安妮說，「我能戴珍珠項鍊，做綠山牆農舍的安妮，就心滿意足了。這串珍珠凝聚了馬修對我的愛，絕不比穿粉紅禮服的太太的鑽石遜色。」

第34章

女王學院的女生

綠山牆農舍在接下來的三個星期裡忙著為安妮去女王學院上學做準備。有許多針線活要做，有許多事情要商量、要決定。馬修給安妮置辦的用品既充足又好看。瑪莉拉也破例不再反對馬修的採購和建議，不僅如此，有一天晚上，她甚至還抱著一塊精緻的綠色布料走進了東山牆的房間。

「安妮，我看可以用這塊布料給妳做件漂亮的晚禮服。其實妳的衣服足夠多了，但我想，妳出席城裡的晚會要穿著入時。聽說簡、露比和喬西每人都做了『晚禮服』，我不希望妳落在後頭。上星期我專門求艾倫太太選了這塊面料，打算請艾蜜莉．吉利斯做。艾蜜莉聰明手巧，做出的衣服最合身。」

「噢，瑪莉拉，這太美了！」安妮說，「太感謝妳了。我覺得妳不該對我這麼好，讓我更捨不得離開家了。」

艾蜜莉幾天後就把晚禮服做好了，按她的審美情趣精心地打了許多褶，還鑲了花邊。有一天晚上，安妮特意穿上這件新裝在廚房裡為瑪莉拉和馬修朗誦了〈少女的誓言〉這首詩。瑪莉拉注視著安妮歡樂可愛的面孔和優雅的舉止，安妮初到綠山牆農舍的情景又浮現在眼前。那個性情膽怯又古怪的小女孩，穿著滑稽可笑的絨布衣衫，淚眼中透露出傷心絕望的神情。想到這裡，瑪莉拉忍不住流下了眼淚。

「瑪莉拉，妳是不是被我的朗誦感動了？」安妮問道，還朝坐在椅子上的她彎下腰去，在她的臉上吻了一下。

「不是的。」瑪莉拉回答道。她一直認為因詩歌這種東西傷心落淚有些愚蠢。「我剛才不由得想起了妳小時候的樣子。現在妳變成少女了，但我希望妳還是那個小女孩，哪怕有點古怪。安妮，妳個子這麼高，出落得這麼美，再穿上這件禮服，簡直變成了另一個人，好像不屬於艾凡里。我一想到妳要離開，就感到傷心孤單。」

「瑪莉拉！」安妮叫道，一頭撲進瑪莉拉的懷裡，用手捧著她長滿皺紋的臉，嚴肅而溫柔地看著她的淚眼，「我一點也沒變，真的。只不過稍稍修剪了殘枝敗葉，讓新芽綻放。我還是從前的我。無論走到哪裡，無論外貌發生多大的變化，都無關緊要，我永遠是妳心中的小安妮。我對妳和馬修，還有對綠山牆農舍的感情，只會一天比一天更強烈、更真摯。」

安妮把自己年輕嬌嫩的面龐緊貼在瑪莉拉衰老憔悴的臉上，還把手輕輕地搭在了馬修的肩膀上。瑪莉拉無言，只是深情地把安妮擁在胸前，希望永遠停留在這一刻。馬修兩眼盈淚，慢慢地站起身，走出門，來到群星閃爍的夏日夜空下。他心潮起伏地穿過院子，來到了白楊掩映的柵欄門前。「嗯，這個，安妮沒被嬌慣壞。」他滿心驕傲地自言自語，「我偶爾參與一下撫養她的事根本沒壞處。瞧她多聰明、多美麗，多善解人意……這是最重要的。她是上帝給予我們的恩賜。斯賓塞太太犯的錯反倒給我們帶來了好運氣。其實我不相信運氣，更相信上帝的旨意。上帝大概預料到我們需要安妮。」

九月的一個晴朗的早晨，安妮進城上學。她在和黛安娜告別時，眼含熱淚，但在和瑪莉拉告別時卻很理智，沒有流淚，至少瑪莉拉沒有。安妮坐上馬修的馬車出發了。黛安娜和她在卡莫迪的堂兄妹們一起到白沙鎮的海邊遊玩去了，玩得還算開心，暫時忘記了離別的痛苦。瑪莉拉呢，做了一整天不必做的家務事，頭痛欲裂，即使淚如雨下，也減輕不了痛苦。當天晚上，她躺在床上，意識到在走廊盡頭的東山牆的房間裡不再住著一個年輕活潑的生命，不再傳出輕輕的呼吸聲，不由得被強烈的孤獨折磨，暗暗地抽泣起來。後來，她慢慢地平靜了下來，為自己因一個具有原罪的生命動情而感到慚愧。

當天安妮和艾凡里的其他同學都按時趕到了城裡的女王學院。第二天是忙碌而興奮的一天。新生們彼此結識，還和教授們見了面，接著就被編入了不同的班級。安妮聽從史黛絲老師的建議，決定學習二年級的課程，吉伯特．布萊斯也一樣。如果一切順利，他們可以在一年裡而不是兩年，就取得一級教師資格證書。這意味著要付出更多、更艱辛的勞動。簡、露比、喬西、查理，以及穆迪．史波根沒有那麼大的毅力和決心，只求在兩年內取得資格證書。

安妮的班上有五十多名新生，除了坐在教室另一側的高個子褐髮的吉伯特外，她不認識任何人，不由得感到一陣孤獨。當然，如果她對吉伯特的態度不變，認識他似乎沒多大意義，她悲哀地想道，但還是很高興和他同班，繼續往日的競爭。如果缺少競爭，她會迷失奮鬥的方向。

「要是沒有這個對手，我會永不安寧。」安妮想，「吉伯特似乎信心十足，要力爭獎牌。他的下巴很好看，以前怎麼沒注意到。簡和露比要是也選二年級的課程該多好呀。不過，要是和同學們熟悉起來，就不會這麼淒涼了。在這些女孩子當中，誰會成為我的朋友呢？猜想一下其實很有趣。我已經向黛安娜許諾過，再不會有比她更親密的朋友，但可以結交普通朋友。我喜歡那個褐色眼睛的女孩。她身穿紅衣，容光煥發，好似一朵盛開的紅玫瑰。那個白皮膚金頭髮的女孩，正眺望窗外，也許富於想像力。我希望和她們認識，親近到挽著胳膊走路，彼此使用暱稱，但現在她們還是陌生人，也許她們根本不想認識我呢。我覺得好孤單啊。」

當天，在黃昏時分，安妮獨自站在自己的房間裡，愈發孤獨難忍。簡和其他女生都寄住在城裡的親戚家，不和她住在一起。約瑟芬·貝瑞小姐倒是願意讓安妮住自己的柏樹山莊，但無奈那裡離學院太遠。老貝瑞小姐找了一個提供食宿的家庭，並向馬修和瑪莉拉保證那裡很適合安妮。

「寄宿家庭的主人是位家道中落的貴婦人，」老貝瑞小姐解釋道，「她丈夫原是位英國軍官。她挑選寄宿人十分謹慎，因此安妮絕不會被人騷擾。她家四周環境優雅安靜，離學院不遠，飯菜也合口。」

老貝瑞小姐所言屬實，但這無法排解安妮強烈的思鄉痛苦。安妮環視自己狹小的房間：一張小小的鐵床和一個空蕩蕩的書架，壁紙黯淡，牆上沒有一幅畫。她聯想到綠山牆農舍裡明亮的房間，忍不住一陣哽咽。每當夜晚時分，她向窗外眺望，享受一大片安靜的綠色。在花園裡，香豌豆花嬌俏綻放，果園沐浴著柔和的月光，山坡下的小溪歡快地潺潺流淌。在小溪對面，大片冷杉的枝葉隨風翩翩起舞。透過樹林的間隙，可以望見從黛安娜房間的視窗透射出來的燈光，而向更高遠處望去，天空群星閃爍，浩瀚神祕。

而這裡的窗外是冷硬的道路，空中懸掛著蛛網般的電話線。街上來往的都是陌生人，他們的面孔在街燈的映照下那麼疏遠。剎那間，淚水盈滿了安妮的眼眶，但她拚命地忍著。

「流淚太脆弱、太愚蠢，我絕不。兩三滴淚珠已經從鼻子上滾落了，但眼裡還有更多。我得想些趣事止住淚水，可是所有的趣事都和艾凡里有關，愈想心裡愈難受。第四滴、第五滴流了下來。星期五就可以回家了，但似乎要等一百年。哦，馬修此時該到家了吧。瑪莉拉一定站在柵欄門旁張望小路上他的身影。第六滴、第七滴、第八滴。啊，已經數不過來了，淚如泉湧。我高興不起來，也不想高興，就一直難受下去吧。」

這時，喬西．派伊來了，否則安妮就會涕淚橫流。她見到來自艾凡里的喬西，心情好轉，忘記了從前兩人之間的衝突。

「我真高興妳來了。」安妮由衷地說。

「妳哭了？」喬西說，憐憫的口氣使安妮感覺雪上加霜。「我猜妳想家了。很多人在這方面缺乏自制力。告訴妳，我根本不想家。對比那個破敗的死氣沉沉的艾凡里，城裡簡直是天堂。我想不明白自己怎麼在那裡生活了那麼多年。安妮，妳不該哭的，鼻子、眼睛都哭紅了，再加上紅頭髮，整個人紅彤彤一片。我今天在學院裡過得真痛快。我們的法語老師特別帥，妳要是看到他的小鬍子一定會興奮得心怦怦跳。安妮，我餓壞了。我猜瑪莉拉一定給妳帶了蛋糕，所以跑來了。不然，我就和法蘭克．史托克利去公園看樂隊演出了。他和我寄住在同一個地方，是個重感情的人。他今天在教室裡注意到妳了，還問我那個紅頭髮女孩是誰。我說，妳是卡斯伯特家領養的孤兒，但沒人瞭解妳的底細。」

安妮這時想，與其和喬西·派伊在一起，還不如與孤獨和眼淚相伴。這時簡和露比也來了。兩人都驕傲地把女王學院的絲帶繫在大衣上，絲帶長約一英寸，為紫紅兩色。喬西因為在那段時間裡不跟露比說話，不得不有所節制，變得安靜起來。

簡歎了口氣說：「唉，從今天早晨到現在，簡直像幾個月那麼漫長。說實話，我現在應該在家預習維吉爾的詩。那個可恨的老教師布置了二十行詩，可是我怎麼也靜不下心來。安妮，妳是不是剛哭過？如果是真的，就承認吧，那樣我才能挽回幾分自尊心。在露比找我之前，我也哭過一場。要是別人當過傻子，我也不在乎當傻子了。蛋糕？給我一點兒吧，謝謝，這可是地道的艾凡里風味。」

這時露比看到了書桌上的女王學院的日程表，就問安妮是不是想爭取金獎。安妮臉一紅，承認了。

「哦，這倒提醒了我。」喬西說，「女王學院要頒發艾弗里獎學金，法蘭克·史托克利今天聽他叔叔說的，他叔叔是學院的董事。學院明天會發布這個消息。」

「艾弗里獎學金！」安妮突然感覺熱血沸騰。她的雄心彷彿在一股魔力的驅動下迅速壯大。在這之前，她最嚮往在一年學習結束後取得一級地方教師證書，也許會得到金質獎章，但此刻她夢想獲得艾弗里獎學金，進入雷德蒙大學學習文科課程。當喬西話音未落，安妮的眼前似乎出現自己身穿學士袍、頭戴學士帽出席畢業典禮的情景。

艾弗里獎學金是專為攻讀英國文學的人設立的，而英國文學正是安妮最擅長的科目。新布藍茲維的一位有錢的工廠主人在臨死前捐獻了部分遺產，設立了這項獎學金，根據加拿大沿海各省高中和專科學校的排名頒發。女王學院是否名在其中曾是一個懸念，不過現在塵埃落定。學年結束時，英語和英國文學取得最高分的畢業生將贏得這項獎學金，每年二百五十加元，並獲准進入雷德蒙大學學習四年。

那天晚上，安妮在睡前情緒激動。「如果努力學習就能獲得獎學金，那我一定要爭取，」她下定了決心，「我要是拿到學士學位，馬修肯定會感到無比自豪。噢，擁有雄心壯志令人充實，而我很高興自己擁有許多。奮鬥永無止境，在實現了一個目標之後，一個更新的目標就在高處閃光，這使人生變得激動人心。」

第35章

女王學院的冬季

伴隨時光的流逝，安妮的思鄉症漸漸緩解，當然，幸虧每個週末都能回家。秋季裡的星期五晚上，只要天氣晴好，來自艾凡里的學生們就乘坐新鐵路支線上的火車到卡莫迪去。黛安娜和艾凡里的幾個年輕人前來會合，從不失約，然後大家一起快樂地結伴回艾凡里。在夕陽的金輝中，他們像吉普賽人一樣漫步在秋色爛漫的山崗上，眺望遠處艾凡里的閃耀燈火，對於安妮來說，這是一個星期中最美好、最親切的時光。

吉伯特．布萊斯常和露比．吉利斯結伴而行，還替露比拿書包。露比出落得俏麗，藍眼睛光彩明亮，肌膚潔白如玉，體態豐滿。她認定自己已長大成人，在母親允許的範圍內，穿盡量長的裙子；她在城裡把頭髮盤起來，回家時卻不得不放下來，披在肩頭。她天性快樂，盡情享受生活的樂趣。

「我覺得，露比不是吉伯特喜歡的那種類型。」簡小聲地對安妮說。安妮也有同感。她經常情不自禁地想到，如果自己能和吉伯特交朋友，一起說笑，交換學習心得，討論理想抱負，會是多愉快的事啊。她深知吉伯特志向遠大，但露比．吉利斯顯然不是他理想的談話對象。

安妮對他的想法並沒有摻入傻乎乎的感情成分。男同學在她的心目中可以成為好夥伴。如果她能與吉伯特成為朋友，即使他另外再有多少個朋友或者和誰一起走，她都不會很在意。她在交際方面頗有天賦，交了一些女朋友，但漸漸地意識到，結交一些異性朋友也對自己有益，會提高判斷能力，開拓思路。如果在下火車後回艾凡里時，能和吉伯特一起沿著廣闊的原野和長滿三葉草的小路回家，暢談新生活和理想抱負，難道不是很美好嗎？吉伯特聰明智慧，善於獨立思考，立志汲取人生精華，為社會奉獻。露比對簡說過，她對吉伯特說的事情半懂不懂。他說話時的出神表情和安妮的差不多。如果不是萬般無奈，露比絕不願為書本之類的事情費心。在她的心目中，法蘭克爽快風趣，但吉伯特更瀟灑英俊，實在拿不定主意更喜歡哪一個。

安妮在學院裡漸漸有了一些志同道合的女友。她們思路敏捷、朝氣蓬勃、想像力豐富。其中，安妮和「紅玫瑰」斯特拉．梅納德，還有「幻想迷」普莉西拉．格蘭特關係最親密。皮膚白皙的普莉西拉實際上是個靈氣十足、喜歡開玩笑的少女；而黑眼睛的斯特拉天性好動，和安妮一樣喜歡空想和夢幻。

聖誕節假日過後，艾凡里的學生們在星期五不再回家了，而是全心投入到學習之中。這時女王學院學生們的名次似乎已經排定，各個班級顯示出個性和特色。某些事實似乎已被認定。金獎的候選人只限於三人：吉伯特・布萊斯、安妮・雪利、露易絲・威爾遜。

艾弗里獎學金的競爭者有六個人。他們旗鼓相當，花落誰家難以預料。數學銅獎大概會被一個內地男生拿走。他不但矮胖，長相也滑稽，腦門凸凹不平，穿一件帶補丁的外套。

露比・吉利斯在學院選美中摘下桂冠。在二年級的幾個班裡，斯特拉・梅納德獲得了美女頭銜，但安妮也擁有一些獨具眼光的熱情支持者。有資格的評審們認為埃瑟爾・瑪爾的髮型最時尚。而樸素刻苦、行事謹慎的簡・安德魯斯在家政課上遙遙領先；喬西・派伊被評為「全學院嘴巴最刻薄的女人」。可以說，史黛絲老師的學生們在更廣闊的學院圈子裡也爭得了一席之位。

安妮埋頭苦讀，腳踏實地。她和吉伯特的競爭似乎還和從前一樣激烈，但在學生眾多的班上並不明顯，而且去除了怨恨的苦澀。如果取勝，當然會有成就感；但如果失敗，她也再不會感覺失望至極，不堪忍受。

除了用功，學生們也尋找娛樂的機會。安妮在閒暇時會去柏樹山莊。星期日通常在那裡吃早餐，然後和老貝瑞小姐一起去教堂。老貝瑞小姐雖然年邁，但仍然很健談，一雙黑眼睛炯炯有神。她對安妮從不刻薄挑剔，相反倒喜愛有加。

「安妮時時都在進步。」老貝瑞小姐說，「我對別的女孩都感到厭倦，她們千人一面，沒什麼新鮮感。安妮卻像一道彩虹，一出現就五彩繽紛。她可能不像小時候那麼逗人發笑，但招我喜歡。我喜歡這樣的人，不需費力去愛。」

春天在不知不覺間姍姍而來。在遠方的艾凡里，地上殘雪未消，但在雜草枯萎的原野上，五月花已吐出粉紅的嫩芽，綠色的輕霧在山谷林地間繚繞。但在夏洛特敦的女王學院裡，學生們卻無暇注意季節的變換，而是為即將到來的考試寢食難安，備受折磨。

「這個學期馬上要結束了，簡直令人難以相信。在去年秋天，感覺前面還有很多日子——整個冬季的上課和學習。馬上臨考了，我有時覺得考試勝過一切，但一看到栗樹綻出大片的嫩芽，街道盡頭彌漫藍色的輕霧，又覺得考試沒那麼重要。」安妮說。

前來看望她的簡、露比和喬西可不這麼想。對她們三人來說，下星期的考試至關重要，五月的嫩芽和輕霧根本無法和它相提並論。安妮對通過考試信心十足，所以才這麼鎮靜從容。

「我這兩個星期瘦了七磅。」簡歎了一口氣說，「著急啊。苦學了一個冬天，還花了不少錢，要是拿不到證書就太不幸了。」

「我可不在乎。」喬西說，「今年考不上，明年再考一次，反正我們家負擔得起。安妮，我聽法蘭克說，崔梅恩教授認為吉伯特會拿到金獎，而艾米莉・克萊可能會奪得艾弗里獎學金。」

安妮微笑了。

「喬西，我明天可能會為這事煩惱，可是現在我不介意。我一想到在綠山牆農舍下面那片開闊的山谷裡，盛開著大片的紫羅蘭，在『戀人小徑』上，三葉草冒出了毛絨絨的新芽，金獎或者艾弗里獎學金似乎無關緊要了。我盡了全力，也開始懂得『苦中有樂』的真正涵義。努力後成功固然好，努力後失敗也不是一件壞事。我們還是換個話題吧。妳看那邊屋頂上淺藍色的天空！此刻在艾凡里那片紫黑色的冷杉林上，天空會是什麼顏色呢？」

「簡，妳打算在畢業典禮上穿什麼禮服？」露比問了一個現實問題。

「妳就知道談時裝。」簡和喬西異口同聲地批評露比。

安妮仍站在窗前，用兩隻手支著臉頰，遙望著屋頂以及尖塔上的漫天晚霞，沉醉於對未來的夢幻之中。

第36章

光榮與夢想

那天早晨，安妮和簡一起去看榜。學院將在告示板上公布所有科目的考試結果。簡面露笑容，因為考試終於結束，自己應該會安全過關。她只求通過考試，並不奢望優秀成績。少些雄心壯志，也就少些擔憂和焦灼，萬事都有代價。胸懷偉大理想當然值得讚賞，但通向理想的道路永遠曲折，充滿艱辛和失望。安妮沉默著，臉色有些蒼白。再過十分鐘，金獎和艾弗里獎學金的得主就會揭曉，而她根本無法想像十分鐘後的情景。

「妳一定會得到其中的一項。」簡說。如果理事會做出不給安妮發獎的不公正決定，她絕對不會理解。

「大家都說艾弗里獎學金非艾米莉．克萊莫屬。我沒勇氣到告示板前當著大家的面看結果。我直接去休息室。簡，我求妳去看，然後告訴我結果。看在老朋友的分上，快去快回。如果我沒考好，妳也別說『很遺憾』，直接說『考砸了，沒及格』。不管結果怎麼樣，都不要對我表示同情，答應我好嗎？」

簡鄭重地答應了。事實證明，這個約定純屬多餘。兩人剛一登上學院的石階就撞見了擠滿大廳的男生們。他們把吉伯特．布萊斯抬起來，齊聲喊道「布萊斯萬歲！吉伯特．布萊斯！」在那一瞬，安妮眼前一黑，頹喪地感到，吉伯特勝利了，而自己徹底失敗了！馬修一直堅信安妮會奪取金獎，他將多麼失望。就在這時，有人高喊一聲：「為艾弗里獎學金得主安妮小姐，三呼萬歲！」

在四周一片歡呼聲中，安妮和簡向女生休息室跑去。「噢！安妮，」簡喘著氣說，「安妮，妳太了不起了！我為妳驕傲！」女學生們立即歡笑著湧過來圍住了安妮，齊聲向她祝賀，親密地拍著她的後背，爭相和她握手表示祝賀。簡低聲對安妮說：「馬修和瑪莉拉該有多高興啊！快給家裡帶信報喜。」

接下來的重大事件是畢業典禮。典禮在學院的禮堂裡舉行，節目包括致詞、朗讀散文、唱歌、授予畢業證書和獎牌等。馬修和瑪莉拉都出席了畢業典禮，他們兩個只注視臺上的一個學生：身穿淡綠色長裙、臉頰微紅、眼神明亮的安妮。周圍人都在低聲議論著這位艾弗里獎學金的得主。等安妮朗誦完自己寫的優美散文，進入禮堂後一直沉默的馬修小聲說：「妳現在慶幸當初收養了這個孩子吧，瑪莉拉。」

「我早就不止一次這麼想了。」瑪莉拉回敬道，「馬修，你真會氣人。」

老貝瑞小姐坐在他們的背後，探過身子，用陽傘輕輕地捅了捅瑪莉拉的後背說：

「我為安妮感到驕傲！妳呢？」

當天晚上，安妮和馬修、瑪莉拉一起回家。她從四月以來就一直沒有回來過，早已歸心似箭。蘋果花已經綻放，四周的氣氛輕鬆愉悅，而黛安娜正在綠山牆農舍裡等候。安妮走進自己的白色房間，貪戀地望著裡面的每一樣東西，還看到瑪莉拉擺在窗臺上的玫瑰花。她幸福地深深吸了一口氣。

「噢，黛安娜，回家真好。妳看那粉紅的天空，那片冷杉林！果樹園已經是雪白繁花的世界了，我又見到了想念已久的『白雪皇后』，她還散發著薄荷清香呢！這朵玫瑰花簡直是歌聲、希望和盼望的象徵。我真高興能在這裡看到妳！」

「妳不是喜歡上那個叫斯特拉．梅納德的女孩了嗎？喬西．派伊說，妳和她可好呢。」黛安娜以責備的口氣問道。

安妮忍不住笑起來，用水仙花束輕輕拍打黛安娜。

「除了一個人，她是我最好的朋友，這個人就是妳呀。妳對我愈來愈重要。我心裡有千言萬語要對妳說，不過現在這樣看著妳，我就心滿意足了。我好像有點累了，明天我要在果樹園的草地上躺上兩小時，徹底休息放鬆。」

「妳考得太棒了！拿到了艾弗里獎學金就不用教書了吧？」

「是呀，我九月分要去雷德蒙讀書。從現在起，我可以盡情享受整整三個月愉快的暑假，然後開始實現各種新的目標。簡和露比可以勝任教師工作了。穆迪．史波根和喬西．派伊也都通過考試畢業了，每個人都很出色。」

「聽說新橋鎮的學校理事會已經聘請簡了，吉伯特．布萊斯也接到了通知。他家裡負擔不起學費，他只能去任教。如果艾姆斯老師轉任，他就能在艾凡里的學校教書。」

安妮聽到這個意外的消息，不由得產生了一種莫名其妙的失望感。她原以為吉伯特也會去雷德蒙讀書呢。如果她失去這個競爭對手，動力就會大大減弱。而在男女同校頒發學位的大學裡，缺少這個亦敵亦友的人，學習生活會變得多麼乏味。

安妮在第二天吃早餐時突然發現馬修看上去很疲憊。他和一年前相比，臉色憔悴了許多。馬修剛一離座，安妮便不安地問：「瑪莉拉，馬修的身體還好嗎？」

「不太好。」瑪莉拉憂心忡忡地說，「從春天起，他的心臟就總出問題，但他不肯休息，我真的很擔心。最近因為雇了一個能幹的幫手，他輕鬆多了，身體好像也恢復了一些。雖說再難恢復到原來的狀態，但妳一回來，他又精神煥發了。只要妳在，他總是非常快樂的。」

安妮隔著桌子探過身去，用雙手捧住瑪莉拉的臉頰：「瑪莉拉，妳的精神氣好像也不如從前了，是不是太累了？家務事太多？我回來了，就輪到妳休息了。我今天會去看看我最喜愛的那些老地方，然後妳就把工作全交給我來做吧！」

瑪莉拉苦笑了一下。「我頭痛病犯了。最近眼睛經常痛，斯賓塞醫生給我換過多次眼鏡，但不見任何效果。他說六月底有位著名的眼科醫生要來島上，要我一定找他看看。我現在不能看書也不能做女紅，真難受！安妮，妳在一年中取得了一級教師證書，還得了艾弗里獎學金，真了不起！瑞秋說驕者必敗，還認為女人接受高等教育違背天職，我不同意她的觀點。說起瑞秋，安妮，妳聽說艾比銀行的事了嗎？」

「聽說經營情況很糟，怎麼了？」

「瑞秋上星期來家裡也這麼說，馬修聽了很擔心。我們家的每一分錢都存在那家銀行。我早就建議把錢存到儲蓄銀行，可是艾比先生是父親的老朋友，父親以前也在他那裡存錢。馬修說，只要艾比先生還當總裁，就不會出問題。」

「艾比先生年紀大了，早就改任名譽總裁了，事實上他侄子掌握了銀行的大權。」

「瑞秋也這麼說，所以我叫馬修馬上把存款取出來，他說再考慮考慮。昨天我碰到了賽爾先生。他說銀行有信譽，不用擔心。」

這天陽光明媚，四處花開爛漫。安妮一整天都在室外遊玩，過得痛快盡興。她在果樹園裡轉悠了兩三個小時，還探訪了「森林仙女泉」、「維多利亞小島」、「紫羅蘭溪谷」，然後去了牧師家，和艾倫太太親熱地交談。傍晚時分，她和馬修一起穿過「戀人小徑」，從牧場趕著牛群回家。樹林上已是晚霞漫天。在夕陽的餘暉中，馬修垂著頭，慢慢地往前走著，而個頭高䠷的安妮，昂首挺胸，挽著他的手臂。

「馬修，今天又過度勞累了吧？」安妮埋怨道，「你要少做一些，讓自己輕鬆些。」

「是呀，但我做不到。」馬修說著打開院門，把牛群趕進去。「我老了，安妮，但總忘記自己的年紀。我辛苦地工作了一輩子，希望在日常勞動中倒下。」

「你當初希望領養男孩，我要是個男孩就好了，」安妮痛苦地說，「就能幫你幹活，減輕你的負擔。為了你，我真希望能變成男孩。」

「不，不對，我寧願有妳，而不是有一大群男孩，」馬修輕撫安妮的手說，「就想提醒妳，一大群男孩也比不上妳。獲得艾弗里獎學金的不是男孩吧？是女孩，是我們家的安妮！我真心為妳感到驕傲啊！」馬修衝安妮靦腆地一笑。

夜裡，安妮在回到自己的房間後在窗前寧靜地坐了好久。她時而回想馬修的微笑，時而憧憬美好的未來。皎潔的月光映照在「白雪皇后」上，營造出一個晶瑩的世界。青蛙的歌唱從果園坡對面的沼澤地裡傳來。安妮永遠也不會忘記這個美麗、芳香、清涼的夜晚，這悲哀來襲之前的最後一個夜晚。

第37章 死神降臨

「馬修，馬修，你怎麼了？哪裡不舒服嗎？」瑪莉拉叫喊著，聲音驚慌急促。此時安妮正捧著一束雪白的水仙花穿過廳堂走過來。後來，她在很長的一段時間裡都憎恨水仙花和它的香味。

她聽到瑪莉拉的叫喊，發現馬修站在門廊上，臉孔晦暗，奇怪地扭曲著，手裡還攥著一份報紙。她立即丟下花，和瑪莉拉一起疾步穿過廚房奔過去，可是兩人都遲了一步，馬修已經跌倒在門檻上。

「他昏過去了！」瑪莉拉哀叫道，「安妮，快去叫馬丁！快！快！他在倉房裡。」

雇工馬丁剛剛駕著馬車從郵局回來，立即動身去請醫生，還在路過果園坡時向貝瑞夫婦通報了消息，趕巧林德太太也在他們家。三人聞訊疾奔到了綠山牆農舍，進門後看到安妮和瑪莉拉兩人正拚命想方設法搶救馬修。

林德太太輕輕推開兩人，上前試了試馬修的脈搏，又把耳朵貼在他的心口上聽了聽，眼淚不禁奪眶而出。

「唉，瑪莉拉，我想……我們已經無能為力了。」

「瑞秋太太，妳是不是說……妳是不是說馬修已經……已經……」安妮無論如何也說不出那個可怕的詞。她變得全身虛弱，面無血色。

「孩子，恐怕是這樣，我以前見過像馬修這樣的面孔，一看就明白了。」

醫生趕到了。他說馬修可能受到突然的刺激猝死，而刺激的根源是他手中拿著的那張報紙。報紙是馬丁早晨剛從郵局取回來的，上面登著艾比銀行破產的消息。

噩耗迅速傳遍了艾凡里。親朋好友們和鄰居們都趕到了綠山牆農舍，為安排馬修的後事忙碌。忠厚而靦腆的馬修．卡斯伯特平生第一次成了中心人物。威嚴的白色死神降臨，給他戴上王冠，使他脫離凡塵世間。

綠山牆農舍被夜幕悄悄地籠罩，顯得異常沉寂。在客廳裡，馬修．卡斯伯特躺在靈柩裡，安詳的面孔被花白的頭髮環繞著，帶著和善的笑意，似乎在美夢中永久地睡去。在他的身邊擺著鮮花。這些品種古老但氣味芬芳的鮮花，是馬修的母親做新娘時在花園裡種下的。馬修多年來對它們懷著隱祕的無法言喻的愛。安妮把它們採摘下來，鄭重地放到他的身邊。這是她能為他做的唯一的事。她臉色蒼白，因為過度悲傷，一雙眼睛灼痛乾澀卻沒有一滴眼淚。

到了晚上，貝瑞夫婦和林德太太還留在綠山牆農舍。黛安娜走進東山牆的房間，看見安妮佇立窗前。

「親愛的安妮，今天晚上我陪妳一起睡好嗎？」黛安娜輕聲問。

「謝謝妳，黛安娜。」安妮回過頭來，真誠地望著她，「我只想一個人靜靜地待一會兒，希望妳能理解。我並不害怕。從不幸發生的那一刻起，我周圍一直有人陪伴。我忽而不相信馬修去世了，忽而又覺得他在很久以前就離開了，一直被這種痛苦的矛盾折磨。」

黛安娜有些琢磨不透安妮的性情。瑪莉拉平日內向，善於克制，此時卻情緒激動、痛不欲生，而安妮欲哭無淚，異常鬱悶。相比之下，黛安娜更能理解瑪莉拉的心情。她有些無奈地離開了，留下安妮獨自度過一個傷心的不眠之夜。

安妮希望在獨處時眼淚會奪眶而出。不能為馬修落淚是多麼可怕的事情！馬修那麼愛她，對她那麼仁慈，昨晚還和她在夕陽下一起回家，此刻卻安詳地躺在樓下昏暗的房間裡永遠地睡去了。她在昏暗中跪在窗邊，遙望著山崗上的星空祈禱，仍流不出一滴眼淚，卻因悲慟而心如刀絞。她因為一整天的極度緊張和痛苦而筋疲力竭，躺下後不知不覺地睡著了。

半夜時分，她從夢中醒來。周圍萬籟俱寂，一片漆黑。回想起白天發生的不幸，悲痛的浪潮洶湧而來。馬修的笑容浮現在她的眼前。前一天傍晚，馬修在家門口和她道別時臉上是同樣的笑容。她彷彿又聽到馬修說：「我的孩子，安妮。妳是我的驕傲！」這時，淚水奔湧而出，她悲痛欲絕地大哭起來。瑪莉拉聽到哭聲，悄悄地走進來安慰她：「好了，親愛的，別哭了。再哭馬修也回不來了。我也一樣，雖然心裡清楚，但控制不住自己。他是我的善良的好哥哥。唉，可這是上帝的安排呀。」

「瑪莉拉，妳讓我哭個痛快吧。」安妮抽泣道，「哭出來就好受多了。妳就這樣摟著我陪我待一會兒。我沒讓黛安娜留下來。她溫柔善良，但畢竟是局外人，不可能真正理解我的心情，也幫不了我。這是妳和我的痛苦。瑪莉拉，馬修走了，我們怎麼辦呢？」

「還有妳我呢。如果沒有妳，我真不知該怎麼辦。哦，安妮，我過去對妳也許有些嚴厲，似乎不像馬修那麼愛妳，現在我想告訴妳，安妮，我愛妳，就像愛自己的親骨肉。從妳來到綠山牆的那天起，就一直帶給我歡樂和安慰。」

兩天後是出殯的日子。馬修．卡斯伯特被人抬出自家的門檻，離開他生前耕耘過的田地、他深愛的果園，還有他親手栽下的樹木。

不久，艾凡里又恢復了往日的平靜。在綠山牆農舍，一切也慢慢地回到了過去的軌道上，但「物是人非」的痛苦意識一直折磨著安妮。沒有了馬修，她和瑪莉拉怎麼可能按過去的方式生活下去！當她看見太陽升到冷杉的樹梢，花園裡淺粉色的花蕾含苞待放，她的臉上又不由得露出了笑容；而黛安娜的來訪總能帶來歡悅，她快活的話語和聲調常讓她忍不住笑出聲來。在這個充滿鮮花、愛和友誼的世界裡，安妮沒有失去想像力和激情，還被生活中的種種呼喚所吸引，但為此感到羞愧。

「馬修不在了，但我還能找到快樂，不知為什麼，我總覺得這是對他的背叛。」有一天傍晚，她和艾倫太太一起來到牧師住宅的院子裡，若有所思地說，「我非常想念馬修，但我覺得世界仍然美好、生動。今天黛安娜和我說了一件趣事，我忍不住笑了起來。馬修去世時，我以為自己再也笑不出來了。當時我覺得自己真不該笑。」

「馬修活著時，很喜歡聽到妳的笑聲，希望妳生活得幸福快樂。」艾倫太太勸慰道，「他現在去了遙遠的另一個世界，但還是想聽到妳的笑聲！不過，我理解妳的心情，很多人都有過類似的經歷。當我們所愛的人再不能和我們分享快樂時，我們仍然會從生活中獲得喜悅，心裡會感到內疚；當我們恢復對生活的樂趣，會莫名其妙地產生背叛親人的感覺。」

「今天下午，我去了馬修的墓地。我從花園裡挖出了一株白玫瑰，種在了他的墓前。」安妮似在喃喃囈語，「我很高興能為馬修做點事。玫瑰的種子是多年前馬修的母親從蘇格蘭帶來的。馬修最喜歡這些玫瑰，花朵開放在多刺的枝條上，嬌小、可愛。他有玫瑰陪伴，也一定會感到欣慰。我希望天堂也有這樣的花兒。也許那些他在許多夏天裡愛過的小白玫瑰的靈魂，會在天堂裡迎接他。我要回家了，瑪莉拉一個在家，到黃昏時分會感到孤單。」

「等妳去上大學後她會感到更孤單。」艾倫太太說。

安妮沒有回答。她在道別後漫步回到了綠山牆農舍。此時，瑪莉拉坐在門前的石階上，安妮在她的身邊坐下來。她們背後的大門敞開著，一隻粉色的大海螺頂著門。海螺的光滑內壁讓人聯想到海邊晚霞的光輝。安妮把一朵淺黃色的金銀花戴到了頭上，每每輕微晃動，都會聞到迷人的芳香。

「剛才妳不在家時斯賓塞醫生來了，告訴我眼科醫生明天要到鎮上來，建議我去看看。我想明天去一趟。如果他能給我配一副合適的眼鏡，我會感激不盡。妳一個人在家沒事吧？我已經叫馬丁陪我去了。妳要熨衣服，還要烤蛋糕。」

「沒事，我會讓黛安娜過來陪我。妳把家務事交給我吧。放心，我決不會再給手絹上漿或給蛋糕加藥水了。」

「妳小時候經常幹蠢事惹麻煩，說心裡話，我還以為妳中了什麼邪呢。還記得染頭髮的事嗎？」

「當然記得了，怎麼會忘記呢！」安妮微笑了，摸了摸腦後的兩根粗辮子，「我為這一頭紅髮苦惱了很長時間，現在想起來還會忍不住笑出聲來，但不會笑很久。當時，我真覺得紅頭髮是無限煩惱，被紅頭髮還有雀斑折磨得好苦。現今雀斑都消失了。有人好心地對我說，我的頭髮變成了褐色的，只有喬西．派伊不這麼認為。她昨天還說我的頭髮看上去比過去更紅了，也許是因為我的黑衣服襯托的。瑪莉拉，我幾乎放棄了，再也不去努力喜歡喬西。用我自己的話說，我對喜歡她所做的努力，簡直是英雄行為，但她實在不招人喜歡。」

「喬西是派伊家的人呀，」瑪莉拉說，「她沒法不招人厭煩。我以前認為這個家族的人應該為社會創造一些價值，但我現在不這麼想了，他們也許還不如植薊。喬西也去教書嗎？」

「明年她接著上女王學院，還有穆迪．史波根和查理．史隆。簡和露比都確定去教書了。簡在新橋鎮，露比在西邊的一所學校。」

「吉伯特也接到通知了？」

「是的。」安妮簡短地回答。

瑪莉拉有些精神恍惚地說：

「吉伯特是個多帥的年輕人呀。我上星期日在教堂遇見他了。他身材高大，男子漢氣十足，和他父親在他這個年紀時簡直一模一樣。當年約翰．布萊斯也很帥氣，他和我曾是好朋友，大家都說我們是一對戀人。」

安妮興趣陡增，抬起頭來問道：「真的嗎？瑪莉拉，後來怎麼樣了？為什麼你們沒有……」

「我和他吵了一架。約翰向我認錯，但我不肯原諒他。我心裡想原諒他，但因為正在氣頭上就想先懲罰他，但約翰再也沒來找過我。布萊斯家的人自尊心都很強，我一直覺得遺憾，當初有機會的時候我沒有原諒他。」

「這麼說，妳也有過一點浪漫的經歷啊。」安妮輕聲說。

「是的，妳可以這麼說。從我的表面看不出來，是不是？可不能以貌取人。不過，大家都忘了我和約翰以前的事，連我自己都忘記了，直到上星期偶然遇到吉伯特，他喚起了我對往事的回憶。」

第38章 峰迴路轉

第二天，瑪莉拉進城了，直到傍晚才回到家。安妮把黛安娜送回到果園坡，進門時看見瑪莉拉坐在廚房的桌旁，痛苦地用手撐著頭，不禁打了一個冷顫。她從沒見瑪莉拉這麼衰弱無力過。

「瑪莉拉，累了嗎？」

「哎，是呀。我想我是累了。」瑪莉拉吃力地抬起頭，「我在想別的事呢。」

「妳看過眼科醫生了？他怎麼說？」安妮急切地問。

「看過了，他徹底地檢查了我的眼睛。他說，如果完全停止看書、做女紅，不再做任何有傷視力的工作，注意控制流淚，戴上他給我配的眼鏡，我的病情不會惡化下去，頭痛也會漸漸消失。但我如果不聽勸阻，六個月以後就可能變瞎。變瞎！安妮，妳能想像嗎？」

安妮驚叫一聲，不知如何反應，陷入片刻的沉默。過了一會兒，她用勇敢但略微哽咽的語氣說：

「瑪莉拉，別這樣想。妳知道，醫生給了妳希望。只要妳多加小心，就不會完全失明。如果他配的眼鏡能治好頭痛，那該是一件好事啊。」

「我不抱什麼希望了。」瑪莉拉痛苦地說，「如果不能看書、做女紅，那活著還有什麼樂趣呢？我寧願瞎掉——還不如死了呢。醫生還說不能流淚，但我心情不好時就忍不住。不說這些了，妳去給我倒杯茶吧，我很累了。暫時不要對任何人說我是眼病。假如大家都知道了，肯定會來說些沒完沒了的同情話，我可受不了。」

安妮在瑪莉拉吃完晚飯後勸她早些去休息，隨後，回到了樓上東山牆的房間裡，心情沉重地坐在黑暗的窗邊，禁不住流下了眼淚。她在畢業典禮結束回到家的當天，也坐在同一個位置上，心中充滿希望和喜悅，彷彿看到玫瑰色的未來向自己輕步走來。此刻，那個日子變得無比遙遠，因為後來發生了多少令人痛心的事！她在上床睡覺時心情平靜了一些，嘴角甚至還掛著一絲微笑。她暗下決心鼓起勇氣，正視現實，把義務和責任看作是自己的朋友。

在數日後的一個下午，瑪莉拉在院子裡和一位客人交談後，腳步遲緩地回到了室內。安妮認出來客是卡莫迪的約翰．薩德勒，還從瑪莉拉的臉色上揣測兩人交談的內容。

「他來有什麼事嗎？瑪莉拉。」

瑪莉拉在窗邊慢慢坐下，望著安妮。儘管醫生禁止，她還是潸然淚下。

「他聽說我要賣掉綠山牆農舍，他想要買。」

「買？買綠山牆農舍？」安妮懷疑自己聽錯了，「哦，瑪莉拉，妳不是說要賣掉綠山牆農舍吧？」

「安妮，我想不出別的辦法。如果我的眼睛還好，我還能在這裡堅持，找個得力的雇工，料理好事務。我要是瞎了，就什麼都管不了。我做夢也沒想到有一天要變賣家產，可是這樣下去農田會荒蕪，變成沒人要的荒地。家裡的每一分錢都存到了破產的艾比銀行，還有幾張馬修去年秋天簽的簽單需要償還。瑞秋建議我把農莊賣了，另外找個地方住，我打算寄住在她家。綠山牆空間狹小，也老舊，雖說賣不出好價錢，但維持我一個人的生活也足夠了。安妮，幸好妳自己爭取到了獎學金。遺憾的是妳放假時無家可回。情況就是這樣，我想妳能支撐下去。」瑪莉拉說到這裡又忍不住哭起來。

「不能賣掉綠山牆農舍。」安妮斷然道。

「安妮，我也不想賣它。可是妳知道，我不可能一個人住在這裡，操勞加孤獨會使我發瘋的，眼睛也會瞎掉。我知道我會的。」

「妳不必一個人住，瑪莉拉，我將留下來，不去雷德蒙了。」

「不去雷德蒙？」瑪莉拉把手從自己憔悴的臉上放下來，盯著安妮，「什麼？妳什麼意思？」

「我說得很明白，我不要獎學金了。妳進城回來的那天夜裡我就下定決心。妳為我付出了那麼多心血，真以為我會丟下妳一個人嗎？我都計畫好了。妳聽我說，貝瑞先生提出明年要租種我們的農莊，妳不用為這事操心。另外，我決定當老師，已經向艾凡里的學校提出申請，不過據說理事會早決定聘用吉伯特・布萊斯了。我可以到卡莫迪的學校任教，昨晚布萊亞先生在他的店裡這麼對我說的。當然，如果能在艾凡里的學校最理想不過。我要是在卡莫迪教書，天氣好的日子我可以從家乘馬車到學校去。到了冬季，我每個週末也可以回來。瑪莉拉，我給妳讀書聽，給妳帶來快樂，決不會讓妳感到寂寞孤單。妳和我會一起舒心愉快地生活下去。」

瑪莉拉彷彿身處夢境，陶醉地聽著安妮的話。

「但妳的抱負呢……」

「我比過去更有抱負了，只不過做了一些改變。今後，我立志成為一名好老師，也要保護妳的視力。我想在家裡自學大學課程。這個星期我反覆考慮，已經做了周密的計畫。我要把一生中最美好的東西都奉獻給這片土地，而且相信自己會得到豐厚的回報。當我從女王學院畢業時，未來像一條康莊大道展現在我的面前，並一直伸展到遠方，會有許多里程碑。可是現在我遇到了一段彎路，但相信彎路自有迷人之處。我對彎路過後的風景充滿好奇，會不會有碧綠的柔光和變幻的光彩或者陰影？接下去會不會有山丘、峽谷、平原、森林……」

「但妳不該放棄。」瑪莉拉指的是得來不易的獎學金。

「瑪莉拉，妳阻止不了我，我已經十六歲半了。以前林德太太就說我固執得像頭驢，」安妮說著，自己笑了起來，「瑪莉拉，妳不要憐憫我，我不喜歡被憐憫，也不需要。我一想到能留在心愛的綠山牆農舍就感到高興。沒有人像妳我這麼愛它，所以，我們要一起守住它。」

「上帝保佑妳！」瑪莉拉終於被說服了，「妳好像給了我新的生命。我應該讓妳上大學，但我知道自己說服不了妳。安妮，我會補償妳的。」

安妮放棄上大學的機會自願留在家鄉任教的消息在艾凡里很快就傳開了，人們對此議論紛紛。大多數人對個中原因毫不知情，認定安妮是腦袋糊塗了。唯有艾倫太太理解安妮的決定，還讚揚了她，使得她欣然落淚。好心的林德太太也給予安妮鼓勵。有一天傍晚，她來到了綠山牆農舍。當時安妮和瑪莉拉坐在大門前享受著夏日溫暖的花香撲鼻的黃昏。每當暮色蒼茫之際，花園四周蝴蝶紛飛，清新的空氣裡飄著薄荷的香氣，她們總喜歡坐在這裡。

林德太太疲憊地坐到了門旁的石頭長椅上，長舒了一口氣。在她的背後，是一排排粉色和黃色的蜀葵。

「啊，總算能坐下歇歇了，真高興。我這兩條腿支撐著二百多磅重的身體整天跑來跑去，真累啊。我是真心祈求上帝別再讓我胖下去了，瑪莉拉，妳從沒有過這種感覺吧？聽說安妮決定不上大學了，我真高興。妳受的教育足夠了，作為一個女孩子應該滿足。女孩子和男孩子一起上大學，滿腦子裝些拉丁語、希臘語之類的無用東西會有什麼好處呢？」

「我還是要學習拉丁語和希臘語。我準備在綠山牆農舍自學大學文科課程。」安妮笑著說。

林德太太驚訝地把兩手舉起來。

「安妮，妳早晚會累出病的。」

「不會的。我會注意健康，量力而行。在冬天，夜晚很長，我將有很多閒置時間學習，再說我對做針線活沒興趣。妳聽說了吧，我要去卡莫迪的學校教書了！」

「我可沒聽說。妳將在艾凡里當老師，理事會已經批准了妳的申請。」

「林德太太！」安妮跳起來，驚訝地問道，「理事會不是定下來聘用吉伯特．布萊斯了嗎？」

「是的。不過在妳申請之後，吉伯特立即去找理事會撤回了自己的申請，願意把機會讓給妳，他本人去白沙鎮教書。為此昨晚理事會開了個會。他顯然是為了妳才這樣做的，因為知道妳多麼想留在這裡和瑪莉拉一起生活。我得說，這個年輕人心地善良、體諒他人，還富有自我犧牲精神。他到白沙鎮去教書要多支付食宿費用，還要存上大學的學費。就這樣理事會決定聘用妳了。湯瑪斯回家跟我說這件事，我聽了很高興。」

「我不能接受，」安妮喃喃低語，「我不能讓吉伯特為了……為了我做出那麼大的犧牲。」

「現在妳阻止不了了，吉伯特已經和白沙鎮的理事會簽合約了。即使妳拒絕聘請對他也沒有意義。安妮，妳就在艾凡里的學校教書吧。一切都會順順當當的。學校裡再不會有派伊家的孩子了，因為喬西是最小的一個。唉，這二十年來，學校裡每年都會有一兩個派伊家的孩子，他們的任務似乎是攪得老師不得安寧。噢，在貝瑞先生家那邊有什麼東西直閃光，是怎麼回事？」

安妮笑了：「黛安娜給我發信號讓我去一趟。我們一直保持著老習慣呢。我得過去看看。」

安妮說完，像一隻小鹿般跳躍著沿著長滿三葉草的斜坡跑下去，很快就消失在「鬧鬼的森林」中了。林德太太的目光一直追隨著安妮的背影。

「她有時候還是那麼孩子氣十足。」

「不過，她已經有許多成熟的女人味了。」瑪莉拉說。

當天晚上，林德太太在和她的丈夫湯瑪斯閒聊時感歎道：「瑪莉拉變了，說話不像從前那麼直截了當，人也變得溫和了。」

第二天下午，安妮又來到了艾凡里的那片小墓地，為馬修獻上鮮花，又給墓前的蘇格蘭玫瑰澆了水。她留戀那裡寧靜的氛圍，白楊樹的沙沙低語，還有遍地青草的悄悄話。當她起身離去時，太陽已經落山。她從「閃亮之湖」旁登上山崗，放眼望去，艾凡里，這「古老寧靜而永不消失的地方」，被籠罩在夢幻般的夕暉中。微風吹過三葉草地，清爽宜人，傳來甜絲絲的芳香氣息。遠處的萬家燈火在樹林的間隙中閃爍。遠處的大海永無休止地淺吟低唱，西方的天空被絢爛的晚霞裝點得色彩斑斕，而投入湖水中的倒影愈發迷離柔和。安妮面對如此美景，心潮起伏。

「親愛的世界，」她低聲說，「你多麼好，我慶幸活在你的懷抱裡。」

在下坡途中，一個高個子青年正吹著口哨迎面走來，原來是吉伯特。他看到安妮立即停止了口哨，禮貌地抬了抬帽簷。要不是安妮停下腳步主動向他伸出手，他會一言不發地與她擦肩而過。

「吉伯特，」安妮紅著臉說，「我想謝謝你，你為了我放棄這裡的學校。你太好了，我想告訴你，我非常感激你。」

吉伯特熱情地握住了安妮的手。

「安妮，我很高興能為妳做一點事。我們今後能成為朋友嗎？妳能原諒我以前的過錯嗎？」

安妮笑了，想把手抽回來，但他不肯鬆開。

「上次在小湖邊，我就原諒你了，不過我自己沒意識到。我真是個固執糊塗的小傻瓜。我……我索性完全坦白吧，從那天以後，我一直都很後悔。」

「那從現在起，就讓我們做好朋友吧，」吉伯特喜出望外，「其實我們生來註定如此，不過我們一直抗拒著命運的安排。我想我們在各方面都可以互相幫助。妳準備繼續學習是不是？我也是這麼考慮的。走吧，我送妳回家。」

安妮剛一回到家，瑪莉拉就好奇地問：「陪妳一起走到家門口的是誰呀？」

「吉伯特．布萊斯。」安妮回答，沒料到自己的臉竟變紅了，「我在貝瑞家的山崗上遇見了他。」

「你們站在門口聊了半小時，我不知道妳和他是好朋友。」瑪莉拉微笑著說。

「不是，我們一直是競爭對手，不過，我們理智地做出了決定，今後要做好朋友。瑪莉拉，我們真的聊了半個小時嗎？我怎麼覺得只有幾分鐘呢。當然，我和他在五年間都沒說過話，有多少話要說啊。」

這天晚上，安妮久久地坐在窗前，思緒翻飛。風兒吹拂著櫻花樹梢，傳送薄荷的清香。在山谷裡，星星在冷杉的枝頭眨著眼睛；穿過樹林的間隙，她可以看見黛安娜房間的燈光。

安妮從女王學院畢業後，經常坐在這裡沉思。即使她面臨的生活道路變得窄小，但一路上仍開放著恬靜的幸福之花。她從勤奮的工作、遠大的志向、真誠的友誼中收穫喜悅，還擁有與生俱來的豐富想像力，或者說充滿夢幻的理想世界。當然，前方的道路總會有曲折。

「上帝在天國，歲月靜好。」安妮說，聲音很輕，很輕。

譯後記

與安妮純真相伴，一路成長

人世間的相遇，總有幾分奇妙。初遇並無特殊感覺，多年後驀然醒悟，反覆回味，餘韻悠長，比如我與《清秀佳人》（簡體中文書名《綠山牆的安妮》）。

二〇〇九年，我曾駕車遊歷加拿大東部四省，聽到過這樣一個傳說：上帝撒一捧泥土到大西洋，創造了「波浪中的搖籃」愛德華王子島。這座島嶼是加拿大面積最小的一個省，總人口僅約十四萬，卻是廣受人喜愛的「後花園」。浩瀚碧海、純淨藍天、綿延的紅岩、矗立的燈塔，還有靜謐的沙灘和漁村，無不賞心悅目。

在路過卡文迪西的「綠山牆的農舍」時，我遭遇大批的旅遊者，其中有中學生也有成年人。當時我並沒讀過長篇小說《清秀佳人》。這本書的第一個中譯本在一九八七年問世時，我已讀大學，專攻厚實沉重的俄羅斯文學，對「少女讀物」似無興趣。

二〇一七年，「作家榜」邀請我翻譯《清秀佳人》。據不完全統計，在此之前已有十幾種譯本，所以我在接受這項工作時惴惴不安。因為整日在電腦前工作，時常感覺眼睛疲累。為熟悉作品，我從圖書館借閱了有聲版本，在許多個夜晚，閉眼反覆聆聽。

作者露西．莫德．蒙哥馬利筆下美麗的四季風光把我一次次帶回到愛德華王子島上。「海濱大道『草木叢生，荒茫、靜寂』。右側低矮的杉樹林雖然被海風經年累月地吹打，但仍然茂密；左側緊貼著一片紅砂岩的斷崖，如果拉車的馬不像栗色母馬那麼穩當，乘車人一定會心驚肉跳呢！在懸崖下是大片的被浪濤不停衝擊的岩石，還有鑲嵌著寶石般鵝卵石的沙灘。極目遠望，大海呈現醉人的蔚藍，波光粼粼；海鷗在水面上翱翔，牠們的翅膀在太陽下閃耀銀光。」

於是在海邊的馬車上，跳下來了紅頭髮的女孩安妮。她穿過五月花密集綻放的原野向我走來，笑容真率、聲音甜美。我為如此親密地接近她感到幸運，彷彿重返童年和少女時代，並領悟到更多的人生真諦。

露西．莫德．蒙哥馬利生長在愛德華王子島，她在一九〇五年創作了《清秀佳人》，在尋求出版時卻屢屢被拒，只能把手稿無奈地放進了帽子盒裡。兩年後再次投稿，被波士頓的佩奇公司接受，安妮才得以與讀者見面。小說立即大獲成功，在最初幾個月銷售將近兩萬冊，隨後不斷再版，從小村莊走向全世界，至今已持續發行五千萬冊，被譯成五十多種語言。其中在一九五二年到二〇〇二年間日本語的版本竟然多達一百二十三個！小說還被多次改編成影視劇、音樂劇、舞臺劇等，以安妮形象為主題的旅遊產品更是數不勝數。

《清秀佳人》無疑是一部少女成長故事。綠山牆農舍的卡斯伯特兄妹馬修和瑪莉拉決定領養一個男孩幫做農活，陰錯陽差，孤兒院送來了喋喋不休、喜歡幻想的女孩安妮，故事由此開始。幾年後，安妮成長為一位優雅靈慧的少女。前人對這部作品的各種解讀，從主題到思想，從故事到人物，均已透徹見底，連對服飾、飲食等的研究也細緻縝密。美國大文豪馬克・吐溫甚至以普通讀者的身分給莫德寫信，讚賞「安妮是繼不朽的愛麗絲之後最令人感動和喜愛的兒童形象」。

安妮，這個「像一道彩虹，一出現就五彩繽紛」的女孩，充分施展了她與眾不同的魅力。

大人遺落的天真

安妮一出場就先聲奪人，顯露真率性情。她因紅頭髮、臉上長著雀斑而感到自卑，但在遭到鄰居瑞秋嘲笑時，這個無家可歸的可憐小女孩，冒著被送回孤兒院的危險大發雷霆，敢作敢當。

在後來的一連串事件中，她展現出孩子典型的天真特性，坦率直言，愛恨分明。

著名作家瑪格麗特·愛特伍說過：「孩子們認同安妮，因為他們常常感覺自己就是她——無能為力、被人蔑視誤解。她反抗正如他們想反抗，她得到正如他們想得到，她被愛護正如他們也想被愛護。」

而成人讀者在遺落天真之後對天真愈發懷念，也不由自主地被安妮所吸引。

不淹沒於苦難的善良

安妮在來到綠山牆農舍之前，曾先後被湯瑪斯一家和哈蒙德一家收養。她不停地勞作，照顧多個幼小的孩子，受盡欺凌。

後來當她和瑪莉拉說起這段生活時，並沒有控訴，反倒替湯瑪斯夫人和哈蒙德夫人開脫，說：「她們的出發點是好的……她們要操心的事情太多了。」足見她的善良。

她在朋友黛安娜的妹妹患重病時，竭盡全力搶救，贏得了黛安娜母親的信任。在小說結尾處，因瑪莉拉的健康每況愈下，她為回報養育之恩，毅然放棄了優厚的獎學金和讀大學的機會，選擇留在瑪莉拉的身邊。

給每一座山每一條河取一個溫暖的名字

安妮熱愛大自然，享受生命中的每一瞬間，能在平常的生活中發現詩意。

她執意給周遭萬物取一個浪漫的名字，比如把自己房間窗旁的櫻桃樹稱作「白雪皇后」，把林間小路稱作「戀人小徑」，還有「垂柳池」、「紫羅蘭溪谷」等也出自她的創意。她熱愛春花，說五月花是「去年夏天落花的靈魂」，而「艾凡里」是「它們的天堂」。

即使在貌似嚴酷的冬季，她也捕捉自然之美。比如她在白沙鎮大酒店朗誦後出了門，隨即忘記成功的喜悅，只注意到「晚霞滿天，白雪覆蓋的山陵和聖勞倫斯灣的深藍海水壯麗輝煌，宛如珍珠和藍寶石鑲嵌在碩大的碗中，還被注入了葡萄酒和火焰。雪橇的鈴聲和遠處的歡笑聲，聽起來像森林中小精靈們的嬉戲打鬧聲，在四面八方迴響」。

愛與被愛的能力

小說中的動人篇章是安妮與馬修、瑪莉拉之間的感情描寫。瑪莉拉在瞭解了安妮的身世後，暗自感歎：「這個女孩以前過的是怎樣淒慘無愛的生活啊，只有苦工、貧困、漠視。難怪她對擁有一個真正的家那麼全心嚮往。」

安妮在綠山牆農舍找到了自己渴望多年的家，而因為她的出現，瑪莉拉的性格也發生了變化，從呆板嚴厲變得開朗溫柔。當安妮獲准去參加嚮往已久的野餐會時，「便欣喜若狂地投入了瑪莉拉的懷抱，親吻她黯淡的臉頰。瑪莉拉平生以來第一次被一個孩子心甘情願地親吻，一陣甜蜜的顫慄霎時傳遍全身」。在那一瞬，瑪莉拉恢復了被人愛與愛人的能力。

馬修去世後，瑪莉拉不再壓抑自己的情感，終於向安妮敞開心扉：「我過去對妳也許有些嚴厲，似乎不像馬修那麼愛妳，現在我想告訴妳，安妮，我愛妳，就像愛自己的親骨肉。從妳來到綠山牆的那天起，就一直帶給我歡樂和安慰。」

承擔錯誤的勇氣

安妮自從來到綠山牆農舍，就不停地犯錯，但她說「每犯一個錯就治好我的一個嚴重缺點」。比如，「鬧鬼的森林」事件教育她不可以放縱想像，「染頭髮」的蠢事治好了她的虛榮心等。

她面對錯誤釀成的後果，勇於承擔，並吸取教訓，這使得她的心靈健康成長。而她的勇氣與快樂的天性密不可分。即使時間把熱情掩蓋，把童趣收回，也抹不去她的快樂天性。

當世界令你失望，就用想像力去補償

苦難大致造就最悲觀的和最樂觀的兩種人。

在貧寒、辛苦、孤獨的日子裡，安妮嚮往友情，幻想出「壁櫥女孩」和「回聲女孩」，和她們交談，支撐自己的精神，熬過了孤兒缺少友愛的艱辛歲月。她的想像力異常豐富，通過幻想營造獨特的精神世界。

她雖然陶醉於幻想，但保持著對現實生活的樂觀態度。比如她嚮往生活在華屋裡，但在做客老貝瑞小姐富麗堂皇的豪宅時，卻想念樸實溫暖的綠山牆農舍。

幻想並不影響她對世界的好奇心。她認為如果對萬事都一清二楚，生活就會失去一半的樂趣。因此對於她，每一個日子都會帶來新盼望、新驚喜。

每一個女孩都應該擁有的獨立

安妮擁有獨立思考的精神。

她在十一歲時，對教會牧師的評價已很客觀，並不人云亦云；她還憑聰明和勤奮，在短短的一年裡完成了兩年的課程，取得了教師資格，獲得經濟上的獨立。

在小說中，安妮和吉伯特之間的關係多年來牽動無數少女的心弦。令人驚訝的是，兩人之間的相互吸引是在競爭中逐漸發展。

安妮從不想成為一個「花瓶」式的女子，她對吉伯特的想法，「並沒有摻入傻乎乎的感情成分……如果在下火車後回艾凡里時，能和吉伯特一起沿著廣闊的原野和長滿三葉草的小路回家，暢談新生活和理想抱負，難道不是很美好嗎？」

她喜歡吉伯特，是因為他「聰明智慧，善於獨立思考，立志汲取人生精華，為社會奉獻」。生活在十九世紀末二十世紀初的安妮，擁有如此獨立的意志和爭取性別平等的態度，令人驚喜、敬佩。

當然，《清秀佳人》並不完美，比如對安妮的童年苦難經歷在其性格和心理上留下的陰影缺乏挖掘，故事中也有矯情成分，包含不必要的說教，在藝術上敘述略嫌重複，但瑕不掩瑜，也不會阻止千百萬讀者的閱讀熱情。連作者莫德都連呼意外：「安妮那麼受大人們歡迎，太讓我吃驚了。本來不過是想為孩子們寫一個有趣無害的故事，想不到成年讀者卻那麼愛讀它。」她後來一鼓作氣，出版了七部以安妮為主要人物的長篇小說。

此外，她還創作了其他十三部長篇小說、五百篇短篇小說、兩本詩集。在一九二三年，她成為英國皇家藝術學會第一位加拿大籍女性成員；她還獲得過大英帝國最優秀勳章，還被《多倫多星報》評選為「加拿大歷史上的十二位偉大女性」之一。她曾是妻子、母親，更是作家，是加拿大女性中當之無愧的典範。

回顧歷史，世界各國的女性都在尋找幸福的過程中走過一條漫長的路，享受喜悅，也流下眼淚。

安妮曾面臨的挑戰是古典的也是現代的，比如對偏見和欺凌的憤懣，對親情和歸屬的渴望，對平等和獨立的要求等，都極具現實意義。這也是《清秀佳人》成為經典的重要原因。

二〇一八年是長篇小說《清秀佳人》誕生一百一十週年，謹以此譯本向露西·莫德·蒙哥馬利致敬，並向同時代所有為維護女性的真善美和平等權益的人們致敬。

曾曉文
二〇一八年二月
於加拿大多倫多

譯者簡介

曾曉文

加拿大著名華語作家。曾任加拿大華人筆會會長。南開大學文學碩士、美國 Syracuse 大學理學碩士。旅居美國九年，從二〇〇三年起定居多倫多。一九九一年開始文學創作，發表作品逾百萬字。作品多次進入中國小説學會小説排行榜，被收入海內外多種文集。曾獲聯合報系文學獎、華僑華人文學獎、首屆全球華文散文大賽獎等。

清秀佳人 / 露西．莫德．蒙哥馬利著；曾曉文譯 . -- 初版 . -- 臺北市：時報文化，2019.11
面；　公分 . --（愛經典；27）
譯自：Anne of green gables
ISBN 978-957-13-8000-1（精裝）

885.357　　108017264

作家榜经典文库®

ISBN 978-957-13-8000-1
Printed in Taiwan

愛經典0027

清秀佳人

作者—露西．莫德．蒙哥馬利｜譯者—曾曉文｜編輯總監—蘇清霖｜特約編輯—劉素芬｜美術設計—FE 設計｜董事長—趙政岷｜出版者—時報文化出版企業股份有限公司 10803台北市和平西路三段二四〇號四樓 發行專線—（〇二）二三〇六—六八四二 讀者服務專線—〇八〇〇—二三一—七〇五、（〇二）二三〇四—七一〇三 讀者服務傳真—（〇二）二三〇四—六八五八 郵撥—一九三四四七二四時報文化出版公司 信箱—台北郵政七九～九九信箱 時報悅讀網—http://www.readingtimes.com.tw｜電子郵件信箱 new@readingtimes.com.tw｜法律顧問—理律法律事務所 陳長文律師、李念祖律師｜印刷—勁達印刷有限公司｜初版一刷—二〇一九年十一月八日｜定價—新台幣三六〇元｜

時報文化出版公司成立於一九七五年，並於一九九九年股票上櫃公開發行，於二〇〇八年脫離中時集團非屬旺中，以「尊重智慧與創意的文化事業」為信念。